Lichtkind

AF157708

Die Autorin

Sylvia Wage, geb. 1974 im tiefsächsischen Zwickau, gelebt in Dresden, gestrandet am Rande Berlins, vertreibt sich die Arbeitszeit mit PR und die Freizeit (gern auch mal an der frischen Luft) mit Pfeil, Bogen, Kite, Hund und Familie. Wenn sie dann nicht gerade Blognetzwerke (wababbel) administriert oder Lesungen (ver/W/ort/bar) organisiert, dann erzählt sie: vom Seltsamen im Alltäglichen, vom Absurden des Alltags und manchmal, in den besten Momenten: einfach nur vom Leben.

Mehr: www.debruma.de

Lichtkind

zuckerstudio
waldbrunn

Bibliografische Information der Deutschen Nationalbibliothek:
Die Deutsche Nationalbibliothek verzeichnet diese Publikation in der Deutschen Nationalbibliografie; detaillierte bibliografische Daten sind im Internet über http://dnb.dnb.de abrufbar.

© 2016 Sylvia Wage
Covergestaltung: Lorraine
Satz und Layout: zuckerstudio waldbrunn
Veröffentlicht im zuckerstudio waldbrunn
November 2016

Herstellung und Verlag:
BoD – Books on Demand, Norderstedt
ISBN 9783743116931

1 Kisten

Die Hälfte meines Lebens habe ich weggeworfen.

Die Sachen, all den Kram, der sich ansammelt über die Jahre. Kleidung, Bücher, Vasen, Christbaumkugeln und Holzosterhasen. Schuhe, Bilder, Geschirr. Haarspangen und Eierkocher, Schuhcreme (eingetrocknet), Lippenstifte, Urlaubsmitbringsel, Kuscheltiere. Stifte. Erstaunlich, wie viele Stifte man in fünf Jahren anhäuft.

Fort.

Der Rest steckt in Kartons. Kisten, die ein imposantes Stapelwandbild abgeben.

»Du wirst was von dem Zeug entsorgen müssen.« Meine Mitbewohnerin steckt den Kopf durch die Tür.

»Ich könnte die Kartons auch dekorativ gestalten.«

»Serviettentechnik?«

»Ich dachte an Filzblumen und Glitzer.«

»Hübsch. Kaffee?«

»Gern.«

※

Ich habe so vieles weggeworfen, auf ein paar Kisten mehr kommt es nicht an.

2 Lu

»Also: du trennst dich, wirfst deinen Job hin und kommst zurück. Von mir aus. Aber gibt es einen bestimmten Grund, warum du mit einer Lesbe zusammengezogen bist?«

※

Wir sitzen in dem Sammelsurium aus Möbeln, Elektrogeräten, Töpferkunst und Götterstatuen, von dem Lu behauptet, es sei die Küche, und trinken ayurvedischen Kräutertee. Harmoniemischung.

※

»Sie ist keine Lesbe, Mama.«

»Also, wenn man sich Lu nennt …«

»Nicht sie nennt sich Lu, ihre Eltern waren das.«

»Luise.«

»Was?«

»Sie heißt sicher Luise.«

»Sicher nicht. Sie heißt Lu.«

»Oder Luisa?«

»…«

»Hast du ihren Ausweis gesehen?«

»Äh? Nein?«

»Siehst du.«

Ich schaufle zwei weitere Löffel Zucker in meinen Tee. Ich bin wieder daheim.

3 Sechs Wochen

Vor sechs Wochen wohnte ich in Frankfurt. Mitten im Zentrum, auf hundertzwanzig Quadratmetern. Ich hatte ein Arbeitszimmer, ein eigenes Bad und einen begehbaren Kleiderschrank.

Ich arbeitete. Nichts Besonderes. Einer dieser Jobs, in denen man keine Karriere macht, nicht allzu gut verdient, aber auch nicht allzu viel tun muss. Nette Kollegen. Viel Routine. Der Chef ein Gelegenheitscholeriker. Wenn er brüllte, hatte man am Abend wenigstens etwas zu erzählen.

Der Mann an meiner Seite war ein großartiger Kerl, mit zurückgehendem Haaransatz und beachtlichem Jahreseinkommen. Er räumte jeden Abend die Spülmaschine ein und auf seinem Nachttisch lag Pessoas Buch der Unruhe. Es lag seit zwei Jahren da und er war auf Seite 52.

Wir kannten uns mehr als fünf Jahre und wir kannten uns gut. Alle Streitpunkte so weit ausgelotet, dass sie entweder geklärt waren oder man ihnen geschickt ausweichen konnte. Keine Notwendigkeit mehr, andauernd zusammenzuhängen. Er ging am Wochenende biken, ich mittwochs zum Yoga und allein in die Oper. Dafür sonntags Candle-Light-Dinner beim Italiener. Die Rollen waren verteilt, der Sex effizient.

※

An diesem Punkt heiratet man und bekommt Kinder. Haben wir nicht getan.

Oder man schläft mit Mimi, der Krankenschwester. Hat er getan.

So was kommt vor. Einige zerdepperte Tassen und ein halbes Jahr Paartherapie später heiratet man, bekommt Kinder und lässt die Finger vom Mobiltelefon des Partners.

Alles kein Grund zu kündigen, seine Sachen zu packen und in seine Heimatstadt zurückzuziehen. Habe ich aber getan.

4 Schmuckparty

Wenn es sich herumspricht, dass du aufgrund besonderer Umstände in deine Heimatstadt zurückkehrst – und dank meiner Mutter sprach sich das schnell herum – dann wollen dich alle möglichen Leute sehen. Vor allem die, die du nicht sehen willst.

So erhielt ich, noch ehe die Hälfte meiner Kisten ausgepackt war, eine Einladung zu einer Schmuckparty.

※

»Du gehst da hin«, entschied Lu.

»Wieso sollte ich?«

»Weil die sonst alle hier auftauchen. Einzeln.«

»Es werden wohl kaum alle auf dieser Party sein ...«

»Natürlich nicht alle«, erläuterte Lu und machte ihr Muss-ich-dir-eigentlich-alles-erklären-Gesicht, »aber die neugierigsten. Und die können dann dein bisschen Leiden unter all den übrigen verbreiten. Fertig.«

»Aber du kommst mit.«

Lu kam mit.

»Du kommst wirklich mit?« Ich traute der Sache nicht.

»Klar. Ich bin ein Mädchen. Das ist eine Schmuckparty. Also?«

»!«

»Ich hab auch 'nen Schuhtick.«

»Nimm's mir bitte nicht übel, aber allein aus der Tatsache, dass du drei Paar Wanderschuhe besitzt, leitet sich kein Schuhtick ab.«

»Du vergisst meine Turnschuhe.«

»Und die Gießwein-Hauspantoffeln, richtig?«

»Siehste!«

光

Wir gingen zur Schmuckparty. Lu in Trekkinghosen und ich im Sommerkleidchen, mit locker hochgesteckten Haaren.

Die Gastgeberin gab sich überzeugend warmherzig. Wir tauschten Erinnerungen und Neuigkeiten, aßen Miniquiches und tranken Asti Cinzano. Jetzt habe ich die passenden Ohrringe zu meinem Sommerkleidchen und Lu einen Satz Armbänder. Kollektion: ›Geheimnisvoller Orient.‹

Sie will Katzenhalsbänder daraus machen.

5 Irre

»Ich zieh die Irren einfach an.« Meine Tasche landet in einer Ecke, die Jacke in einer anderen.

»Du ziehst die Irren nicht an«, sagt Lu und trägt unbeeindruckt ihr Glas und eine Flasche Rotwein an mir vorbei ins Wohnzimmer. Der Fernseher läuft, n-tv.

»Ach so, dann ist ja gut.«

光

»Du begegnest nicht mehr Irren als jeder andere auch. Die Welt ist voll davon«, sagt Lu, nachdem die Nachrichten vorbei sind. »Der Punkt ist: du hörst ihnen zu.«

Mit den kurzen, von Grau durchzogenen Haaren und ihrer Vorliebe für Orange erinnert Lu an eine buddhistische Nonne. Eine buddhistische Nonne mit Iron-Maiden-T-Shirt.

»Hä?«

»Kein Mensch hört zu. Man erfasst die Fakten, meistens, oder versucht, einen Überblick zu bekommen – gerade so weit, bis man glaubt zu wissen, worum es geht. Aber kein Mensch hört zu. Und den Irren schon gar nicht.«

»Keiner?«

»Außer dir.«

»Oh bitte …«

»Pass auf. Als ich dich in Frankfurt besucht habe vor drei Monaten. Vier? Unwichtig. Da haben wir die ehemalige Klassenkameradin meines Bruders getroffen.«

»Stimmt.«

»Ihr Baby lag im Krankenhaus.«

»Ja. Herzin- …«

Lu unterbricht mich: »Wie war der Name des Babys?«

»Elly. Mit y.«

»Noch Fragen?«

»Zufall.«

»Ach?«

光

»Also sollte ich es mir abgewöhnen? Das Zuhören?« Wir sind bei der zweiten Flasche Wein.

»Vergiss es. Das ist, als würde man versuchen, nicht mehr ängstlich zu sein. Oder aufbrausend. Oder phlegmatisch.«

»Na toll. Und was ...?«

»Rede.«

»Hä?«

»Solange du redest, kannst du nicht zuhören.«

»Ich soll erzählen?«

»Ja.«

»Wovon?«

»Davon. Von allem. Von nichts. Egal.«

»Und wenn das niemand hören will?«

»Wie gesagt: es hört eh keiner zu.«

Also erzähle ich.

6 Mimi

Ich war nicht wütend.

Nicht auf ihn, nicht auf Mimi. Nicht auf die Socken, die ich fünf Jahre lang gewaschen hatte. In festen Beziehungen sind fiese grippale Infekte nun mal häufiger als Spaziergänge im Mondschein.

Mimi war reizend, jung und himmelte ihn an. Passiert. Wenn sie mich so angehimmelt hätte, wäre ich vielleicht auch mit ihr ins Bett gegangen.

Kein Zorn.

Keine Enttäuschung.

Keine Kullertränen.

Nur Erleichterung.

Mein ganzes bequemes Leben. Das Erreichte, das Erarbeitete, das Zugefallene. Es hatte nichts mit mir zu tun. Schon eine Weile nicht mehr. Vielleicht seit dem Tag, als ich zu ihm nach Frankfurt zog, wer weiß das schon.

Durch Mimi hatte ich einen Grund zu gehen. Was immer es über mich aussagt, wenn erst ein Wesen mit rosaroten Ohrringen und Hello-Kitty-Handtasche auftauchen muss, damit ich Entscheidungen treffe, aber für Mimi hoffe ich, es bringt ihr einen Platz ein. An seiner Seite. Mit eigenem Bad und begehbarem Kleiderschrank.

7 Gardinen

»Komm mit, im Aldi haben sie Gardinen.«

Meine Mutter. Steht um acht Uhr morgens in der Tür; ich – barfuß, ungeschminkt und mit Kaffeetasse in der Hand – versuche, so verärgert wie möglich auszusehen, damit sie ihr Vorhaben direkt wieder aufgibt.

»Na los! Los! Die sind schnell weg!«

Lu taucht im Flur auf, das Telefon in der Hand. »Hör mal.« Sie zögert, wirft einen Blick auf meine Mutter. »Ähm, es ist, du weißt schon …«

Ich habe die Wahl: ich kann mit meiner Mutter Gardinen kaufen oder mit meinem Ex telefonieren. Hm …

光

Am Anfang stammeln wir beide Blödsinn. Dann klären wir Dinge. Sachliches. Nach fünf Jahren schließt sich eine Tür nicht ohne Weiteres. Man muss aufräumen, damit sie zugeht.

»Es tut mir leid«, sagt er, als ich bereits auflegen will.

»Muss es nicht.«

»Doch.«

Pause.

»Wenn du – ich wollte nicht, wir … es war … ich dachte, wir würden heiraten.«

»Das dachte wohl jeder«, sage ich leise und es ist mies von mir, ihn den Schuldigen sein zu lassen.

※

Als ich wiederkomme, steht meine Mutter noch immer startbereit in der Tür.

»Weißt du«, sagt sie und kramt in ihrer Handtasche, »wenn du dich entschuldigst, nimmt er dich vielleicht zurück.«

8 Im Park

»Mein Leben hatte einfach nichts mehr mit mir zu tun«, sage ich zu Lus Bruder, den ich zufällig im Park treffe.

Eigentlich ist er Lus Halbbruder. Kind aus zweiter Ehe. Als ich ihn das letzte Mal sah, steckte er mitten in der Pubertät. Schlaksig, pickelig. Nervig.

Inzwischen ist er groß geworden.

Sehr groß.

Ich glaube, mir wird warm.

Also: Wir laufen uns zufällig über den Weg. Wir plaudern.

»Finde ich super, dass du Lu im Buchladen hilfst, ist dringend nötig. Aber warum eigentlich? Hattest du nicht 'nen besseren Job?«

»Mein Leben hatte einfach nichts mehr mit mir zu tun.«

»Ah, Selbstfindung«, sagt er und obwohl darin keine Wertung mitschwingt, fühle ich mich zum ersten Mal seit sechs Wochen beschissen.

Kotzelendbeschissen.

9 Fortpflanzung

»Wann weiß man, dass man Kinder will?«, frage ich Lu.

Wir sitzen auf den Stufen der Eingangstreppe. Es ist noch hell und warm. Wir wollen nicht in die Wohnung, wir wollen nirgendwohin. Nur einen Moment im Abendwind. Godot säuft genüsslich aus der Regentonne.

»Woher soll ich das bitte wissen?«

»Du hast ein Kind.«

»Ich hab kein Kind. Ich habe Piet.«

Das ist, wenn man Piet kennt, ein unschlagbares Argument.

10 Bewohner

In der teilsanierten Altbauwohnung mit grünem Hinterhof, in einer Nebenstraße unweit des Stadtzentrums wohnen:

Lu und ich,

Piet

und

Godot. Ein acht Jahre alter Doggenmischling.

Godot zählt nicht. Er ist lebendes Inventar. Hintergrunddekoration. Ich bemerke ihn nur, wenn ich über ihn falle. Was häufig geschieht, denn Godots Hauptbeschäftigung besteht darin, im Weg zu liegen.

Piet zählt. Er ist fünf, zu still und sein Zimmer ist azurblau. Er kann stundenlang neben Godot liegen, im beinahe lautlosen Zwiegespräch. Oder er läuft mir hinterher. Beobachtet. Er fragt nicht viel, aber wenn, will er die ganze Antwort. Wenn ich sie nicht habe, tue ich gut daran, sie zu finden. Sonst schläft Piet nicht. Und auch sonst niemand. Außer Godot.

11 Bücher

»Du kennst die Bedingungen?« Lu ist reichlich nervös. Es wird mein erster Tag ohne sie im Buchladen.

»Sicher. Ich streite mich nicht mit den Kunden und verkaufe jeden Mist.«

»Falsch. Du gibst absolut keine Buchkritik ab. Selbst wenn dich jemand darum anfleht. Du gibst nichts von dir, was vom Klappentext abweicht. Keine Ironie. Keine Kommentare. Nichts. Verstanden?«

»Ja. Sir!«

»Und du verkaufst jedes Buch, das wir haben, und alles andere bestellst du. Kommentarlos. Klar?«

»Hör mal, so schlimm bin ich gar nicht …«

»Doch. Das bist du. Wenn es um Bücher geht, bist du völlig …«

»Bekloppt?«

»Besessen.«

»Ach komm.«

»Erinnerst du dich an letzte Weihnachten, als dir Eva ein Buch von Utta Danella geschenkt hat?«

»Ähm …«

»Eva hat geheult.«

»Vielleicht sollte lieber ich mit Piet zum Arzt gehen und du bleibst?«

»Nein, nein. Ist schon in Ordnung. Hör einfach auf mich und … du weißt schon.«

Lu geht. Die Tür ist beinahe zu. Da dreht sie sich um. »Ach, eines noch …«

»Ja?«

»Pass auf, dass niemand über Godot fällt.«

12 Vampire

»Wir haben Vampire.« Piet sagt das beiläufig, ohne von seinem Buch hochzusehen.

Ich bleibe stehen. »Nun … besser als Ameisen.«

»Was hast du gegen Ameisen?« Jetzt sieht er mich an.

»Sie klauen Essen.«

»Aber doch nur ganz wenig!«

»Ist eine prinzipielle Frage.«

Piet vertieft sich wieder in sein Buch.

»Kleiner?«

»Hm?«

»Was war das mit den Vampiren?«

»Wir haben welche.«

»Wo?«

»Im Haus.«

»Wie: im Haus?«

»Sie besuchen Olena.«

Olena wohnt zweites Stockwerk rechts. Außer der Schwere ihres Parfüms ist mir nichts weiter an ihr aufgefallen.

»Wann besuchen die Vampire sie denn so?«

»Dienstags, gegen fünf. Meistens.«

»Blutsaugende Dämonen besuchen Olena meistens dienstags gegen fünf?«

»Ich hab nicht gesagt, dass sie Blut saugen.«

»Du hast gesagt Vampire.«

»Ja, genau.«

Ich setze mich mitten in den Türrahmen. Godot legt mir in einem Anfall von Aktionismus die riesige Schnauze auf das Bein.

»Mach dir keine Sorgen«, tröstet mich Piet, »ich hab es nur gesagt, damit du Bescheid weißt und dich nicht wunderst.«

Als ob ich mich noch wundern würde.

13 Im Park II

»Was machst du?«

Lus Bruder steht plötzlich hinter mir.

»Ich warte auf Godot«, sage ich und wedle mit der Hundeleine.

»Huah!« Er lacht, klopft mir auf die Schulter und weg ist er.

14 Piet

»So ein klein wenig außergewöhnlich ist Piet aber schon …«

Ich sehe zu, wie Lu mit geübten Handgriffen Vesperbrote schmiert.

»Was du nicht sagst.«

»Wenn man sich mit ihm unterhält - er spricht nicht wie ein Fünfjähriger.«

»Redest du denn mit ihm, als wäre er fünf?«

»…?«

»Wo ist dein Problem?«

»Ich hab nicht gemeint, es sei ein Problem …«

»Warte mal.«

Lu verschwindet. Ich packe die Brote in Tüten, schneide zwei Äpfel.

※

Als sie zurückkommt, gibt mir Lu ein Foto. Piet ist darauf wenige Tage alt. Seine Haut ist runzelig. Faltig. Sie wirkt wie Baumrinde.

Er sieht direkt in die Kamera. Seine Augen sind tief dunkelblau. Auf der Aufnahme wirken sie beinahe schwarz. Das ist nicht das Foto eines Neugeborenen, es ist das eines alten Mannes.

»Das Licht ist seltsam – oder der Winkel«, versuche ich mich an einer Erklärung. »Fotos können echt merkwürdig sein.«

»Das sage ich mir auch immer.«

»Machst du dir Sorgen?«

»Worüber?«

»…«

»Magst du Piet? Ich meine, abgesehen davon, dass er mein Kind ist?«

»Klar! Er ist was Besonderes.«

»Wo ist dann das Problem?«

»So einfach ist das?«

»Das ganze Leben ist einfach«, sagt Lu und lächelt.

15 Zeit

Wenn ich Zeit hätte. Wenn mein Leben nicht aufgefressen würde von Arbeit, Alltagswust und Steuererklärungen, dann …

Nichts dann.

Seit ich hier bin, habe ich noch kein Buch gelesen, war nicht laufen im Park, habe keinen Fritz-Lang-Film gesehen. Nicht einmal die Kisten sind ausgepackt. Die Tage plätschern dahin. Es wird Abend, Nacht, Morgen.

Ich bin nicht aktiv. Ich mag keinen Sport. Kant zu lesen ist öde. Geschirrstapel und Staubflocken sind mir egal. Alles, was ich tun will, ist nachts um drei Rotwein trinken und Family Guy ansehen. Mit einem schnarchenden Godot neben mir.

So viel zur Selbstfindung.

16 Olena

Piet ist bei mir. Er hat sich hustend vor dem Kindergarten gedrückt und steckt jetzt kopfüber in einer meiner Bücherkisten.

Gestern Abend hat Lus Bruder aus ein paar Brettern so etwas Ähnliches wie ein Regal in meinem Zimmer errichtet. Ich konnte Piet davon abhalten, es blau anzustreichen, dafür hilft er mir jetzt beim Auspacken.

Auspacken bedeutet: ich sitze im Schneidersitz auf der Fensterbank, während Piet jedes einzelne Buch untersucht und eine Zusammenfassung des Inhalts von mir erwartet.

Wir brauchen zwei Stunden für zwölf Bücher.

☿

Von meinem Platz aus sehe ich Hauseingang und Straße. Beobachte das Kommen und Gehen, während ich mich mühsam an Geschichten erinnere, die ich vor Jahren gelesen habe.

Es ist ein altes Haus. Es gibt weder Sprechanlage noch elektrischen Türöffner. Wenn es klingelt, muss man die Treppen hinunterlaufen. An den Schritten im Treppenhaus kann ich die Besucher und Bewohner erkennen. Beim Knallen von Olenas Absätzen hebt Godot die Schlappohren.

☿

Wie viele Russinnen ist Olena eher interessant als schön. Sie trägt Goldschmuck und kräftige, dunkle Farben. Ihr Lachen ist laut, selten fröhlich.

Dreimal hallen ihre Schritte an diesem Vormittag durchs Treppenhaus. Vom Fenster aus kann ich die Besucher sehen: Alle sind Männer. Zwei, die einen monströsen Karton in ihre Wohnung wuchten, dann ein blasser Typ mit randloser Brille, der einen Umschlag bringt, und ein weiterer gegen Mittag. Er macht sich nicht die Mühe zu klingeln, hupt nur ungeduldig. Steigt dann aber aus dem Auto, um Olena die Beifahrertür aufzuhalten.

Ein Vampir war nicht darunter. Aber es ist auch nicht Dienstag und nicht gegen fünf.

17 … und aus Liebe?

»Vermisst du ihn?«, frage ich Lu und meine Piets Vater.

Wir liegen bäuchlings auf dem Teppich und trinken Balvenie. Double Wood.

»Klar.«

»Hast du je bereut, dass du nicht mitgegangen bist?«

»Klar.«

Pause. Dann: »Immer wenn ich versuche, mit dem Laptop ins WLAN zu kommen.«

»Haha.«

»Ernsthaft. Es sind diese Momente, in denen du etwas fragen willst, wie du es schon tausendmal getan hast, aber da ist niemand mehr, der dir antwortet. Du bist allein.«

Lu schenkt sich nach.

»Nicht mal heulen kannst du, denn du musst ja dieses DrecksWLAN auf die Reihe bekommen …«

※

»Weißt du«, sagt Lu, »diese ganze Sache mit den gleichberechtigten Beziehungen, Wegfall der Rollen, Selbstverwirklichung für alle – das hat einen Haken.«

»Hm?«

»Wenn jeder das Recht auf seinen eigenen Weg hat, dann geht irgendwann jeder seines Weges.«

»Was?«

»Ein gleichberechtigter Partner wird sein Leben nicht hinschmeißen, um deines zu leben.«

»… und wenn man sich liebt?«

»Dann dauert es wahrscheinlich etwas länger.«

18 Anthrazit

Ich bin spät dran.

Mit Godot im Schlepptau springe ich Treppen hinunter, reiße die Tür auf und kann gerade noch ausweichen.

Vor der Tür steht jemand.

Ich sehe kurz hoch, murmele »Entschuldigung«, zerre Godot weiter, stolpere, fluche und mache mich endlich auf den Weg zum Kindergarten.

Während ich vorwärts haste, hängt mir die flüchtige Begegnung nach. Ein Mann. Dunkle Kleidung. Sein Gesicht …

Ich habe viele Männer kommen und gehen sehen in den letzten Tagen. Dieser war anders.

Piets Vampire fallen mir ein.

光

Blödsinn.

Es ist nicht Dienstag und überhaupt, ich habe ihn kaum gesehen. Wenn ich an solchen Geschichten spinne, bin ich offenbar nicht ausgelastet.

»Wer hat Angst vorm Schwarzen Mann«, sage ich zu Godot und mache ihn am Zaun des Kindergartens fest.

»Nicht schwarz. Anthrazit«, sagt Piet, der hinter dem Zaun steht und wartet.

19 Koitabilitätsfaktor

Der nächste Abend. Wir wiederholen die Sache mit dem Balvenie.

»Olena hat gut Besuch, oder?«

Lu sieht mich prüfend an.

»Beim Auspacken der Kisten habe ich es zufällig beobachtet.«

»Du hast deine Kisten ausgepackt?«

»Fast.«

»...«

»Hat sie immer so viel Besuch?«

»Von Männern?«

»Ja.«

»Hat sie.«

»Ah so.«

»Hoher Koitabilitätsfaktor.«

»Hoher Koibaili... Koitalio... Koitabilitätswas?« Scheiß Whisky.

»Hoher Koitabilitätsfaktor. Praktische Sache. Immer ein Mann da, der was trägt, hämmert ...«

»Ein Essen bezahlt.«

»Genau.«

»Du meinst, kürzere Röcke und rote Fingernägel und ich bekomme doch noch ein Bücherregal, das nicht droht zusammenzubrechen?«

»Hm: der typische Irrtum. Natürlich schaden weder lange Haare noch lange Beine, aber an sich ist das Signalisieren von Paarungsbereitschaft völlig ausreichend.«

»Krieg ich hin.«

»Nö.«

»Wie: Nö? Ich bin paarungsbereit!«

»Ich war noch nicht fertig. Signalisieren von Paarungsbereitschaft ohne Komplikationen.«

»Wo verursache ich denn bitte Komplikationen? Und wenn Olena unkompliziert ist, dann lass ich Piet mein Zimmer blau anmalen!«

»Siehst du, deshalb wird das bei dir nichts. Ich sagte ›signalisieren‹, nicht ›sein‹. Es geht um den Eindruck, den du machst, nicht darum, wer du bist.«

»Und was mach ich falsch?«

»Gar nichts. Aber deine Person schimmert immer durch, und sich mit einer Person auseinanderzusetzen ist …«

»… kompliziert.«

20 Muttiqualitäten

Immer noch Abend. Immer noch Balvenie.

»Das schätzen also Männer an Frauen: einen hohen Koitabilitätsfaktor. Super.«

»Wann habe ich was von ›schätzen‹ gesagt?«

»…!«

»Es bringt sie zum Sabbern und dazu, dir die Wohnung zu renovieren … aber schätzen? Nein, schätzen werden sie eher Muttiqualitäten.«

»Was ist das jetzt wieder?«

»Wenn eine Frau nach Hause kommt und der Partner hockt vor dem Computer. Mit drei Freunden, zwei Kästen Bier, ohne Untersetzer und Zigarren rauchend. Was macht sie?«

»Tobt.«

»Das, oder besser noch – sie schaut vorwurfsvoll, reißt die Fenster auf und sagt: ›Du weißt doch genau, dass der Kanarienvogel Asthma hat.‹«

»Aha.«

»Eine Frau mit Muttiqualitäten aber sagt: ›Jungs, braucht ihr noch Bier? Dann fahr ich schnell zur Tanke.‹«

»Und macht Schnittchen.«

»Genau.«

21 Menschliches am Morgen

Ich hocke dezent verkatert vor meinem Kaffee. Lu funktioniert, wie nur Mütter funktionieren. Mit irrsinniger Geschwindigkeit wäscht sie Geschirr, wischt Tisch und Arbeitsplatte ab, macht Frühstück.

»Gerade männerfreundlich bist du aber auch nicht.«

»Ich bin nicht gerade menschenfreundlich, wenn schon«, antwortet Lu und füllt Godots Wassernapf.

»Du weißt, was ich meine.«

»Männerfeindlichkeit würde voraussetzen, dass ich von Frauen eine höhere Meinung habe. Habe ich aber nicht.«

Es ist sieben Uhr morgens, wir haben nicht mal fünf Stunden geschlafen und Lu gibt das blühende Leben. Ich lege meinen Kopf auf der Tischplatte ab. Direkt neben der Kaffeetasse.

»Frauen sind kein bisschen besser.«

»Kommst du mir jetzt mit Papaqualitäten?«

»Im weitesten Sinne vielleicht. Frauen verlieben sich nicht in Männer, sie verlieben sich in Lebensumstände.«

»Das berechnende Weib«, sag ich und gähne.

»Quatsch, Rechnen. Dafür müsste man denken. Nein, alles Intuition. Nestbautrieb. Sozialer Status.«

»Pure Romantik.«

»Gibt es auch. Der böse Bube, den sie allein zu zähmen vermag. Der Ritter, der vom Pferd steigt, um für sie Blumen zu pflücken.«

»George Clooney.«

»Eher der DJ in der Dorfdisko.«

»Ich geh wieder ins Bett …«

»Mit wem?«, fragt Lu.

»Godot.«

22 Klischees

Wir sind auf dem Weg zum Kindergarten. Piet führt Godot, ich trage die Beutel mit Matschehose, Regenjacke und Vesperbrot, Lu sortiert im Gehen Unterlagen.

»Mal abschließend«, sage ich, »dieses ganze Mann/Frau-Ding ist doch nichts als Klischee.«

»Meinst du?«

»Ja. Eine überkommene Vorstellung oder ein eingefahrenes Denkschema, eine abgedroschene Redensart oder vorgeprägte Ausdrucksweise, ein überbeanspruchtes Bild/Stilmittel …«

»Hast du noch schnell im Kluge nachgeschlagen?«

»Nein. Wikipedia.«

»Ahja.«

»Trotzdem.«

»Ich denke: das Gerede vom Klischee ist ein Klischee«, sagt Lu. Ich mache ein Geräusch zwischen Gurgeln und Stöhnen und trete dem armen Godot auf die Pfote, der dabei war, einen Mülleimer zu beschnüffeln.

»Menschen sind nicht originell. Paradoxerweise sind sie nicht mal individuell. Sie sind – warte, wie war das noch – ach ja: eingefahren, vorgeprägt, vorhersehbar.«

»Vorhersehbar war nicht dabei.«

»Leg ich drauf.«

23 Gardinen II

»Ich hab dir Gardinen gekauft«, sagt meine Mutter und im gleichen Atemzug: »Was ist das denn?«

»Ein Bücherregal, und ich will keine Gardinen.«

»Das sind doch nur Bretter! Und das sind nicht die Gardinen aus dem Aldi, die habe ich aus dem Möbelladen da unten.«

Ich sage erst mal nichts mehr. Zum einen überfordert es mich, zwei Dinge gleichzeitig zu diskutieren, zum anderen weiß ich nicht, was ›Möbelladen da unten‹ bedeuten soll und was das Wichtigste ist: Ich mag keine Gardinen.

»Kannst du dir wirklich keine Möbel leisten? Kind! Ich will doch nur, dass dein Zimmer ordentlich aussieht.«

»Ich weiß nicht, ob Gardinen da viel ausrichten«, kommentiert Lu, die auf meinem Bett sitzt.

»Für jemanden, dessen Küche aussieht, als wäre in einem Hindutempel ein Töpfermarkt explodiert, kannst du einem wirklich auf den Sack gehen«, sage ich und Lu streckt mir die Zunge raus.

Meine Mutter hat die kurze Ablenkung genutzt, ist auf die Fensterbank geklettert und versucht Stores (Blumenmuster!) an der Gardinenstange zu befestigen. In ihrer Tasche entdecke ich die passenden Überhänge. Sie sind lachsrosa.

»Was machst du da?« Piet steht plötzlich in meinem Zimmer. Allmählich wird es voll.

»Ich hänge Gardinen auf, Piet. Damit das Zimmer ein wenig hübscher wird«, erklärt meine Mutter und eines muss man ihr lassen: Flink ist sie. Die Hälfte hat sie bereits.

»Ich finde das Zimmer schön, so wie es ist.«

Gutes Kind!

»Du bist noch zu klein, um das zu beurteilen. Wenn du erst größer bist …«

Beim Stichwort ›größer‹ schiebt sich Godot durch die Tür, bleibt stehen und überlegt ein Weilchen, wo er liegen soll. Piet protestiert inzwischen lautstark gegen die Gardinen, meine Mutter hängt die Dinger unbeeindruckt weiter auf, Lu versucht erst Godot, dann Piet aus dem Raum zu schieben und ich entwickle Verständnis für Amokläufer.

光

Eine Stunde später sitzen meine Mutter und Lu beim Tee, Godot schläft auf meinem Bett und Piet hilft mir, die Gardinen wieder abzuhängen. Über den Hof läuft der Mann in Anthrazit und klingelt.

Einen Augenblick später hallen Olenas Schritte durchs Treppenhaus.

24 Geld

Askese hört genau dann auf lustig zu sein, wenn du gezwungen bist, billigen Rotwein zu trinken.

25 Instabil

Die meisten Menschen sind gern verliebt.

※

Ich nicht.

Ich will wissen, wo ich stehe. Was man von mir hält. Was man von mir will. Das ganze Blicke- und Gestengetausche. Unverfängliche Verabredungen. Das Hoffen. Die Selbstdarstellung. Die Ernüchterung. Man befindet sich in einem instabilen Zustand. Alles ist zerbrechlich.

Es fehlt, einen Körper neben mir liegen zu haben, den ich kenne wie meinen eigenen. Zu wissen, wie sich der nächste Kuss anfühlen wird.

Ich will mich nicht verlieben.

26 Gebacken

»Oh!«

Es ist spät geworden, Lu sieht müde aus. Piet müsste schon seit einer Stunde im Bett sein.

»Wir backen, Mama!«

»Das ist nicht zu übersehen.«

Ist es wirklich nicht.

Überall stapeln sich Schüsseln, Obsthäufchen sind über die Arbeitsplatte verteilt. An Ganesha klebt Teig.

Zum Glück ist er abwaschbar. Alle anderen Götter habe ich in weiser Voraussicht zugedeckt, Zerbrechliches in Sicherheit gebracht und die Kochbücher ins Wohnzimmer geräumt. Dennoch habe ich Backen mit einem Fünfjährigen komplett unterschätzt. Piet ist mehlweiß, Gesicht und Haare sind von Buttercreme verschmiert.

»Charlotte, Mama!«

»Wer?«

»Der Kuchen. Der heißt so. Eine Charlotte!«

Piet strahlt.

»Oh. Der sieht lecker aus.«

Das ist eine Untertreibung. Der Kuchen ist perfekt. Eine Kuppel aus Biskuitschnecken, gefüllt mit Schichten aus Buttercreme, Kirschen, Bananen, Pfirsichen. Piet und ich sind enttäuscht. Wir hatten mit mehr Begeisterung gerechnet.

»Jakob wird sich freuen.«

»Jakob?«, fragen Piet und ich unisono.

»Ihr wisst schon, mein Bruder: groß, blond, handwerklich unbegabt …«

»…«

光

»Hör mal, Piet, Jakob holt dich morgen vom Kindergarten ab und passt auf dich auf, bis ich aus dem Laden komme.«

»Kann sie nicht auf mich aufpassen?« Piet zeigt auf mich und sein bettelnder Blick schlägt den von Godot, wenn es Steaks gibt.

»Ich besuche meine Mutter«, werfe ich ein.

»Ich komm mit!«

»Seit wann hast du etwas gegen Jakob?«, rettet mich Lu.

»Ich habe nichts gegen Jakob. Aber seine neue Freundin will immer, dass ich im Sandkasten spiele. Außerdem kichert sie.«

27 Jung

Jakobs Freundin kichert. Andauernd.

⌘

Meine Mutter hat kurzfristig abgesagt. Jetzt sitze ich am Küchentisch neben Piet und sehe Jakob zu, wie er das dritte Stück Kuchen isst. Seine Freundin wollte keines, sie ist auf Kirschen allergisch.

Das Gespräch pendelt zwischen Buchladen und Kindergarten. Nach zwanzig Minuten andauernder Heiterkeit will ich mit Godot in den Park. Piet sieht mich flehend an. Ich bleibe. Jakob kaut. Seine Freundin redet.

»Den ganzen Tag Bücher! Wie ist das denn so?«

»Eigentlich ist es egal, ob man Bücher oder Wurst verkauft. Kunden sind Kunden.«

Kichern.

»Ach was!«

Kichern.

»Da gibt es doch ganz bestimmt Unterschiede.«

»Stimmt. Bisher wollte noch keiner 150 Gramm Proust, wenn du das meinst.«

Kichern.

»Na«, wendet sie sich abrupt an Piet, »hast du schon eine kleine Freundin?«

Piet schaut verzweifelt, was sie falsch deutet.

Kichern.

»Und willst du sie mal heiraten?«

»Äh?«

Kichern.

»Willst du denn mal heiraten?« Piet schaut auffallend harmlos hinter seinem Kakaobecher hervor.

»Na klar.«

»Den Jakob?«

Kurz Stille. Dann: Kichern.

Jakob bleibt das vierte Stück Kuchen im Hals stecken. Godot erhebt sich, was ich nutze: »Ich glaube, der Hund muss raus.«

»Ich helfe dir!«, sagen Piet und Jakob gleichzeitig.

Kichern.

28 Lesen

»Setz dich auf die Bank und iss in Ruhe dein Eis«, sage ich zu Piet. »Ich geh schon mal vor.«

Lu ist allein im Laden, was mir sehr entgegenkommt.

»Der Kindergarten hat herausgefunden, dass Piet lesen kann. Sie wollen mit dir reden.«

»Juhu.«

»Sie schienen nicht begeistert zu sein.«

»Mit wem hast du gesprochen?«

»Der großen Dunklen. Die mit der Brille.«

»Pagenschnitt?«

»Hm ... ja.«

»Ach die, die ist nie begeistert. Hat sie gesagt, worüber?«

»Irgendwas mit einem Test und dass Piet ein ›außergewöhnliches‹ Kind sei. Sie wollte mir erst gar nichts sagen, ich habe auf sie eingeredet, bis sie wenigstens so viel rausrückte.«

»Mach dir keinen Kopf. Die Leiterin hat mich vor einem halben Jahr schon darauf angesprochen.«

»Auf das Lesen?«

»Nein, darauf, dass Piet ›außergewöhnlich‹ ist.«

»Was machst du jetzt?«

»Ich behaupte, ich hätte mit dem Kinderarzt gesprochen und der hätte gesagt, wir würden erst mal beobachten. Wenn Eltern sich trennen, sei das nicht ungewöhnlich, usw.«

»Meinst du, das nehmen sie dir ab?«

»Klar. Fünfjährige, die lesen können, sind nicht besonders selten.«

»Ähm? Seit wann genau kann Piet eigentlich lesen?«

»Hm.«

»Hm?«

»Ich glaube, er konnte schon immer lesen. Er hat es nur die ersten Jahre erfolgreich vor mir verheimlicht.«

»Das ist … beunruhigend.«

»Wenn du was wirklich Beunruhigendes sehen willst, dann geh mit Piet in den Zoo.«

29 Ein Angebot

Es hat den ganzen Tag geregnet. Piet und ich haben die Wohnung geputzt und die Küche direkt im Anschluss wieder verwüstet.

Quiche Lorraine.

Jetzt warten wir in der Abendsonne auf Lu. Piet und Godot sind auf dem Wäscheplatz beschäftigt. Vielleicht eine Schatzsuche. Ich sitze auf den Stufen der Eingangstreppe. Lese.

光

»An Ihnen komme ich nicht unbemerkt vorbei.«

Ich schrecke hoch. Der Mann in Anthrazit.

»Wie?«

Sein Blick liegt auf mir. »Wenn ich hier vorbeikomme, sehe ich Sie. Meist sitzen Sie am Fenster.«

Was sagt man dazu?

»Tja, lieber Unbekannter, Sie müssen wissen: Ich habe einen Mann verlassen, meine Arbeit hingeworfen, bin in eine WG gezogen und jetzt fällt mir nichts Besseres ein, als am Fenster rumzuhängen und den Leuten beim Klingeln zuzusehen.«

Oder ich frage ihn einfach, ob er ein Vampir ist.

Stattdessen rette ich mich, indem ich zum Schwarz meines Fensters hochsehe. »Wie kann man mich da denn sehen?«

(Was genau genommen noch dämlicher ist. Und: am Ende hatte meine Mutter mit den Gardinen doch recht.)

»Ich kann es«, sagt er. Was immer das heißen soll.

Wir sehen uns eine Weile an.

»Ich hörte, Sie suchen Arbeit?«

»Tu ich das?« (Ha. Sehr gut. Kein Kinnlade Runterfallenlassen, kein dummer Gesichtsausdruck, sondern eine Gegenfrage.)

»Ihre Mutter hat das erwähnt.«

Jetzt gucke ich doch noch dumm. Meine Mutter konspiriert mit Vampiren. Das erklärt einiges.

»Äh, meine Mutter ...«

»Eine entschlossene Frau.«

So kann man das auch sagen.

»Was hat sie denn genau gesagt?«

»Sie seien aus persönlichen Gründen vor wenigen Wochen in die Stadt gezogen und suchten Arbeit.«

»Öhm ...«

»Das ist sicher etwas ungewöhnlich ...«

Etwas? Ungewöhnlich?

»... aber ich gebe Ihnen eine Visitenkarte. Gesucht wird eine Assistentin. Die Hauptbeschäftigungszeit liegt in den Abendstunden, damit bliebe genug Zeit für dich.«

Der letzte Teilsatz richtet sich an Piet, dessen Begabung, unbemerkt aufzutauchen, allmählich anstrengend wird.

»Was denkst du?« Er spricht noch immer mit Piet.

Piet legt den Kopf schräg. »Sie kann kochen.«

»Gut.«

Jetzt sehen mich beide an. Ich hocke auf den Stufen, das Buch in der Hand, und ringe mir ein »Ich denke darüber nach« ab. Die Antwort scheint zufriedenzustellen. Beide.

⌘

»Wie war das noch mal mit Dienstag gegen fünf?«

Piet zuckt mit den Schultern.

»In letzter Zeit kommt er öfter.«

»Und du hast kein Problem damit, wenn ich für Vampire arbeite?«

»Nein. Es muss genau so sein. Glaube ich. Außerdem habe ich dir das nur erzählt, damit du dich nicht wunderst.«

Nicht wundern. Genau.

30 Liegen bleiben

Ich bin krank.

Das Schniefen, Röcheln, Husten, der wehe Kopf, das Klappern der Glieder – wer mag das schon. Solange man sich damit übellaunig durch den Tag schleppen kann, ist alles gut. Irgendwann hört man wieder auf, Flüssigkeiten abzusondern.

Unerträglich wird es, wenn ich liegen bleibe.

Als Kind fand ich das nett. Glaube ich. Ich sah den ganzen Tag fern, mampfte Zwieback und trank furchtbaren Tee. Zumindest während meiner Kindheit war der Tee grauenvoll. Mancher hatte vielleicht mehr Glück.

⌘

Jetzt scheint es nicht viel anders. Fernseher, Zwieback, Tee.

Das Unangenehme am Liegenbleiben ist: all dieser kleine Unrat des Lebens, den man sich tagtäglich mehr oder weniger mühsam aus dem Weg kickt, bleibt ebenfalls liegen. Sammelt sich an. Bläht sich auf. Wird zur Welle. Hoch. Höher. Du weißt: in dem Moment, in dem du aufstehst, wird sie über dir brechen.

»Du hast eine erstaunlich melodramatische Beziehung zur Hausarbeit«, sagt Lu, als ich ihr die Wellentheorie unterbreite.

Aber es ist nicht die Wäsche, das Geschirr, die Berge vollgeschniefter Taschentücher. Mir fällt nur nichts Besseres zur Erklärung ein.

Lu bringt mir Tee. Bleibt an meinem Bett stehen, sucht das Fieberthermometer.

»Kommst du klar?«

Natürlich komme ich klar. Ich bin erwachsen.

Er, damals, vor ein paar Wochen in Frankfurt, brachte mir Nasenspray und Hustensaft. Ging einkaufen. Das Leergut hat er vergessen, ebenso die alten Zeitungen, die als dramatische Turmgebilde die Abstellkammer schmückten. Was soll's.

Ich bin nicht allein. Ich war nie allein. Ich habe nicht einmal eine Vorstellung davon, was es bedeutet, allein zu sein.

Wenn ich liegen bleibe, höre ich das Knistern der Risse, die sich durch das Leben ziehen. Folgen allzu alltäglicher Bruchlandungen. Stellen, die man nie dicht bekommt. Feine Splitter rieseln auf mich herab.

Wenn ich liegen bleibe, wird mich niemand aufheben.

31 Ein Anruf

Das Telefon liegt griffbereit. Ich drehe die Visitenkarte in den Fingern; sie ist von schlichter Eleganz.

Mehr als das. Wenn es Themes für Visitenkarten gäbe, dann wäre diese Karte der Prototyp für die Suchbegriffe ›schlicht‹ und ›elegant‹. Die Perfektion macht sie unpersönlich.

Das Papier ist schwer. Mein ständiges Herumspielen damit in den letzten Tagen hat keine Spuren hinterlassen. Anthrazitfarbene Schrift auf dezentem Weiß. Nur der Name und eine Telefonnummer.

Eugenia von Lohen-Ebenstein.

⌘

Ich wähle, es klingelt. Einmal.

»Guten Abend.«

Eine Frauenstimme, mehr ist nicht herauszuhören. Es gelingt mir, einigermaßen sicher meinen Namen zu sagen.

»Ich habe Ihren Anruf erwartet.«

»Ja?«

»Natürlich. Können Sie morgen Abend gegen acht Uhr vorbeikommen? Passt das?«

»Äh, ja. Das ...«

»Gut. Dann bis morgen. Vielen Dank.«

Sie legt auf. Ich lege auf.

⌘

Eine halbe Stunde später fällt mir ein, dass ich keine Adresse habe.

32 Geregelte Tätigkeit

Die Adresse finde ich am nächsten Morgen im Briefkasten. Auf einem dezent weißen Briefbogen in einem dezent weißen Umschlag.

Ich nehme die Straßenbahn in die Innenstadt, die letzten Meter gehe ich zu Fuß über das Kopfsteinpflaster. Die Straßen sind belebt. In den Restaurants beginnt das Abendgeschäft.

Der Fahrstuhl bringt mich direkt in das Penthouse.

⌘

Ich erwarte eine ältere Dame.

Vor mir steht eine junge Frau. Blass. Sie hat die Aura einer Tänzerin.

Sie steht mitten im Barock.

Es ist, als hätte man all den Prunk barocker Herrscher in ein typisches Großstadt-Appartement gequetscht. Mit Blick auf die Altstadt.

Frau von Lohen-Ebenstein lacht.

»Ich weiß, ich weiß. Die Wohnung ist schön, passt aber in ihrem klaren modernen Stil nicht zu meiner Vorliebe für – na sagen wir – betagtere Dinge.«

Ich muss geistig retardiert wirken, wie ich da in der Fahrstuhltür stehe. Frau von Lohen-Ebenstein scheint das gewohnt zu sein.

»Auf Tristan kann man sich verlassen. Setzen Sie sich doch bitte.«

Wer zum Teufel ist Tristan?

»Kommen Sie?«

Ich komme. Leicht wankend, aber es gelingt mir, mich zu setzen, ohne irgendetwas umzuwerfen. An meiner Hose entdecke ich ein paar kurze graue Haare. Godot.

Mist.

»Machen Sie sich keine Gedanken. Die Polster lassen sich gut reinigen.«

»Hmwangwie?« Dieser Laut ist das Erste, was ich hervorbringe.

»Oh, ich wollte nicht … Bitte verstehen Sie – viele Besucher haben den Eindruck, ein Museum zu betreten, und wagen kaum zu atmen. Aber all das, was Sie hier sehen, ist nichts anderes als mein Lebensraum. All das soll genutzt werden, all das wird genutzt. Glauben Sie mir, so unpraktisch ist das gar nicht. Ich hatte mal ein Billy-Regal, das war nach zwei Monaten kaputt.«

»Sie hatten ein Billy-Regal?«

»Natürlich.«

Natürlich.

光

»Wie Tristan Ihnen erläutert hat, biete ich eine geregelte Tätigkeit als persönliche Assistentin. Das ist meine Vorstellung. Was meinen Sie?«

Mit federleichter Geste reicht sie mir eine dezent weiße Karte. Darauf steht eine Zahl. Eine hohe Zahl. Nach etwa zwanzig Sekunden wird mir bewusst: die Zahl soll mein Lohn sein.

Ich sortiere: Tristan ist (wahrscheinlich) der Mann in Anthrazit und die Lohen-Ebenstein sucht eine bewegungs- und sprachbehinderte Assistentin. So weit, so seltsam. Aber das ist ganz eindeutig die falsche Zahl auf der Karte.

»Beantworten Sie mir bitte eine Frage?« Meine Stimme ist überraschend klar.

»Aber gern.«

»Wie alt sind Sie?«

»Auf Tristan kann man sich verlassen«, wiederholt von Lohen-Ebenstein statt einer Antwort. »Sie haben den Job. Ich bin so frei und besorge uns eine Kleinigkeit vom Italiener. Gleich um die Ecke; sehen Sie sich so lange um, machen Sie sich mit allem vertraut.«

Spricht's, erhebt sich und verschwindet im Fahrstuhl.

※

Umständlich krame ich mein Mobiltelefon aus der Tasche. Wähle.

»Na? Wie ist es?«, meldet sich Lu. Im Hintergrund höre ich Piet und Jakob debattieren.

»Du hast so was von unrecht«, sage ich. »Ich ziehe die Irren ganz eindeutig an.«

33 Spät

Lu und Piet warten auf mich in der Küche.

»Und? Machst du den Job?« Piet ist zu angespannt für jemanden, der einen Entenschlafanzug trägt.

»Wenn nichts dazwischen kommt: Ja. Wahrscheinlich.«

»Was denn dazwischen?«

»Na ja Piet, ich … das Ganze ist schon seltsam.«

»Ich habe dir doch gesagt, du sollst dich nicht wundern.«

Lu sieht mich fragend an, ich mache eine hilflose Geste.

»Piet, pass auf«, sage ich und wedle mit den Händen in der Luft herum. »Es wird sich in den nächsten Tagen entscheiden. Es gibt da ein paar Kleinigkeiten, die ich noch … Du gehst jetzt ins Bett und …«

»… schläfst«, beendet Piet meinen Satz.

»Genau. Aber! Was hältst du davon, wenn wir beide was unternehmen?«, versuche ich ihn auf andere Gedanken zu bringen. »Kindergarten schwänzen und, und … in den Zoo gehen.«

»Okay. Aber nicht zu den Mandrills. Die mögen mich nicht.«

米

»Was für Kleinigkeiten?«, fragt Lu direkt, als Piet außer Hörweite ist.

»Was sind Mandrills?«, frage ich zurück.

»Affen.«

»Affen?«

»Affen. Was für Kleinigkeiten?!«

»Ach so, ja, Uniformen.«

»Uniformen?«

Ich mache wieder mal eine hilflose Geste und schiebe Godot zur Seite, damit ich mich setzen kann.

34 Schlaflos

Ich beschließe, den Kühlschrank zu plündern und werde ertappt.

»Wieso schläfst du nicht?«, fragt mich Lu.

»Wieso schläfst du nicht?«, frage ich zurück, ein doppeltes Salami-BBQ-Soße-Tomaten-Sandwich in der Hand.

»Ich bin alleinerziehend und selbstständig. Wann soll ich bitte schlafen?«

Lu schleppt drei Kartons voller Kleidung in die Küche.

»Nanu? Neue Klamotten? «

»Klar«, sagt Lu, »ich habe meine Vorliebe für Ben10 und Piratenhaie entdeckt.«

»Warum bist du so grantig?«

»Ich bin nicht grantig, ich bin müde.«

※

Also helfe ich Berge von Kleidung zu sortieren. Kindersachen, die Freunde und Verwandte für Piet aufgehoben haben. Klamottentausch ist, wie mich Lu aufklärt, Tradition. Das macht man so. Der Eine kann es brauchen, der Andere muss es nicht wegwerfen. Aber seit Lu sich getrennt hat, nehmen die Spenden die Ausmaße einer biblischen Plage an.

Wir machen drei Stapel:

- direkt entsorgen

- weiterverschenken

- herausfinden, ob Piet das anzieht

35 Zoo

Zuerst sehen wir uns die Kängurus an und die Kängurus sehen uns an. Kauend. Wegen der Mandrills haben wir den Hintereingang genommen.

Piet ist schweigsam, die gesamte Straßenbahnfahrt über hat er aus dem Fenster gesehen. Ich biete ihm ein Eis an. Er will keines.

»Schau mal: Giraffen!«

Das Gehege ist ein Stück entfernt, man kann nur die Köpfe sehen.

»Hm.«

»Und da! Esel!«

Im gegenüberliegenden Gehege stehen drei Esel. Wie aufgereiht.

»Ein Steinbock, dort ganz oben!«

»Hm.«

Ich gebe die Tieransagen auf, hocke mich neben Piet und sehe mich um. Überall Tiere. Was nicht ungewöhnlich ist für einen Zoo. Und doch: alle Tieraugen sind auf uns gerichtet, als würden sie uns beobachten.

Wir gehen zum Vogelhaus. Ich drehe mich um. Die Kängurus kauen, die Esel stehen wie festgeklebt und die Giraffen recken die Hälse.

Wir setzen uns.

»Hör mal Piet, wenn du mir was sagen willst …«

»Hm.«

»Noch ein ›Hm‹ und ich zwinge dich, im Sandkasten Kuchen zu backen.«

»Was soll ich denn sagen?«

»Hm.«

»Haha.«

光

»Kennst du das?« Piet beginnt zögernd. »Wenn man weiß, da kommt etwas. Man kann es nicht sehen oder hören, aber es kommt.«

»Was kommt?«

»Na, etwas … etwas Großes.«

»Ein Ereignis?«

»So was.«

»Eine Veränderung?«

»Hm.«

»Hast du Angst davor?«

»Es geht nicht um mich. Es ist nur … beunruhigend.«

Ich lege den Arm um den Kleinen, zerzause das dunkle Haar. Frage nicht nach seinem Vater. Verkneife mir Weisheiten über Trennungsängste und den Wandel von Beziehungen. Halte ihn fest, einen Moment lang.

»Weißt du, was ich beunruhigend finde?«

»Was?«

»Der Marabu da – der beobachtet uns schon die ganze Zeit.«

»Ach der …« Piet grinst und macht eine Handbewegung zwischen

Winken und Verscheuchen. Der Marabu dreht sich um und schreitet davon.

Piet lacht sich halbtot über mein verblüfftes Gesicht.

Als wir weitergehen, schreien die Raben.

36 Lasagne

Lu räumt die Spülmaschine ein. Jakob liest Zeitung. Er ist in letzter Zeit ständig hier. Meistens zum Essen.

Ich habe versprochen, Lasagne zu machen. Piet verschwindet mit Godot in sein Zimmer, ich nehme den Nudelteig aus dem Kühlschrank.

»Und, wie war es im Zoo?«, fragt Jakob über die Zeitung hinweg.

»Gut«, ich werfe den Nudelteig schwungvoll auf die Arbeitsplatte, »keine besonderen Vorkommnisse.«

Schweigen.

»Was hat es jetzt eigentlich mit den Affen auf sich?«

»Nicht Affen«, sagt Lu, »nur die Mandrills.«

»Von mir aus. Was hat es mit den Mandrills auf sich?«

»Ach, die fangen an zu brüllen und werfen mit Obst.«

»Und Stöcken«, ergänzt Jakob.

»Wenn sie welche haben.«

»Fäkalien …«

Ich höre kurz auf zu kneten. »Ist jetzt nicht so ungewöhnlich für Affen, oder?«

»Seh ich auch so«, sagt Lu.

»Schon«, meint Jakob und legt die Zeitung beiseite, »aber sie fangen damit an, sobald Piet auftaucht und beruhigen sich, wenn er wieder weg ist.«

»Echt?«

»Jakob übertreibt, weil er es lustig findet.« Lu probiert den Teig. »Da fehlt noch Salz.«

»Wenn ich übertreibe, was ist dann mit dem Pfleger?«

»Welchem Pfleger?«

»Das Salz«, erinnert mich Lu.

»Da fehlt keines!«

Jakob steht auf, nimmt sich Teig.

»Als wir letztens mit Piet im Zoo waren, sind wir ins Afrikahaus. Zu den Elefanten. Aber so, dass die Mandrills uns nicht gesehen haben. Da fährt ein Pfleger eine Schubkarre voll mit Grünzeug an uns vorbei. Bleibt stehen. Sieht Piet an und sagt: ›Oh Gott, nicht du schon wieder!‹ Da fehlt eindeutig Salz.«

※

»Ähm? Wie oft habt ihr das mit den Mandrills gemacht?«

»Wie gesagt«, Lu sieht Jakob an, »er findet das irre lustig.«

»So oft nun auch wieder nicht.«

»…«

»Wirklich nicht!«

※

»Was kochst du morgen?«, fragt Jakob, während er die letzten Reste Lasagne aus der Auflaufform kratzt.

»Nichts. Ich muss zur Kostümprobe.«

»Ich will mit«, ruft Piet sofort.

»Ich auch«, sagt Jakob.

»Was ist eigentlich mit deiner Freundin?«

»Die ist auf Kostümproben allergisch.«

37 Uniformiert

So kommt es, dass ich mit einem fast zwei Meter großen Mittzwanziger, einem Fünfjährigen und einer Dogge in der nobelsten Boutique der Stadt auftauche. Entsprechend ist der Gesichtsausdruck der für den Verkauf zuständigen Damen.

Die Stimmung ändert sich schlagartig, als ich die Karte meiner zukünftigen Arbeitgeberin vorzeige.

Jakob bekommt ein Ginger Ale, Piet frisch gepressten Orangensaft, Godot eine Schüssel mit Wasser. Wahrscheinlich Perrier. Ich will nichts.

Zu den wenigen Bedingungen, die Eugenia von Lohen-Ebenstein stellt, gehört angemessene Kleidung. Meine Befürchtung ist: sie meint damit passend zu ihrer Wohnung. Was trug man im Barock? Perücken und Unterröcke aus Fischgräten?

Die Realität stellt sich als nicht ganz so arg heraus.

Erstaunlich ist eher die Vollständigkeit, mit der sie mich einkleiden lässt. Strümpfe, Schuhe, Unterwäsche – und das Beste aus meiner Sicht: eine Kollektion Taschen. Das Meiste ist gehobenes Businesszeug. Unifarbene Blusen. Hosenanzüge. Kostüme.

»Huah! Men in Black«, kommentiert Jakob.

»Anthrazit«, korrigiert Piet.

»Wollen Sie nicht doch was trinken?« Die Verkäuferin tritt hinter mich und zieht an der Jacke herum. Schlägt Falten, steckt Nadeln.

»Cognac wäre nicht übel.«

»Wir hätten Sekt«, sagt sie, ohne eine Miene zu verziehen oder ihr Gezupfe zu unterbrechen.

※

Gewöhnungsbedürftig sind zwei zwar schmal geschnittene, aber mit Fledermausärmeln und Goldstickereien versehene Kleider samt der dazu passenden Schuhe.

»Verkaufen Sie so etwas öfter?«, wage ich zu fragen.

»Das war eine Sonderanfertigung für Frau von Lohen-Ebenstein.

Sie verfügt über einen außergewöhnlichen Geschmack, nicht wahr?«

Ich nicke und bestelle den Sekt.

Es scheint mir wie Stunden, bis endlich die Abnäher gesteckt, alle Ärmel auf die richtige Länge gebracht und die passenden Accessoires gefunden sind. Als ich die Berge an Kleidung sehe – von denen nur ein Bruchteil in den Tüten verschwindet, das Meiste muss in die Schneiderei – frage ich mich, was das eigentlich für ein Job ist, auf den ich mich da einlasse.

☼

Jakob trägt die Tüten.

Ich renne mit Piet und Godot um die Wette.

Godot verliert.

38 Eva

Eva steht auf dem winzigen Balkon und raucht. Ich balanciere zwei Tassen Glühwein durch die offene Tür. Es ist kalt.

»Danke.« Sie nimmt die Tasse. Nippt.

Eva ist nett. Auch zu mir.

Es würde ihr nie einfallen, nachts um drei zur Tankstelle zu laufen, um eine Flasche Ramazotti zu holen. Sie kauft delfinfreien Thunfisch und Eier aus Bodenhaltung. Im Herbst sammelt sie Pilze, Hagebutten und Moos, trocknet alles und macht Weihnachtsgestecke daraus. Eva raucht nicht.

»Hast du noch eine?«, fragt sie.

»Klar.«

Umständlich fummle ich zwei Luckies aus der Packung.

☼

Wir sehen dem Rauch zu. Graue Geisterspuren.

»Wie geht es dir?« Es ist an der Zeit, diese Frage zu stellen.

Eva zieht mit zusammengekniffen Augen an der Zigarette.

»Das Beschissene ist«, sagt sie, »jeder hat es mitbekommen. Jeder. Der Postbote, die Dicke beim Bäcker …«

Schweigen.

»Ich kann diese Gesichter nicht ertragen. Als hätten sie Angst davor, dass ich mir jeden Augenblick die Kleider zerreiße und mich schreiend auf dem Boden wälze.«

Sie drückt die Zigarette aus.

»Dann fangen sie an zu erzählen. Offenbar hat jeder eine Cousine oder Kollegin, die irgendwann einmal ein Kind verloren hat. Im zweiten Monat, im fünften. Bei der Geburt. Frühchen, die jämmerlich am dritten Schlaganfall krepieren. Ich kenne jede grauenvolle Geschichte und keine hat etwas mit mir zu tun. Warum glauben die, ich will das hören?«

Eva sieht mich nicht an.

»Meine Freunde tätscheln mich wie einen kranken Welpen. Ich solle mit jemandem reden, sagen sie, mit einem Psychologen vielleicht. Dann erzählen sie davon, dass die Putzfrau die Bilderrahmen wieder nicht abgestaubt hat und die letzte Bestellung beim Jako-O so teuer war.«

※

»Machst du's?« Mein Glühwein ist kalt.

»Was?«

»Zum Psychologen gehen?«

»Wozu?«

»Geteiltes Leid soll halbes Leid sein.«

»Super. Ich lasse mir jemanden verschreiben, der mein Leid teilt. Was sagt das über mich?«

»Dass du traurig bist.«

Jetzt sieht sie mich an.

※

»Hast du noch Glühwein? Der ist lecker.«

»Hm.«

»Du machst den wirklich selber?«

»Ja.«

Ich nehme ihre Tasse, steige durch die Balkontür.

※

Der Glühwein dampft. Zimt und Nelken, Orangenschalenduft.

In ein paar Monaten wird Eva wieder Eva sein. Ich bin dann immer noch ich.

39 Arbeitsbeschaffungsmaßnahme

»Wieso erzählst du mir nie was!« Meine Mutter ist außer Atem. Vor Empörung und vom Treppensteigen. »Arbeit! Du hast Arbeit!«

»Komm doch erst mal rein, Mama.«

Piet schaut aus seinem Zimmer. Meine Mutter drückt ihm prompt Jacke und Tasche in die Hand und eilt in die Küche.

»So ein Glück«, ruft sie, und: »Hast du Kaffee?«

Natürlich habe ich Kaffee.

※

»Warum sagst du mir nie etwas?«

»Ich hätte schon noch …«

»Du hast so ein Glück!«

»Abwarten.«

»Was denn? Ansprüche kannst du dir in deiner Position nicht leisten!«

※

»Woher weißt du das eigentlich?«

»Was?«

»Na, mit dem Job. Was sonst?«

»Die Friedel, die kennst du doch …«

»Äh, nein?«

»Doch. Die ist die Tante von der Katrin. Mit der du im Kindergarten warst! Die Katrin. Die hatten einen Schäferhund. So einen großen …«

»Mama. Bitte.«

»Also die Friedel, die kennt die Putzfrau von der Lohen-Ebenstein. Ist übrigens die Schwiegermutter vom Thomas, die Friedel. Den Thomas kennst du aber noch?«

»Mama …«

»Was denn?«

»Und der Friedel, der hast du auch ursprünglich erzählt, ich würde Arbeit suchen?«

»Nein. Warum sollte ich denn der Friedel so was erzählen? Die tratscht alles gleich durchs ganze Dorf.«

»Und wem hast du es nun erzählt? Beziehungsweise – woher kennst du Tristan?«

»Wer ist Tristan?«

Ich erwäge, meinen Kaffee mit Valium zu versetzen. Oder ihren.

光

»Wem, Mama, hast du erzählt, ich würde Arbeit suchen?«

»Der Gertrud.«

»Aha.«

»Die kennst du nicht.«

»Aha.«

»Im Schwimmbad.«

»Im Schwimmbad?«

»Genau. Da war so ein netter junger Mann und der hat das zufällig mitgehört und gemeint, er hätte da eine Idee. Was du denn so könntest.«

»Äh?«

»Dann hab ich ihm deine Adresse gegeben.«

»Du gibst einem Wildfremden meine Adresse?«

»Natürlich. Arbeit zu finden ist schwer heutzutage! Da muss man nehmen, was kommt.«

»Er hätte ein Serienkiller sein können.«

»Ach Blödsinn. Der sah nett aus.«

»Die meisten Serienkiller sehen nett aus!«

40 Sushi

»Mach doch mal Sushi.«

Jakob sitzt in der Küche. Mal wieder.

»Na ja ...«

»Das ist doch nur Reis und Fisch, die man einwickelt. In so Algenzeugs.«

»Nori.«

Jakob sieht mich hoffnungsvoll an. Ich bin kurz davor, ihm von Zen zu erzählen und dass Sushi nicht meint, irgendwelches Zeug zusammenzurollen. Natürlich macht mancher es genau so. Schmeckt nicht mal übel. Ist aber kein Sushi. Im eigentlichen Sinne. Und wenn er eine Frau will, die jeden Abend für ihn kocht, soll er heiraten oder zu Mutti zurückziehen.

»Godot und ich mögen kein Sushi«, sagt Piet.

»Godot mag alles und du zählst nicht. Machst du mal Sushi?«

»Nein.«

»Warum denn nicht?«

Weil du mich mal kannst.

»Weil sie für mich schon Pommes macht«, sagt Piet.

»Und Godot mag Pommes?«

»Meine schon«, sage ich und zünde ein Räucherstäbchen für Ganesha an.

41 Big Daddy

Am Kühlschrank klebt ein Zettel.

> TREFFEN MIT DEINEM VATER
> Morgen, 18:00 Uhr, Japaner beim Hilton
> Gruß Lu

Mein Vater verabredet sich nicht, er vergibt Termine.

光

»Du siehst gut aus«, sage ich und gebe der Geisha meinen Mantel.

»Mir geht's auch gut.« Mein Vater spricht stets eine Spur zu laut.

Wir bestellen Sake, Wasser und das Menü Nr. 3. Er ist braun gebrannt. Die letzten Monate arbeitete er in den Emiraten.

»Ha, meine Tochter hat es in die Provinz verschlagen.« Er lacht. Ich fummle an meiner Serviette herum.

»Deine Mutter hat mich angerufen.«

»Nein?«

»Doch.«

Seit ich volljährig bin, haben die beiden so gut wie keinen Kontakt mehr. Kurz nach meinem dreizehnten Geburtstag ließen sie sich scheiden. Meine Mutter blieb hier, in ihrem Job bei der Stadtverwaltung. Mein Vater ging in die Welt und machte Karriere. Kaum vorstellbar, dass die beiden verheiratet waren. Sich etwas zu sagen hatten. Liebe.

»Sie macht sich Sorgen.«

Ich verziehe das Gesicht.

»Du sollst unter unwürdigen Bedingungen leben. Ohne Möbel und mit einem Viech von Hund.«

»Ich habe Möbel, Papa.«

»Natürlich hast du Möbel. Und Hunde mochte deine Mutter noch nie.«

»Trotzdem bist du hier.«

»Du bist mein Kind.«

Die Geisha bringt Wasser und Sake.

Wir trinken.

»Der Job in Frankfurt war nichts für dich«, fährt er fort. »Du bleibst unter deinen Fähigkeiten, habe ich dir schon immer gesagt. Und mein Ex-Schwiegersohn ist ein Stoffel.«

Er hat meinen Ex genau dreimal gesehen. Mein Vater ist schnell darin, sich eine Meinung über Menschen zu bilden, und er irrt sich selten.

»Jedenfalls, zu deinen Wohnverhältnissen …«

»Ich wohne da freiwillig. Ich will das so. Zu mir selbst finden … was weiß ich.«

»Aha.«

光

»Ich habe etwas für dich.« Mein Vater schiebt einen dicken weißen Umschlag über den Tisch.

»Brauch ich nicht. Ich habe Arbeit, ich habe Ersparnisse. Alles gut.«

»So was braucht man immer.«

Dann essen wir. Er erzählt von den Emiraten.

光

Ich finde Lu vor dem Fernseher. Halb schlafend. Werfe ihr den Umschlag in den Schoß.

»Was ist das?« Sie gähnt herzhaft.

»Die Miete.«

Lu wirft einen Blick in den Umschlag.

»Für die nächsten fünf Jahre, oder wie?«

»Nimm es einfach. Kauf Piet was davon oder steck es in den Laden.«

»Meinst du, das ist Schwarzgeld?« Lu liebt Verschwörungstheorien.

»Nein. Mein Vater ist völlig korrekt.«

42 Eugenia

Ich arbeite seit einigen Wochen für Frau von Lohen-Ebenstein.

»Eugenia, bitte«, sagte sie am zweiten Abend, »Frau von Lohen-Ebenstein nennen Sie mich nur bei besonderen Anlässen.«

»Und woher weiß ich …?«

»Sie tragen dann eines der komischen Kleider.«

※

Ich arbeite, wie gesagt, seit einigen Wochen für Eugenia und kann immer noch nicht sagen, was genau meine Aufgabe ist.

Gelegentlich bereite ich Essen zu, meist abends oder an den Wochenenden. Normalerweise gibt es dafür aber eine Köchin. Hin und wieder organisiere ich Dinge. Wein, Bücher. Fleisch. Einkaufen könnte natürlich genauso gut die Zugehfrau. Außerdem erledige ich Telefonate mit Handwerkern und Telefongesellschaften. Nichts Bedeutendes.

Ich bin drei- bis viermal die Woche bei Eugenia, richte unter Umständen ein paar Kleinigkeiten für Freunde, die sie eingeladen hat. Meistens aber sind wir zu zweit. Sprechen über Bücher und Musik.

»Sie prüft dich«, sagt Lu. »Will wissen, wie du dich anstellst und ob du loyal bist. Sieh es so: immerhin bist du überbezahlt.«

※

Ich sehe das anders. Ich glaube, all das Geld ist nur für meine Anwesenheit. Eugenia von Lohen-Ebenstein will nicht allein sein.

43 Oper

»Ich habe Karten für die Oper«, sagt Jakob beiläufig.

Piet sieht ihn an. Lu sieht ihn an. Ich esse weiter.

»Mag jemand Oper?«

»Schie magf Ofper«, sagt Piet mit vollem Mund und deutet auf mich.

»Ja?«, fragt Jakob.

»Ja«, sage ich.

Ich mag Oper. Das ist wie Musical, nur mit guter Musik und ohne das nervige Rumgehopse.

»Und?«

»Was und?«

»Gehst du mit mir in die Oper?«

Piet sieht ihn an. Ich sehe ihn an. Lu sieht mich an.

»Äh?«

»Als kleines Dankeschön. Für die Kocherei.«

»Ach so. Welche Oper denn?«

»Warte.« Jakob steht auf, holt seine Jacke und nimmt die Karten heraus. »La Schentola.«

»La Cenerentola?«

»Äh, genau.«

»Wenn ich frei habe, komme ich mit«, sage ich, und dann: »Piet, hör auf zu grinsen.«

44 Bessere Gesellschaft

Ich bediene.

In einem dieser Fledermausärmelkleider. Eugenia sieht immer wieder prüfend zu mir herüber. Vielleicht hegt sie Zweifel an meinen Servierkünsten. Zu Unrecht. Mit Leichtigkeit trage ich das Tablett, biete Champagner an, lächle und wende mich zum Nächsten. Ganz dienstbarer Geist. Kaum wahrnehmbar und an allen Stellen zugleich.

Es gibt zwei Sorten Leute, die heute hier versammelt sind. Einflussreiche und sehr einflussreiche.

Das Treffen dreht sich um die Vorbereitung irgendeiner Veranstaltung. Wohltätigkeit. Die Frauen beäugen sich argwöhnisch. Sprechen viel und schnell. Es werden Kämpfe ausgetragen, die ich nicht verstehe. Eugenia macht eine Geste, die besagt, ich solle mich um die Ehemänner kümmern.

Die Männer können mit den Häppchen, die ich ihnen bringe, wenig anfangen. Es sind Kostproben für die Veranstaltung, die hier gerade geplant wird. Ein Steak wäre den meisten lieber. Ich lächle. Man bemerkt mich nicht und spricht über Interna, als wären mir die Ohren mit Wachs verstopft.

Ich halte mich im Hintergrund und höre zu.

»Was hier gesagt wird, bleibt hier.«

Ich lasse beinahe das Tablett fallen. Tristan nimmt es mir aus den Händen und tut so, als könnte er sich nicht entscheiden.

»Natürlich«, flüstere ich.

45 Gutenachtgeschichten

Es brennt noch Licht. Ich steige über Godot hinweg und setze mich neben Piets Bett. Er versteckt ein Buch unter der Decke.

»Du sollst doch schlafen.«

»Ich lese noch.«

»Was denn?«

»Was über Pferde.«

»Hey, ich mag Pferde. Lies mir vor.«

Godot wacht auf, erhebt sich schwerfällig und kommt zu mir. Wirft sich auf mich, ich ächze. Eine Dogge, die sich für ein Schmusetier hält. Prima.

Piet wartet, bis wir fertig sind, und liest: »Und ich sah, und siehe, ein schwarzes Pferd. Und der darauf saß, hatte eine Waage in seiner Hand. Und ich hörte eine Stimme mitten unter den vier Gestalten sagen: Ein Maß Weizen für einen Silbergroschen und drei Maß Gerste für einen Silbergroschen; aber dem Öl und Wein tu keinen Schaden!«

»Äh, Piet?«

»Ja?«

»Black Beauty ist das aber nicht?«

»Nö.«

»Das ist doch … ähm … die Dings, die Reiter, die …«

»Die vier apokalyptischen Reiter.«

»Supereinschlaflektüre.«

Godot gähnt.

»Verstehst du das überhaupt?«

»Das sind Prophezeiungen«, sagt Piet, »die kann man nicht verstehen.«

光

»Es geht um den Untergang der Welt, darin sind wir uns einig, oder?«, sage ich.

»Es geht nur darum, dass die Welt nicht mehr die gleiche sein wird. Das bedeutet Veränderung«, sagt Piet.

»Für die Dodos war die Veränderung der Untergang.«

»Dodos …«, murmelt Piet, als müsste er sich mühsam erinnern. Dabei hat Jakob ihm die Geschichte erst vor zwei Tagen erzählt.

»Jeder der Reiter bringt eine Plage«, erkläre ich, »den du vorgelesen hast, war der …«

»… dritte.«

»Genau. Der bringt den Hunger und die Not.«

»Möglich.« Piet zuckt mit den Schultern.

»Möglich?«

»Möglich.«

»Also komm, jetzt sag mir, was du denkst.«

»Weizen und Gerste ist das Essen der Menschen. Wenn die teurer werden, dann weil sie seltener werden«, erklärt Piet.

»Genau. Not und Hunger«, fasse ich zusammen.

»Na ja, oder weil man das Zeug nicht mehr braucht.«

»Hä?«

»Weil da Wesen sein werden, die sich von anderen Dingen nähren.«

»Hä?« Ich begreife wie üblich gar nichts.

☿

»Wein und Öl werden jedenfalls da sein. Reichlich«, stellt Piet fest.

»Wein und Öl? Das ist doch auch Nahrung für Menschen?«

»Das ist doch nur ein Gleichnis!«

»Also. Gut. Stimmt schon. Aber was ist …« Ich nehme ihm die Bibel weg und lese die Stelle. Gründlich. »Was ist mit der Waage?«

»Die steht dafür, dass sich das Gewicht ändert.«

»Gewicht?«

»Na ja …«

»Du meinst das Gleichgewicht der Welt?«

»Genau.«

☿

»Piet?«

»Ja?«

»Das Gleichgewicht der Welt wird sich ändern, weil hier Wesen leben werden, die es nicht so mit Weizen haben, dafür mit Wein?«

»So ungefähr.«

»Aliens?«

»Ich weiß nicht, ob Aliens Wein mögen.«

»Also keine Aliens.«

»Ich glaube nicht.«

»Was dann?«

Piet sieht mich an.

»Vampire«, sage ich. »Lass mich raten, das hat alles mit den Vampiren zu tun.«

Piet sieht mich immer noch an.

»Wein steht für Blut? Und Öl für …« Menschliches Fettgewebe, ergänze ich in Gedanken. »Vampire übernehmen die Weltherrschaft! Kein Wunder, dass du nicht schlafen kannst!«

»Deshalb erzähle ich dir lieber nichts«, sagt Piet, »weil du immer mit dem Blut anfängst.«

☿

Eine halbe Stunde später schläft Piet. Eingerollt, ein Ohr von Godot in der Hand. Ich sitze neben seinem Bett und frage mich, ob ich wissen will, was es nach Piet mit den anderen drei Reitern auf sich hat. Und worin der Unterschied zwischen Veränderung und Untergang besteht.

46 Ende mit Ficus

Das Telefon. Ein Anruf aus Frankfurt.

»Ich bin's.«

»Hab die Nummer gesehen«, sage ich, um irgendwas zu sagen.

Er räuspert sich.

»Wie geht's so?«

»Gut.«

»Wie ist der neue Job?«

»Woher weißt du …?«

»Deine Mutter.«

Meine Mutter.

»Und? Was brauchst du?«, komme ich zur Sache.

»Ich? Nichts, ich wollte nur hören, wie es dir geht.«

»Gut.«

»Schön. Schön …«

Schweigen.

Dann reißt mir der Geduldsfaden: »Magst du vielleicht lieber wieder mit meiner Mutter reden?«

»Sie hatte mich angerufen. Ich konnte ja schlecht auflegen!«

»Jajaja.«

»Also, äh, ich wollte, bevor es dir jemand anderes sagt, also …«

»Also.«

»Also Mimi und ich wir, wir heiraten. Nächstes Jahr. Im Herbst.«

»Meinen herzlichen Glückwunsch.«

»Äh, danke.«

※

»Mimi ist schwanger, stimmt's?«, frage ich.

»Du, du weißt das schon?«

»Nö. War geraten.«

»Ja, ähm … das war für uns mehr als überraschend. Es kommt im Frühjahr. Das Kind. Du kannst dir also ausrechnen, wie überraschend, und wir haben lange überlegt und wollen versuchen …«

»Hör mal«, unterbreche ich ihn.

»Ja?«

»Ich freu mich für euch. Alles Gute. Nur das Beste. Aber ich bin nicht wirklich scharf auf die Details.«

»Oh, ohja. Natürlich.«

※

Ich sollte meine Mutter anrufen.

※

»Mama?«

»Ja, Kind?«

»Ich wollte es dir erzählen, bevor du es von jemand anderem hörst …«

»Was denn?«

»Er heiratet Mimi im nächsten Herbst und vorher bekommen sie ein Kind.«

Ha! Jetzt kann sie mir nicht mehr unterschieben, die Trennung sei unnötig und übertrieben gewesen.

»Oh.«

»Ja.«

»Tja, die Mimi ist ein kluges Mädchen. Das hättest du auch machen sollen.«

»Was hätte ich machen sollen?«

»Na, die Pille weglassen.«

»Und dann?«

»Dann würdet ihr heiraten.«

»Soll das heißen, mit Kind wäre das alles nicht passiert? Ich meine, Mimi und …«

»Ach, weißt du, er ist ein anständiger Kerl.«

Da ich dem nicht folgen kann, reden wir die letzten zehn Minuten über den Ficus meiner Mutter. Er hat Schildläuse.

47 Karoline

Karoline, die alle nur Linchen rufen, ist ein Sonnenkind.

Ich habe sie seit Jahren nicht gesehen, aber wie sie hereinkommt, rundlich und lachend, mit Christkindllocken, da mag ich sie sofort wieder. Wie ich sie immer gemocht habe.

Linchen geht stets mit Deppen ins Bett, und da es viele Deppen auf der Welt gibt, schläft sie mit vielen Männern. Dabei träumt sie von einem Reihenhaus und Kindern. Glaubt fest daran, jedes Mal, jede Nacht.

Aber weil sie ein Sonnenkind ist, ist sie nie traurig, wenn es wieder nichts wird. Schüttelt die Löckchen und flattert weiter.

»Lasst uns losziehen, wie früher«, schlägt Karoline nach zwei Tassen Glühwein vor.

»Warum nicht.« Lu streckt sich. »Aber Linchen, dann musst du mir dein Glitzertop leihen.«

»Da passt du zweimal rein!«

»Aber als Kleidchen könnte es gehen?«

»Ach so, ja …«

✵

»Ich dachte, du triffst dich mit jemandem?«, frage ich dazwischen.

»Wer ich? Ich treff mich doch immer …«

»Nicht du, Linchen – Lu!«

»Ach?«, sagt Linchen und Lu: »Und?«

»Äh? Ich meine nur …«

Beide verdrehen die Augen.

✵

»Was ist mit ihr? Sie war ja schon immer ein bisschen verklemmt, aber im Alter soll das doch besser werden?«, fragt Linchen, als wäre ich gar nicht anwesend.

»Sie ist beziehungsgeschädigt«, erklärt Lu und probiert das Glitzertop an. »Ihr Ex heiratet eine kleine Blonde mit Hang zu rosa Katzenohrringen und pflanzt sich bei der Gelegenheit gleich fort.«

»Ach. Das macht nichts. Der war ein Depp.«

Linchen muss es wissen.

»Sie schläft nicht einmal mit meinem Bruder, obwohl der sie anschmachtet.«

»Wieso denn nicht? Jakob ist doch niedlich. Und jung. Die Männer in unserem Alter …«

»Stimmt. Kein Bierbauch, volles Haar …«

»Lasst euch nicht stören«, knurre ich und hole mir Glühwein.

✵

Als ich zurück bin, haben sie einen Beschluss gefasst. Wenn ich zu traumatisiert für Männer bin, dann bekomme ich was Hübsches zu Weihnachten. Etwas für Mädchen.

»Wehe, das Ding ist rosa«, sage ich.

Linchen schaut enttäuscht. »Aber Delfine magst du doch, oder?«

48 Unerwartet

Plopp.

Ein Vogelhaus landet vor meinen Füßen. Eines dieser Designhäuser, eine leuchtend rote Röhre, die mehr an Ufos als an Futterstellen erinnert.

Eine Winzigkeit später, einen Schritt weiter und es wäre mir auf den Kopf gefallen. Ich hätte es wohl überlebt, aber wahrscheinlich eine Platzwunde davongetragen. Und Spott. Reichlich. In dem Vogelhaus steckt ein Eichelhäher. Ein prächtiger Kerl, es muss ihn einige Mühe gekostet haben, sich da reinzuquetschen, und wahrscheinlich hat er dabei das Häuschen zum Absturz gebracht.

Entweder ist er gelähmt vor Schreck oder tot. Ich stupse ihn vorsichtig an. Er fängt an panisch zu zappeln. Wie bekommt man einen dicken Eichelhäher aus einem Vogelhaus?

※

Durch Schütteln.

※

Tristan steht plötzlich neben mir, schnappt sich Vogel und Haus, schüttelt kräftig und draußen ist er, der Piepmatz. Zerzaust, verdutzt, aber frei. Er hopst ein wenig, hebt die Fittiche und ist weg.

»Hey«, sage ich.

Tristan nickt nur.

»Ob er verletzt ist?«

»Eher nicht, Vögel sind zäh.«

»So was …«

»Ja«, sagt Tristan, als würde er regelmäßig Eichelhäher aus Vogelhäusern schütteln. »Lust auf einen Kaffee?«

49 Kaffee oder Tee

Das Licht ist grell. Die Toilette des Cafés winzig. Mein Spiegelbild erinnert mich an einen Zombie. Ich krame in meiner Handtasche, suche nach Tusche und Kajal. Finden kann ich nur Ohrringe, Tampons und Taschentücher. Mein Chaos verfolgt mich.

☿

Das Kaffeetrinken mit Tristan hatte sich interessant angelassen.

»Woll'n Se lieber Kaffee oder Tee?«, fragte die Bedienung.

»Wie bitte?«

»Die Kard'n sind im Druck. Mir ham die noch nisch«, sagte sie, als wäre das eine Erklärung.

»Haben sie Milchkaffee?«, erkundigte ich mich.

»Klar ham wir Milch für d'n Kaffee.«

Ich nahm einen Tee, Tristan ein Wasser.

☿

Bevor Stille entstehen konnte, begann Tristan von Eugenia zu sprechen. Genauer: über die Gesellschaften, die sie gibt. ›Hintergrundinformationen‹ nannte er das. Ich hatte Mühe zuzuhören. Sein Gesicht ist außergewöhnlich.

»Huhu!«, rief jemand.

Ich versuchte, mich auf Tristan zu konzentrieren.

»Huhu!«

Das kam mir irgendwie bekannt vor.

»Huhu!«

Meine Mutter stand in der Tür des Cafés und imitierte Eulen. Ich wechselte die Farbe von zombiegrau zu dunkelrot.

»Hach, ist das kalt draußen«, sagte sie, setzte sich und Tristan lächelte sie glaubwürdig gelassen an.

☿

Mit meiner Mutter kamen die Getränke. Ich färbte mein lauwarmes Wasser mühsam mit dem Teebeutel ein. Einige Minuten später entschuldigte ich mich und flüchtete aufs Klo.

☿

»Wie macht sich meine Tochter denn so? Wissen Sie etwas?«, höre ich meine Mutter fragen, als ich zurückkomme.

Erinnerungen an längst verdrängte Elternabende holen mich ein. Ohne mich noch einmal zu setzen, erkläre ich, Lu hätte mich angerufen und es sei was mit Piet, weshalb ich in den Laden müsse. Dann lege ich Geld auf den Tisch und verschwinde.

Ich sehe mich nicht nach Tristan um.

50 Sollte

Meine neue Handtasche platzt gleich. Zu viele Bücher.

Ich werde wohl eines dalassen müssen. In meiner alten Tasche hatte ich immer zwei dabei. Immer. Selbst dicke. Heute muss ich mich entscheiden.

Murakami oder Böll?

Wenn ich jetzt nur das Buch mitnehme, von dem ich meine, ich solle es endlich lesen, und nicht das, das ich gern lesen würde – werde ich mich den Rest des Tages ärgern. Dennoch kann ich mich überwinden, das Will-Buch einzupacken.

Ich mag Glühwein und indisches Essen am liebsten kalt. Meine Lieblingsturnschuhe haben Löcher, aber ich ziehe sie immer wieder an. Morgens renne ich ungeschminkt aus dem Haus, weil es mir egal ist – bis mir in der Bahn eine schöne Frau begegnet.

Am Ende nehme ich doch zwei Bücher mit, einen Murakami und einen Reclamband: Klopstock.

51 Wozu hat man Freunde

»Schnapp dir den Köter und komm mit«, sage ich zu Lu.

»Wie meinen?« Lu hat die Füße hochgelegt und liest Zeitung. Es ist Sonntagmorgen. Draußen grieselt Schnee vom Himmel.

»Ich habe eine SMS bekommen, ich soll was für Eugenia aus der Wohnung holen und es ihr bringen. In die Stadt. Sie isst da mit Tristan zu Mittag.«

»Schön. Aber was hat das mit mir und dem Hund zu tun?«

»Der Hund mag Schnee, der wäre traurig, wenn wir ihn hierlassen.«

»Hallo? Warum ich mit soll!«

»Das will ich dir nicht sagen.«

Schweigen.

»Bitte.«

»Meinetwegen. Wozu hat man Freunde.«

☸

Wind. Schnee. Bittere Kälte. Wir sind mit der Straßenbahn zu Eugenias Wohnung gefahren, haben die dringend benötigte Mappe geholt und stapfen jetzt zum Restaurant. Lu flucht, weil ich sie gezwungen habe, statt ihrer Bergsteigerschuhe elegante Stiefel zu tragen.

»Mit den Boots wären wir in dem Laden aufgefallen wie eine Tarantel auf einer Sahnetorte. Das geht nicht.«

»Wenn du keinen guten Grund hast, mich hier mitzuschleppen, dann ...«

Das Restaurant. Man öffnet uns die Tür, nimmt mit kritischem Blick auf Godot die Mäntel entgegen und zeigt uns unauffällig den Tisch, an dem Eugenia und Tristan sitzen. Wir nicken, gehen zügig über weiche Teppiche. Der Hund wartet an der Garderobe. Er bekommt lauwarmes Wasser und ein Handtuch.

Eugenia begrüßt uns freundlich, sie bietet uns einen Platz an, den wir dankend ablehnen. Die Mappe, ein paar nette Worte und weg sind wir.

☸

»Was?«, faucht Lu, als wir mit Hund in der Kälte stehen.

»Ist dir irgendwas Seltsames aufgefallen?«

»Außer dass ich an einem Sonntagmorgen mit einer Dogge im Edel-Restaurant stehe?«

»Die fanden Godot niedlich.«

»!«

»Ich meine: an Eugenia oder Tristan, oder beiden?«

»Sie sind zu gutaussehend und zu reich, um nicht seltsam zu sein.«

»Stimmt. Was noch?«

»Keine Ahnung.«

»Wie alt sind sie?«

»So alt wie wir. Ungefähr. Vielleicht etwas jünger.« Lu überlegt. Sieht Godot an, der nach Schneeflocken schnappt. »Könnten auch älter sein, haben sich dann aber verdammt gut gehalten.«

»Das meine ich. Sie sehen zu jung aus für ihr Alter. Oder zu alt, um keine Falten zu haben.«

»Du schleppst mich am Sonntag durch die verschneite Stadt, um mir vorzuführen, was gute plastische Chirurgie erreichen kann?«

»Ich glaube nicht, dass sie operiert sind.«

Lu zieht sich die Mütze über die Ohren. »Ich weiß, was du meinst. Irgendetwas Seltsames haben sie an sich. Aber ich kann dir nicht sagen, was es genau ist ... Tristan!«

»Was? Tristan?«

Tristan öffnet die Tür des Restaurants, tritt zu uns in den Schnee. Ohne Mantel, im antrazithfarbenen Wollpullover.

»Ich muss eh mit dem Hund«, sagt Lu und nickt ihm zu. Ich zupfe an meinen Handschuhen herum.

»Ich wurde«, sagt Tristan, der kein bisschen zu frieren scheint, »zum nächsten Familientreffen eingeladen.«

»Zum Stollenbacken?!«

Tristan nickt.

»Von meiner Mutter?!«

Er nickt nochmals. »Samstag in zwei Wochen, wenn ich nicht irre.«

»Äh, ja, äh ... fein.«

Er lächelt und geht wieder hinein. Und ich stehe im Schnee.

52 Alles Blau

Piets Vater steht in der Tür. Mit einer Staffelei, riesigen Leinwänden und einem Beutel voller Farben. Lauter Blautöne. Piet brüllt vor Freude.

»Till?«, fragt Lu.

»Ich hab nicht geschafft, das Zeug einzupacken«, sagt Till, »ist das schlimm?«

»Du hast nicht mal geschafft anzurufen«, sagt Lu.

»Oh na ja, ich hab noch einen Flug bekommen, spontan ...«

Till ist braun gebrannt, was uns alle noch blasser aussehen lässt. Piet packt die Farben aus, mitten im Flur. Lu gibt mir zu verstehen, ich solle mit dem Kleinen in sein Zimmer verschwinden und zusehen, dass er da eine Weile bleibt.

光

Ich wuchte die Staffelei durch die Tür, Piet sortiert die Farben.

Er beginnt zu malen. Ich sehe ihm zu und versuche zu erraten, was es wird.

»Mama ist sauer, stimmt's?«, sagt er.

»Hm.«

»Meinst du, es braucht lang, bis die Farben trocknen?«

»Öhm, also, das sind Acrylfarben, sollte eigentlich schnell gehen. Warum?«

»Das Bild ist für Papa. Ich will fertig sein, bis er wieder fliegt.«

»Dein Vater bleibt bestimmt eine Weile da.«

»Nein.«

»Wie nein?«

»Er ist nur ganz kurz da.«

»Woher weißt du das?«

»Ich habe es ihm angesehen.«

❋

Ich sitze schweigend da und sehe Piet beim Malen zu. Das Bild erinnert mich an das Meer, was an all dem Blau liegen kann.

»Du musst dir keine Sorgen machen«, sagt Piet. Leise.

»Weswegen?«

»Na, wegen mir und weil meine Eltern nicht mehr zusammen sind.«

»Aber es wäre dir schon lieber gewesen, deine Mutter, also ihr beide, ihr wärt mit deinem Vater … mitgegangen?«

»Nein. Sie ist wegen mir geblieben.«

»Wie meinst du das?«

»Ich kann hier nicht weg. Als Mama mich gefragt hat, was ich denke und wie es mir geht und ob sie … ich meine, sie haben sich ja nicht gestritten oder so was, er wollte halt nur weg und das war ihm das Wichtigste.«

»So einfach ist es sicher nicht.«

»Hm, davon verstehe ich zu wenig.«

»Sollte auch so sein. Du bist fünf!«

Piet unterbricht sein Malen und schaut auf den Pinsel, als hätte ich etwas Merkwürdiges gesagt.

❋

»Ähm Piet? Was hast du zu Lu gesagt, als sie gefragt hat, was du willst?«

»Dass ich hierbleiben muss. Weil es wichtig ist und ich nicht mitgehen kann, wenn sie geht.«

»Ähm … Piet?« Aber was soll ich dazu schon sagen. Ich schaue auf das Bild, versuche den Jungen darin zu sehen, doch alles ist nur blau.

❋

Ich frage Lu. Geradeheraus.

»Das ist wahr«, sagt sie.

»Und du bist wegen Piet hiergeblieben?«

»Nein, natürlich nicht. Obwohl … nein, sicher nicht, aber er hat eine Ernsthaftigkeit, die kann ich nicht übergehen. Deswegen kann ich auch nicht sagen, seine Meinung hätte keine Rolle gespielt.«

Ich beschließe, Lu von den Vampiren zu erzählen.

53 Verflucht

»Du siehst echt voll übel aus«, begrüßt mich Piet.

»Ich habe schlecht geträumt«, murmele ich und werfe die Kaffeedose um. »Mist. Verfluchter Drecks- …«

»Wir fluchen nicht«, sagt Lu.

»Tschuldigung, ich habe echt mies geschlafen.«

»Dann habe ich schlechte Neuigkeiten für dich: Du sollst umgehend zu Eugenia kommen.«

»Verdammt.«

»Wir fluchen nicht.«

»Ich weiß, Piet!«

54 Pelmeni

»Es tut mir leid – so kurzfristig«, entschuldigt sich Eugenia. Sie steht vor mir und hat eine Schürze an. Eine Küchenschürze mit Rüschen. Ich muss zweimal hinschauen.

»Aber ich habe Pelmeni gemacht!«

Na dann.

Inzwischen bewege ich mich sicher in der Wohnung. Die alten Möbel und Teppiche machen mich nicht mehr nervös. Von den Kunstwerken habe ich auch noch keines umgeworfen.

※

Die Küche ist ein Schlachtfeld. Berge von Pelmeni, dazwischen Plätzchen. Vier oder fünf verschiedene Sorten, soweit ich das überblicken kann.

»Demnächst trifft sich der Frauenkreis zur Förderung junger Kunst«, erklärt mir Eugenia. »Zur Vorweihnachtszeit finde ich es nett, etwas Selbstgemachtes anzubieten.«

Da hat sie recht, das ist nett. Aber diese Mengen schaffen die Damen nie. Die meisten sind Ende vierzig, sehen aus wie Jane-Fonda-Doubles und essen auf gar keinen Fall Pelmeni. Oder Plätzchen.

»Den Rest kann man einfrieren. Das ist praktisch, Olga kann die Pelmeni einfach warm machen.«

Olga ist die Köchin. Wozu es eine Köchin braucht, um Teigtaschen aufzutauen, kann ich nicht sagen. Aber ich kann genauso wenig erklären, wozu Eugenia mich eigentlich braucht.

※

Wir sitzen uns gegenüber und essen. Die Berge an saurer Sahne auf meinem Teller machen mir Angst.

Nebenbei diktiert Eugenia Aufgaben. Besorgungen, Bestellungen, Post. Weihnachtsgeschenke und Baumschmuck, dazu ein paar Anrufe. Nichts, was sie mir nicht am Telefon hätte sagen können.

Die Liste ist lang, doch es sind nur Kleinigkeiten. Gemütlich an zwei Vormittagen erledigt.

Eugenia nimmt sich die dritte Portion und erzählt von der Ausstellung zur Förderung junger Kunst, Ende Dezember, und ob ich nicht noch jemanden vorzuschlagen habe.

Habe ich nicht.

Mehr gibt es nicht zu tun, aber ihr fällt immer noch eine Kleinigkeit ein. Mich beschleicht das Gefühl, sie wolle mich gern um sich haben, und so frage ich nach Weihnachtsschmuck zu barocken Zeiten.

※

Es ist Abend geworden. Für mich ist es Zeit zu gehen, aber ich sollte zuvor die Küche aufräumen. Immerhin arbeite ich hier.

»Lassen Sie nur«, ruft Eugenia, als sie mich mit dem Geschirr klappern hört, »morgen ist Olga wieder da. Aber im Kühlschrank ist noch ein wenig von der Hummersuppe.«

Ich stecke den Kopf aus der Küche. »Eugenia«, frage ich, »soll ich über Nacht bleiben?«

55 Freundinnen?

»Was halten Sie von meinen Freundinnen?«, fragt mich Eugenia mit einem schwer zu entschlüsselnden Ausdruck um den Mund herum. Ein Test? Bitterkeit? Langeweile?

Ich drehe das Glas in der Hand, der Rotwein duftet nach Vanille und Brombeeren.

»Nun, sie sind wohlhabend. Und stilbewusst«, sage ich.

»So, so.« Eugenia beugt sich zur Seite, nimmt eine Bonbonniere mit zarten Blumenwesen auf dem Deckel vom Beistelltischchen, öffnet sie, betrachtet ihren Inhalt, wählt und steckt sich bedächtig eine Süßigkeit in den Mund – eine winzige blauviolette Blüte. Kandierte Veilchen? Im Winter?

Was immer mich reitet, ich nutze die Gelegenheit nicht, um dem Thema auszuweichen, sondern sage: »Ihre Freundinnen stehen fest im Leben, haben jede Sicherheit, jede Möglichkeit und eigentlich keine Sorgen.«

»Sorgen?«

»Nun ja, Probleme. Belastungen. Schwierigkeiten.«

»Ich verstehe. Das kann man wohl durchaus so sagen. Neidisch?«

»Klar.«

»Wirklich?«

»Ja, schon ...«

»Nur frei heraus!«

»Man sollte meinen, jemand, der nahezu ohne Sorgen ist, hätte eine gewisse Leichtigkeit.«

Eugenia nickt. Ermunternd oder zustimmend? Egal, ich bin in Fahrt und nicht mehr zu bremsen. »Aber Ihre Freundinnen sind alle angespannt und gereizt. Hektisch, fast nervös, sie steigern sich in Kleinigkeiten hinein, alles ist ein riesiges Tamtam … als wollten sie jedem und ständig beweisen, dass ihr Leben eben nicht leicht ist, nicht sorglos.«

»Ah. Und ist Ihnen sonst noch etwas aufgefallen?«

»Nun ja. Sie und Tristan passen nicht hinein. In diese Gesellschaft.«

»Wenn ich ehrlich bin«, sagt Eugenia, »dann passen Tristan und ich selten genug irgendwo hinein.«

Das glaube ich sofort.

56 Traumjob

Ich stapfe durch den Schnee zu Lus Buchladen, bepackt mit Unmengen an Weihnachtszeug.

»Na schau an.« Lu trinkt gerade gemütlich Tee, um die Uhrzeit ist immer wenig los. »Wo warst du denn über Nacht?«

»Bei Eugenia. Die Matratze im Gästezimmer ist der Hammer.«

»Heißt das, du schläfst jetzt öfter da?«

»Wenn es sich einrichten lässt.«

Lu grinst.

»Kann ich die tausend Pakete hier abstellen? Ich muss noch mehr besorgen, würde dann zurückkommen und alles zusammen per Taxi zu Eugenia bringen.«

»Klar. Was habt ihr die ganze Zeit gemacht?«

»Überwiegend geredet.«

»Hört sich nach dem perfekten Job für dich an.«

57 Pandas

Ich gehe in das kleine Büro hinter dem Laden, begrüße Godot und stelle meine Pakete ab. Lu folgt mir.

»Los, erzähl schon«, sagt sie.

»Eugenia hat mich nach meiner Meinung über ihre Freundinnen gefragt.«

»Warst du ehrlich?«

»Schon.«

»Lass den Teil hören, den du weggelassen hast.«

»Ach, es sind ja nicht allein Eugenias Freundinnen, obwohl die das auf die Spitze treiben. In Frankfurt, da gab es diesen Typ auch.« Godot beginnt die Tüten zu inspizieren. Ich ziehe ihn am Halsband weg, einige meiner Einkäufe sind zerbrechlich.

»Welchen Typ?«, fragt Lu.

»Den NPü40EFFV-Typ«, sage ich.

»Jesses.«

»No Problem über Vierzig Erfolgreich Fit Feste Verhältnisse.«

»Das meint?«

»Frauen über vierzig … äh?« Offenbar versteht Godot meinen Versuch, ihn von den Tüten fernzuhalten, als Herausforderung. Seine Pfoten kommen Eugenias Kristallweihnachtsengeln gefährlich nahe.

»Und weiter?«, sagt Lu.

»Ja, warte, ich mache nur schnell Tee«, sage ich und nehme Godot am Halsband mit nach vorn in den Laden.

光

»Also«, sage ich, »über vierzig, gute Verhältnisse. Verheiratet oder glücklich geschieden. Die Kinder und Häuser perfekt, was sie nicht davon abhält, ständig zu erzählen, welche Probleme sie mit ihnen haben.«

»Den Häusern oder den Kindern?«

»Beiden.« Ich gieße mir Tee ein.

»Was für Probleme denn?«

»Abfallende Dachrinnen und Vierer in Latein. So die Größenordnung.«

»Alles klar. Weiter.«

»Hmmh! Mphf!«, mache ich, weil ich den Mund voll heißem Tee habe und der Hund sich gerade wieder davonschleichen will.

»Also.« Ich bringe Godot dazu sich hinzulegen und versuche zum Thema zurückzufinden. »Diese Frauen machen Karriere oder Sport. Manche sogar beides. Oh, und natürlich: Sie sehen gut aus. Es sind Frauen, die alles haben, was man laut Brigitte haben sollte.«

»Verstanden, was ist mit denen?«, fragt Lu.

»Die machen mich wahnsinnig mit ihren Nahrungsmittelunverträglichkeiten, der Mobilfunkmastenstrahlungspanik und dem Terminstress.«

»Hm …«

»Ich verstehe es halt nicht. Wenn du so aus dem Vollen schöpfen kannst, warum tust du es dann nicht und genießt? Warum dieses demonstrative Leiden, dieses Heraufbeschwören von Problemen?«

»Pandas«, sagt Lu.

»Was?«

»Pandas. Das ist, was passiert, wenn man keine Probleme hat. Keine natürlichen Feinde, alles im Überfluss. Dann fängt man an, nur noch eine spezielle Sorte Bambus zu vertragen, sich tapsig zu bewegen, und Sex und Fortpflanzung werden zu einer vertrackten Angelegenheit.«

»Pandas?«, sage ich und Godot, der zu meinen Füßen liegen sollte, kommt gemütlich angetrabt und legt mir eine vollgesabberte Packung Elisenlebkuchen in den Schoß.

»Pandas«, sagt Lu.

58 Die Wahrheit über den Weihnachtsmann

Till schiebt seinen Sohn durch die Tür. Die letzten Tage hat Piet bei seinem Vater verbracht, immerhin genug Zeit, damit das Bild fertig werden konnte.

»Du musst übernehmen«, sagt Till zu mir, »ich verpasse sonst meinen Flug.«

»Ist was passiert?«

»Piet hat einem Jungen im Kindergarten erzählt, der Weihnachtsmann würde kommen und ihn auffressen.«

»Habe ich gar nicht!«

Till kniet sich hin, nimmt den Kleinen in den Arm.

»Glaube ich dir. Aber ich kann jetzt nicht, ich muss los. Tut mir sehr, sehr leid, aber es ist nicht zu ändern.«

Dann küsst er seinen Sohn auf die Stirn und weg ist er. Till hat ein Talent für Abgänge.

Piet zittert vor Wut.

»Pass auf, wir ziehen dich erst mal aus und dann erzählst du mir in aller Ruhe, was passiert ist«, sage ich.

»Ich habe gar nichts gemacht. Er hat gefragt und dann hab ich es ihm halt erklärt.«

»… dass der Weihnachtsmann Kinder frisst?«

»Doch nicht der Weihnachtsmann!«

光

Wenig später sitzt Piet auf dem Küchenfußboden neben Godot. Ich suche nach Keksen.

»Der wollte halt wissen, ob der Weihnachtsmann Kinder in seinem Sack mitnimmt.«

»Und was hast du ihm gesagt?«

»Dass das auf alte Zeiten zurückgeht. Auf Geschichten, die viel älter sind als die vom alten Mann mit Bart und Geschenken.«

»Ach ja?«

»Ja.«

»Klingt spannend.«

»Fand der Junge auch.«

»Und dann?«

»Habe ich es ihm erzählt.«

※

Von den Tausendnamigen

Damals, als zu Weihnachten die Zimmer und Stuben noch mit Äpfeln und Nüssen geschmückt waren, da kamen in den Wochen vor den Rauhnächten die Händler an die Türen der Leute.

Meist abgerissene Gestalten, die Hucken gefüllt mit Spielzeug und Obst und die Jutesäcke voller Kohlen. Sie kamen und hielten ihre Waren feil. Wenn sie klopften, waren die Kinder neugierig. Steckten die Nasen durch die Türen, spähten durch Schlüssellöcher.

Unter die Händler mischten sich die Dunkelläufer. Wesen, die in der Dämmerung lebten und in den Winternächten bis in die Städte vordrangen. Unter dicker Kleidung und im Schutz der schwachen Straßenbeleuchtung. Wer mochte sie schon von den Lumpengesellen unterscheiden?

Auch sie trugen Hucken, hatten Säcke dabei, aber die ihren dienten einem anderen Zweck.

Kinderfresser rief sie mancher, doch ihre Namen sind zahlreich. Knecht Ruprecht, Beelzebub, Krampus, Boogey Man, Schwarzer Piet und viele mehr.

※

»Schwarzer Piet?«, frage ich zwischenrein.

Der Kleine grinst nur.

※

Sie kamen und hatten eine Rute dabei. Mal offen am Gürtel, mal versteckt in den Hucken und Säcken. Nicht zum Schlagen der unartigen Kinder, wie man heute glaubt, sondern um sie zu lähmen. Zu bannen. Unbeweglich und still wurden die Kleinen nach einem sanften Streich. In Märchen findet man Spuren des alten Zaubers.

Doch niemand kann die Mütter umgehen. Ein Kind, geliebt und geschützt, ist unerreichbar für jedes dunkle Wesen. Nur wenn eine Mutter – wütend und unbeherrscht – das Kind freigab; vielleicht, indem sie rief: »Warte nur, dich wird noch der Beelzebub holen, wenn du nicht brav bist!«, erst dann kamen sie ins Haus, strichen die neugierigen Kinder mit den Ruten und nahmen sie mit in ihre Welt.

Deswegen darf vielerorts das Kind auch nicht dabei sein, wenn das Christkindlein oder der Nikolaus kommt.

※

»So was hast du ihm erzählt? Und wo genau war das Problem?«

»Seine Mutter.«

»Ja?«

»Als sie ihn abgeholt hat und er nicht gleich seine Schuhe anziehen wollte, da hat sie ihm gedroht, dass er vom Weihnachtsmann die Rute bekommt.«

»Nein?«

»Doch.«

»Der Junge hat geheult, richtig?«

»Wie bekloppt. Der ist völlig ausgerastet.«

»Und jetzt?«

»Will die Leiterin mit meiner Mutter sprechen.«

»Mist.«

»Ich erzähle nie wieder was ... zumindest nicht mehr die Wahrheit.«

59 Weihnachtsmarkt

»Toll. Es schneit in Strömen«, sage ich.

»Es kann nicht in Strömen schneien«, belehrt mich Lu.

Ich zeige auf die unzähligen dicken, pitschnassen Flocken, die auf uns herniederklatschen.

»Von mir aus«, sagt Lu, »aber schön ist es nicht.«

Das stimmt. Ich weiche auf, während auf der Bühne der Weihnachtsmann unabsichtlich ins Mikro rülpst und absichtlich zotige Witze über die Mütter reißt. Der Pflaumentoffel bläst gelangweilt die Backen auf, aber vielleicht gehört das zu seiner Rolle.

Piets Augen leuchten.

Frierend stampfe ich Schneematsch platt.

»Soll das Tanzen werden?«, fragt Lu.

»Haha. Seit wann steht Piet auf singende Kleinkunstdarsteller im Kostüm?«

»Es ist Weihnachten und er ist ein Kind. Klar mag er das.«

Ich bleibe skeptisch. Aber da Glühwein in Aussicht steht und Godot sich warm an mich drückt, halte ich durch.

※

Wir machen uns auf den Weg in den ruhigeren Teil. Da, wo es Steinmetze und Töpfer statt der immer gleichen Erzgebirgskunst gibt, Biowürste und Schinken im Brotteig. Die Tannenbäume sind hier mit wenigen orangeroten Sternen geschmückt und in der Krippe laufen echte Schafe herum. Piet und Godot besteigen Schneehaufen. Die Schafe sehen dem Hund erstaunlich gelassen zu, wie er neugierig den Kopf über den Zaun streckt.

Zwischen Glühwein und Ohrringen, Tannenbaumliedern und Piet, der kopfüber im Schnee steckt, ist mir ein wenig wie Weihnachten.

60 Stollen

Alle Familien haben Weihnachtstraditionen. Oder wenigstens etwas, das man jedes Jahr um diese Zeit wiederholt. Die meine bleibt sich treu und tut Sinnvolles. Mit den Verwandten rumsitzen, schwatzen und Kaffee trinken? Nicht mit meinen Angehörigen.

Wir backen. Drei Zentner Christstollen. Familienweihnachtstreffen und Geschenkefertigung in einem.

Wie immer trudeln gegen Mittag alle beim Seidel-Bäcker ein, der einmal im Jahr seine Öfen für meine Familie freigibt. Gegen eine Kiste Hochprozentiges. Und wegen der Tradition, sagt meine Mutter. Weil er in meine Tante Sabine verliebt ist, sage ich.

Nicht nur die Verwandten, auch Freunde, zukünftige Ehepartner oder spontane Lebensabschnittsgefährten sind geladen. Tetrapackglühwein stapelt sich im Verkaufsraum. Trubel und Stimmengewirr, weinende Kinder, schreiende Großtanten, ein kläffender winziger Köter, den ich noch nie zuvor gesehen habe. Ich entdecke Tristan sofort.

Meine Mutter auch. Im Kommandoton teilt sie uns dem Orangeat zu. Fünf Kilo kandierte Orangenschalen sind zu feinen Stückchen zu verarbeiten. Tristan greift in aller Ruhe zum Wiegemesser, meine Cousine schaut mit roten Wangen herüber.

※

»Wir sind dieses Jahr spät dran«, ruft meine Mutter nun zum sechsten Mal durch die Backstube, »hoffentlich schmeckt er überhaupt, der Stollen. Der muss doch liegen!«

Als ich mir Kaffee hole, fängt mich Ludwig ab. Er ist der Sohn unserer Nachbarn aus Kindertagen, wir sind aufgewachsen wie Geschwister.

»Mensch, da hast du dir aber einen geangelt!«, sagt er und feixt.

»Wie?«

»Na, dein Typ!«

»Tristan?«

»Du bist ja nicht hässlich.« Jetzt zwinkert er mir auch noch zu. »Aber das hätte ich dir nicht zugetraut. Und da haben die alle gesagt, du seist verrückt, als du den Arzt abserviert hast.« Er knufft mich brüderlich in die Seite und kümmert sich um den Glühwein.

※

Ich überschlage kurz, ob die Bittermandeln in der Backstube für einen Muttermord ausreichen. Tristan schwingt brav das Wiegemesser. Durchatmen.

»Warum haben Sie, ähm, hast du die Einladung angenommen?« Eugenia hat Tristan und mir das Du verordnet, passend zur Weihnachtsstimmung, und ich habe mich noch nicht daran gewöhnt.

»Eine gute Gelegenheit, deine Familie kennenzulernen.«

»Wieso?«

»Wieso was?«

»Wieso willst du meine Familie kennenlernen?«

»Wieso nicht?«

»Tja ...« Mir fällt nichts mehr ein, außer mich ebenfalls dem Orangeat zuzuwenden. Meine Cousine nutzt die Gelegenheit und bietet Tristan von den Rumrosinen an.

61 Nachwehen

Es taut. Beinahe. Die bittere Kälte der Feiertage hat sich verzogen.

Weihnachten war hektisch, wie jedes Jahr. Familienbesuche, Geschenkeberge. Dazwischen Eugenias Reisevorbereitungen. Sie ist seit dem zweiten Weihnachtsfeiertag im Piemont. In einem Kloster. Genaueres brauche ich nicht zu wissen. Wann sie zurückkommt, ist unbekannt, so lange bin ich an Tristan ausgeliehen, der mich kaum zu brauchen scheint.

Silvester waren Piet und ich Schlitten fahren: Wer schafft die meisten Drehungen. Durchgefroren und mit leuchtenden Gesichtern aßen wir selbst gemachte Waffeln und freuten uns aufs Feuerwerk. Tausend Knallerbsen. Bunte Bienen und Minifontänen. Die Stadt leuchtete. In allen Farben.

Als Piet im Bett war und die Gäste sich verzogen hatten, tranken Lu und ich ausgiebig auf das neue Jahr. Man weiß ja nie, was die Zukunft so bringt, aber die ersten Stunden des Neujahrstages brachten mir einen Kater. Außerdem eine SMS von Tristan und eine aus Frankfurt.

Die üblichen Wünsche und ob ich Zeit hätte, man müsse sich unterhalten. Stand in beiden. Seltsam.

62 Perspektiven

Die Straßenbahn ist gegen einen blöd geparkten BMW gefahren, weshalb ich eine halbe Stunde lang über schlecht gestreute Gehwege rutsche, bevor ich Eugenias Wohnung erreiche.

Die Post. Die Pflanzen. Die Alarmanlage. Um mehr muss ich mich nicht kümmern.

Vor dem Fahrstuhl steht eine Frau. Sie weint und als sie mich bemerkt, schnäuzt sie sich und hustet ein wenig.

»Guten Tag, Frau Mirand-Wehrmann«, sage ich. Der Name ist so schön merkwürdig, den musste ich mir merken. »Falls Sie zu Frau von Lohen-Ebenstein wollen – sie ist verreist.«

»Oh.«

»Nach Piemont.«

»Oh.«

»Wollen Sie vielleicht kurz mit hochkommen und sich frisch machen?«

»Oh.«

Ich interpretiere das dritte »Oh« als ein »Ja« und schiebe sie förmlich in den Fahrstuhl. Vom Personal beim Weinen erwischt zu werden, macht sie wehrlos.

Oben angekommen nehme ich ihren Mantel, hänge ihn auf, reiche Taschentücher und koche Tee. Als ich aus der Küche komme, sitzt sie auf der Kante des Sofas. Ich hole den Cognac.

Kurze Zeit später setze ich mich zu ihr, der Alkohol und der Tee haben Wirkung getan. Sie ist ruhiger.

»Jetzt weiß ich, wieso Eugenia Sie eingestellt hat. Sie sind so fürsorglich«, sagt sie, wieder ganz Dame.

»Außerdem bin ich verschwiegen. Was hier geschieht, bleibt hier.«

Da nickt sie nur. Schweigen ist eine Selbstverständlichkeit, nichts, wofür man sich bedankt.

☿

»Er lässt sich scheiden«, sagt sie nach dem zweiten Cognac und schenkt sich nach.

Sie meint ihren Ehemann, der, wie sogar mir bekannt ist, seit Längerem eine Beziehung zu einer jüngeren Frau hat. Einer Russin, munkelt man.

Offenbar zeige ich zu wenig Überraschung, denn sie fügt hinzu: »Damit hat wohl jeder gerechnet. Außer mir.«

Ich unterdrücke ein Nicken.

»Er war nie treu und das war in Ordnung. Wir hatten uns arrangiert. Ich sorgte für Haus, Kinder und das soziale Umfeld. Für seine Geschäftspartys, für seinen guten Ruf. Das war mein ... Job. Wenn ich das so trivial sagen darf.«

»Sie wurden sozusagen gefeuert«, fasse ich zusammen. Unangemessen kurz, wenn man bedenkt, dass ich hier der Dienstbote bin. Ich beiße mir auf die Zunge.

»Ja.« Sie weint wieder. Kullerdicke Tränen.

»Was werden Sie tun?«, frage ich.

»Das weiß ich nicht. Was soll ich denn jetzt tun?«

Leben? Sie hat einen Ehemann weniger, aber immer noch den Rest. Und das ist reichlich.

»Ich habe keine Perspektiven. Fast mein ganzes Leben war ich nur eines: seine Frau. Wenn man jemandem die Perspektive nimmt, dann nimmt man ihm ... Was bleibt dann noch?«

»Trotz«, sage ich und meine es ernst.

63 Perspektiven II

Ich rufe ihn auf dem Mobiltelefon an. Kurz nach der Mittagspause. Doppelte Absicherung, damit es nicht lang dauern kann, das Gespräch. Bei Ex-Freunden weiß man nie.

»Warte«, sagt er statt einer Begrüßung, »ich rufe dich zurück.«

Zwei Sekunden später klingelt das Telefon.

»Du wolltest mich sprechen?« Diesmal spare ich mir die Begrüßung.

»Ja.«

»Ich höre?«

»Das ist nicht so einfach.«

»Ach?«

»Hast du Zeit?«

»Nicht allzu viel.« Das ist gelogen.

»Es ist wegen Mimi«, er entscheidet sich, doch direkt ins Thema zu springen. »Wir haben Probleme.«

»Also, also, äh … also das tut mir leid zu hören, aber meinst du, ich bin die Richtige, die du da anrufst?«

»Ich weiß nicht, mit wem ich sonst darüber sprechen soll.«

Was soll ich dazu sagen. Fünf Jahre. Wir waren Partner. Freunde.

»Ok, dann fang an.«

»Der Punkt ist, wir beide: wir beide hatten nie Probleme.«

»Nie? Ich weiß nicht …«

»Nenn mir eines.«

»Du mochtest die Oper nicht.«

»Ja, schon, aber das ist doch kein Problem.«

Weil ich keines daraus gemacht habe.

光

»Wieso hatten wir nie Probleme?«, fragt er.

»Keine Ahnung. Sag mir lieber, was überhaupt los ist.«

»Wir streiten.«

»Worüber?«

»Über alles! Haushalt, Babysachen, welche Wiege, wie viele Handtücher – ich meine, wie viele Handtücher kann ein Baby brauchen? Mehr als fünf?«

»Kaum.«

»Wir haben zwölf!«

»Ist das schlimm?«

»Nein, nein, aber ich fand es unnötig und Mimi nannte mich einen Geizhals.«

»Kann vorkommen …«

»Sie will ein neues Auto, eine Haushaltshilfe und nach einem Jahr wieder arbeiten.«

»Tja.«

»Es ist, als gäbe es keinerlei Übereinstimmungen in dem, was wir wollen. Bei keiner einzigen Kleinigkeit!«

»Ähm.«

»Wir beide, wir haben einfach viel besser zusammengepasst.«

»Ich bin mir da nicht so sicher ... vielleicht haben wir uns nur besser angepasst.«

»Und du meinst, Mimi passt sich nicht an?«

»So will ich das nicht sagen ...«

»Komm zurück!«

»Was???«

»Bitte, komm zurück. Ich trenne mich von Mimi. Wir heiraten. Bekommen Kinder. Was du willst.«

»Äh? Was?!«

»Bitte! Ich liebe dich!«

»Mich? Oder meine Anpassungsfähigkeit?« Das war arg schnippisch. Ich mache ein Geräusch, das das eben Gesagte abmildern soll.

»Bitte ...« Er fleht. Er ist nicht der Typ, der fleht.

※

»Pass auf«, versuche ich die gute Freundin zu geben, »du hast nur Panik. Wenn du so glücklich gewesen wärst, wie du jetzt glaubst, wäre uns Mimi nicht passiert.«

»Ach, das ist doch Blödsinn. Wenn es dem Esel zu gut geht ...«

»... tanzt er auf dem Eis.«

»Genau.«

»Hast du wieder mit meiner Mutter telefoniert?«

»Nein, wieso?«

»Nur so.«

»Ich muss dir etwas gestehen«, sage ich.

»Ja?«

»Ich habe dich nicht wegen Mimi verlassen. Ich bin gegangen, weil sie mir einen guten Grund dazu gab. Uns beiden hat etwas gefehlt. Vielleicht die Probleme.«

»Ich liebe dich«, sagt er. »Komm zurück.«

»Nein.«

»Wieso nicht?«

»Ich habe hier Perspektiven.«

64 Oper II

Ich gehe mit Jakob in die Oper.

Schwarzes Kleid, dazu hohe Schuhe. Letztere werde ich wohl noch bereuen.

»Du siehst gut aus«, sagt Piet.

☼

Uns empfängt Barock, Blattgold, Üppigkeit und eine überfüllte Garderobe. Jakob gibt die Mäntel ab, ich sehe mich um. Touristen. Dazwischen bekannte Gesichter. Eine ehemalige Lehrerin (Geographie), die Nachbarin meiner Tante – und ein Ehepaar in den besten Jahren: Sie trägt Brillanten, er Fliege. Die Namen habe ich vergessen, aber es war etwas Adeliges, etwas mit Graf oder Freiherr? Eugenia hat sie mir vorgestellt.

Sie sehen zu mir herüber, sprechen miteinander. Ich grüße winkend von Weitem – und hoffe, sie sprechen mich nicht an. Der Name fällt mir partout nicht mehr ein.

☼

Die Menschenmenge spült sie in meine Richtung.

»Hach, die Oper!«, sagt sie. »Ist es nicht wundervoll?«

Ich stimme zu. Ob ich denn regelmäßig hier sei? Nein, nein, nicht so oft, wie ich gern möchte, und das Gespräch ist damit beinahe beendet, da taucht Jakob auf. In Jeans und Rollkragenpullover.

»Ihr Freund?«, fragt sie mich.

»… ein Freund, ja.«

»Recht unkonventionelle Kleidung für ein Haus wie dieses, junger Mann.« Sie drückt den Rücken durch, nimmt Haltung an. Ein Oberst mit Brillantohrringen.

»Hm?« Jakob schaut an sich herunter. Dann in die Menge. Er ist bei weitem nicht der einzige Besucher in Jeans. Touristen haben selten Abendkleider im Koffer.

»Och ja, ich möchte mich einfach wohl fühlen«, meint er leichthin. Die Brillanten beeindrucken ihn offensichtlich nicht.

»Ich auch, junger Mann, ich auch!«, sagt sie und wer weiß, was sie noch sagen würde, würde ihr Mann nicht genau in diesem Augenblick darauf bestehen, ein Programmheft zu kaufen.

Zum Abschied zwinkert er mir zu.

65 Auszug

Im Treppenhaus ist Trubel. Männer in blauen Latzhosen schleppen Kartons, Kleiderkisten, Beistelltische und Lampen.

Tristan kommt mir mit einem rosa Kosmetikköfferchen entgegen.

»Hallo«, sage ich, »schicker Koffer.«

»Du magst Rosa?«

Ich drücke mich an die Wand, um einen Blauhosenträger mit Monitor unter dem Arm vorbeizulassen.

»Zieht Olena aus?«, frage ich.

»Oh ja …«

»Und du hilfst tragen?«

»Was man nicht alles tut für die Verwandtschaft.«

»Ihr seid verwandt?

»Olena ist meine Nichte.«

»Du bist Russe?«

Tristan lächelt. Ich mag, wenn er lächelt. »Nein. Sie ist eine Nichte vierten oder fünften Grades. Sozusagen. Wir nehmen das in unserer Familie nicht allzu genau. Verwandtschaft ist Verwandtschaft.«

»Aha.« Bevor ich weiter fragen kann, springt Olena die Treppen herab, was bei der Höhe der Absätze beeindruckend ist.

»Ich zieh aus, ich zieh aus«, jubelt sie, küsst erst mich und dann Tristan herzhaft auf die Wangen. »Ich nehme nur das Allernotwendigste mit, wundere dich also nicht ... und schau nicht so grimmig.«

»Ich schau doch nicht grimmig?«, sage ich erstaunt.

»Nicht du – Tristan!« Dann noch zwei Küsse und weg ist sie.

Tristan sieht aus wie die Sphinx mit Dreitagebart. Grimmig? Offenbar entgeht mir was.

»Na, dann: viel Glück in der neuen Wohnung«, rufe ich Olena nach.

☿

Tristan schwenkt das Köfferchen.

»Was ich dir mitteilen möchte ...«

»Stimmt, die SMS, ich hatte mehrfach versucht, dich zu erreichen.«

»Eugenia hat eine Bitte: Du übernimmst die Leitung der Sitzung am 15. Januar. Du weißt alles Wesentliche bereits und wirst das exzellent meistern.«

Ich bin sprachlos.

»Sie wollte dir die notwendigen Informationen per Boten zukommen lassen, aber es gibt eine kleine Verzögerung und so bat sie mich, dich entsprechend vorab zu informieren.«

»Ein Bote?«

Tristan sieht mich an, als wäre das nun wirklich keine Frage.

»Du musst wissen, Besuchern des Klosters steht keine moderne Technik zur Verfügung. Es ist ein Ort der Besinnung.«

Bei ›moderner Technik‹ war ich noch gar nicht, eher bei der Frage, ob ein Infobrief an mich wahrhaft eines ›Boten‹ bedarf.

Ich drücke mich wieder an die Wand, um die Träger vorbei zu lassen. Diesmal sind sie auf dem Weg nach oben.

»Kein Telefon, kein Internet, Smartphone oder Computer. Nur Papier und Füllfederhalter«, sagt Tristan.

»Warum hat Eugenia dann ihren Laptop dabei?«

»Sie hält sich nicht gern an Regeln.«

»Es geht los! Komm schon!« Olena ruft. Tristan bedeutet mir, er würde sich später noch einmal melden. Dann geht er den letzten Blauhosenträgern und Kartons nach.

光

Wenn es am Ort der Besinnung keine ›moderne Technik‹ gibt und Eugenias Bote im Stau (oder was weiß ich) steht, weshalb sie Tristan zwischenschalten muss, dann bleibt die Frage: Wie kommunizieren Tristan und Eugenia?

Mittels Brieffledermäusen?

66 Kopflos

»Ich schlafe doch nicht mit Jakob!«

Der Wein, den mir Eugenia zu Weihnachten geschenkt hat, ist traumhaft. Die Flasche stammt aus ihrer persönlichen Sammlung und (schwer zu glauben, aber wahr) ist noch weit besser als der klassisch elegante Château Lafite Rothschild, den ich als Standardweihnachtsgabe besorgt hatte.

»Jakob würde dir gut tun«, sagt Lu.

»Wieso das denn?«

»Menschliche Bedürfnisse?«

»Mein Bedürfnis nach einer Zigarette ist größer.«

»Echt?«

»Ja. Genuss ohne Komplikationen.«

»Von Lungenkrebs mal abgesehen.«

»Och, der Tod ist keine Komplikation ...«

Lu stöhnt. »Na, jedenfalls: Jakob ist nicht kompliziert. Er mag dich. Du magst ihn.«

»Jajajaja.«

光

»Weißt du, was dein Problem ist?«

»Verrat's mir.«

»Du kannst dich nicht fallenlassen. Immer Kontrolle.«

»Aha.« Ich strecke mich. Godot liegt schnarchend zu meinen Füßen, die Adventskerzen sind zu Stummeln geschrumpft und geben ein sanft flackerndes Licht.

»Du hast Angst«, sagt Lu, unbeeindruckt vom sanften Flackerlicht.

Jetzt stöhne ich. »Nee, ich habe Verstand. Und keine Lust auf Emoscheiß.«

»Manchmal muss man den Kopf verlieren.«

»Wozu? Um gegen Beziehungspfosten zu knallen? Sehr erstrebenswert. Wirklich.«

67 Kopflos II

»Es muss doch einen Typ Mann geben, der dir den Verstand raubt? Der dich zum Kichern bringt, zum ...«

»Ich kichere nicht, Lu. Ich lache. Herzig.«

Eugenias Wein ist dreiviertel leer, seine Schwere legt sich auf mich. Angenehm betäubt möchte ich in der alten Couch versinken, den Flammen der Kerzen zusehen, träumen. Lu lässt mich aber nicht.

»Ach, komm«, sagt sie und ich gebe nach: »Ich mag halt nur Männer, die etwas zu sagen haben.«

»Wem denn?«

»Nicht wem – was.«

»Und was müssen die so sagen?«

»Wenn du mich nervst, Lu, trinke ich den Wein alleine.«

»Ist ja schon gut!«

»Also … bei ihm, meinem Ex, du weißt schon.«

»Ja?«

»In ihn habe ich mich damals …«

»Verknallt.«

»Mehr.«

»Verliebt?«

»Mehr.«

»Bitte?«

»Ach, du weißt schon. Wenn dir alles egal ist und du einfach nur mit diesem einen Menschen zusammen sein willst. Den Mond anheulen könntest. Bei ihm sein, um ihn, mit ihm.«

»Ich fass es nicht!« Lu lacht.

»Was denn?« Ich warte, bis sie sich beruhigt hat und schulterzuckend zu einer Erklärung ansetzt.

»Nach außen bist du das Mädchen. Von uns beiden. Hast die langen Haare und die Kleidchen. Aber dahinter, da bin ich es, die sich wie ein Mädchen verliebt. Die Mama ist und Frau und …«

»Sehr aufbauend. Jetzt komme ich mir gar nicht bescheuert vor.«

»Pfff. Verrate mir lieber, was dein Ex Magisches gesagt hat.«

Ich nehme mir demonstrativ den Rest des Weines und lasse Lu keinen Tropfen übrig. Lu sieht trotzdem zufrieden aus.

»Er hat von der Pathologie erzählt.«

»Ich fass es nicht«, sagt Lu zum zweiten Mal.

»Weiß gar nicht mehr, wie wir darauf kamen. Aber seine Leidenschaft, seine Begeisterung für die Anatomie und Physiologie des Menschen. Das war spannend.«

»Warte, lass mich zusammenfassen. Sobald ein Mann von Menscheninnereien erzählt, bist du ihm verfallen?«

»Sehr weiblich, einfühlsam und mütterlich, liebe Lu.«

»Entschuldige, das ist der Wein.«

»Was ich meine: als er über die Pathologie sprach, da zeigte er eine Seite, die sonst niemand oder kaum jemand in sich trägt. Eine Flamme. Ein Licht. Etwas Einzigartiges.«

»Ich kapier's nicht«, sagt Lu und trinkt ihren letzten Schluck.

»Besser kann ich es nicht erklären«, sage ich und trinke ebenfalls.

※

»Aber er hat doch gar nicht als Pathologe gearbeitet?«

»Nein, natürlich nicht. Er hat die radiologische Praxis seines Vaters übernommen.«

»Oh. Sehr vernünftig von ihm.«

»Hm.«

»Jedenfalls solltest du öfter den Kopf verlieren.«

68 Geburtstag

Geburtstage kurz nach Neujahr sind übel. Erst der Weihnachtswahnsinn, dann die guten Vorsätze und dann altert man. Drei Anlässe hintereinander, um in tiefer Depression zu versinken.

»Happy Birthday to me«, singe ich vor mich hin und bereite ein fulminantes Abendessen.

Den Tag habe ich in Eugenias Wohnung verbracht, Sichtung der Ausstellungsunterlagen. Vorbereitung des an mich übergebenen Treffens. Als ich zurück kam, war mein Zimmer allen Ernstes mit einem Schloss gesichert. Piet hat dazu ein Schild gemalt: »Geburtstagssperrzone.«

※

»Was gibt es zu essen?«, brüllen Jakob und Piet vom Flur her.

»Burger«, brülle ich zurück.

»Und Pommes?«

»Ja!«

»Selbst gemacht?«

»Klar, sogar die Brötchen habe ich gebacken.«

»Cool!«, ruft Piet, und Jakob: »Was gibt es zum Nachtisch?«

»Ihr führt euch auf wie die Bekloppten«, höre ich Lu dazwischen. Familie …

༄

Der Nachtisch muss warten. Piet hält es nicht mehr aus.

Augen zu, nicht schummeln! Piet öffnet die Tür, Jakob schiebt mich in mein Zimmer, Godot quetscht sich an mir vorbei und wirft mich fast um.

»Überraschung!!!«

Das ist es. Es hat sich verwandelt.

In ein richtiges Zimmer.

Mit einer Art Bibliothek statt des Bretterkonstrukts, in dem meine Bücher bisher ihr Dasein fristeten. Es sieht großartig aus. Wie in einem Turmzimmer, da die Regale über das Fenster und mein Bett hinweggehen – ich kann es nicht erklären. Es ist einfach nur perfekt. Und es ist nachtblau.

»Magst du die Farbe?«, fragt Piet.

»Und wie.« Ich küsse ihn. Dicke Tantenschmatzer. Jakob und Lu strahlen. Alles Liebe zum Geburtstag. Godot liegt schon wieder auf meinem Bett.

»Nachtisch!«

Jakob und Piet sind nicht zu bremsen.

»Warte«, sagt Lu, »ich habe noch ein Päckchen für dich.«

»Ach?«

Sicher von meinem Vater, obwohl der sonst immer erst eine Woche später an meinen Geburtstag denkt. Was nicht übel ist, schlechtes Gewissen macht große Geschenke.

»Von Tristan, er war heute Morgen da und hat es für dich abgegeben.«

»Ach so. Dann wird es Arbeit sein.«

»Schau halt rein.«

»Er weiß auch gar nicht, dass ich Geburtstag habe.«

»Schau rein.«

»Und selbst wenn, warum sollte er mir etwas schenken?«

»Schau rein!«

Ich wickle das Packpapier ab. Darunter ist ein samtenes Kästchen. Nachtblau.

»Sieht nicht nach Job aus«, meint Lu.

Ich klappe es auf. Darin liegt ein Armband. Eine Emaillearbeit. Ein stilisierter orangefarbener Drache, dahinter eine japanisch anmutende Berglandschaft in Anthrazit.

69 Ausgestellt

Ich habe keine Wahl. Sollen sie kommen.

光

Eugenias Bote kam erst vor zwei Tagen. Schneeeiskältechaos. In dem dicken gefütterten Umschlag, den er mir mit einem seltsam verschwörerischen Augenzwinkern überreichte, fanden sich Fakten über die Ausstellung, eine Art Tagesordnung für das Treffen und Anweisungen: welche Papiere ich zu lesen, wen ich anzurufen habe und welcher Lieferdienst für was zuständig sei. Dazu ein paar Hinweise über die Eigenheiten und Nahrungsmittelunverträglichkeiten der voraussichtlich anwesenden Damen.

Also habe ich Protokolle gelesen, das Catering nochmals überprüft und mit einem gereizten Galeristen telefoniert.

»Und was woll'n Sie jetzt bitte ändern?«, blaffte er mich an.

»Ich? Nichts? Ich wollte wissen, ob Sie noch etwas brauchen. Von uns. Unterlagen, Unterschriften, Informationen?«

»Ich?«

»Ja. Sie.«

»Oh ... und Sie wollen wirklich nichts ändern?«

»Nein. Wirklich nicht.«

Der Punkt ist: Es gibt nichts zu ändern, nichts zu tun und nichts zu besprechen. Alles läuft. Wie am Schnürchen. Ich habe nur keine Ahnung, was ich zwei Stunden lang mit einer Horde Frauen im Wohltätigkeitsfieber anfangen soll.

※

Der Caterer hat krankheitsbedingte Personalprobleme, wie er mir ausführlich und emotionsgeladen erläutert. Er kann nur liefern, das Anrichten, die letzten Kleinigkeiten müsse ich übernehmen. Wobei Kleinigkeiten nicht weniger als siebzig superfrische Austern meint, die geöffnet und mit Zitrone behandelt werden wollen.

Olga hilft mir, wenn auch übellaunig. Brummig richtet sie Häppchen und Obst. Da aber Olga regelmäßig mürrisch ist, wird es wohl weder an mir noch an den Käseplatten liegen.

※

Es klingelt. Eine halbe Stunde zu früh.

Frau Mirand-Wehrmann. Sie steht strahlend in der Tür, von Scheidungstrauma keine Spur, und stellt mich ohne große Umwege ihrem Sohn vor. Ich sei: die rechte Hand von Eugenia, eine Koryphäe im Bereich der bildenden Kunst und zukünftige Führungsperson im Stiftungs- und Wohltätigkeitsbereich.

Ich versuche mich in Gelassenheit.

»Sie mögen Kunst?«, frage ich den jungen Mirand-Wehrmann.

»Oh, sicher. Zu Weihnachten habe ich ...« Die Türklingel unterbricht ihn und ich muss mich entschuldigen. Die Damen kommen heute alle zu früh. Ich kann nur hoffen, Olga übernimmt die restlichen Austern.

※

Im Großen und Ganzen ist es gut gelaufen. Allen Anwesenden war mehr nach Plaudern und Horsd'œuvre denn nach Planung. Nur ein paar kleine Umstellungen. Cateringfeinheiten.

Olga und ich haben die Füße auf den Küchentisch gelegt und teilen uns die verbliebenen Muscheln.

Ach ja, und ich habe ein Date mit dem Sohn der Mirand-Wehrmann. Er hat mich zu einer Weinprobe eingeladen, da konnte ich nicht widerstehen.

70 Alles Gute, oder wie man so sagt

»Ach, das find ich jetzt aber schön, dass du mich doch noch einlädst«, sagt meine Mutter.

»Ich hab dich vor über einer Woche eingeladen.«

»Dein Geburtstag ist zwei Wochen her.«

»Mama, zum dritten Mal jetzt: Eugenia hat mich um etwas gebeten, deswegen hatte ich zu tun und deswegen konnte ich an meinem Geburtstag nicht groß feiern.«

»Aber Eugenia ist doch verreist.«

»Deswegen musste ich ja einspringen!«

»Na, jedenfalls: Alles Gute. Dass du viel Freude hast im neuen Lebensjahr, an deinen ganzen Dingen, also was du so machst. An deiner neuen Wohnung und deiner Arbeit. Gesundheit natürlich. Vielleicht hast du im neuen Jahr etwas mehr Glück, nicht? Ja, alles Gute.«

»Danke, Mama.«

光

Der Tisch ist gedeckt. Nur für uns beide. Aber ich habe drei verschiedene Kuchen gebacken.

»Der Ludwig wäre sicher gekommen«, sagt meine Mutter.

»Ach?«

»Und die Gertrud und der Dieter auch.«

»Darum geht es ja nicht, Mama, ich dachte, es sei nett, wenn wir beide einfach in Ruhe zusammen Kaffee trinken. Mir war nicht nach Familientreffen, so kurz nach Weihnachten.«

»Wie du meinst.«

※

Ich zeige meiner Mutter mein neues Zimmer.

»Ganz schön dunkel«, sagt sie.

»Ich finde die Farbe toll.«

»Immerhin sieht es jetzt ordentlich aus.«

»Hm.«

»Nur die Gardinen. Willst du wirklich keine?«

»Nein, ich mag nicht.«

»Dann wäre es auch noch dunkler.«

※

Als meine Mutter gegangen ist, bin ich nur noch müde. Wie nach einem Schlammringkampf. Auf dem Tisch stapeln sich Geschenke. Platzdeckchen, Wandkalender, Socken.

71 Ein Gerücht

Ich sichte die Post. Keine Besonderheiten. Das Telefon klingelt, ich melde mich wie immer.

»Ist es wahr?« Eine Frauenstimme.

»Wie bitte?«

»Ob es wahr ist? Ich kann es gar nicht glauben!« Die Stimme kommt mir bekannt vor.

»Wer ist da, bitte?«

»Oh, oh! Christine.«

»?«

»Ich meine Christine Mirand-Wehrmann. Natürlich. Verzeihen Sie mir die Aufregung. Aber ist es wahr?«

»Was denn?«

»Dass sie tot ist!«

»Wer?«

»Eugenia!«

»Was?!«

※

Nach ungefähr zehn Minuten habe ich aus der völlig aufgelösten Mirand-Wehrmann Folgendes heraus:

Eugenia sei, so melden gewisse Kreise, über die sie mir nichts Näheres sagen kann, Vertraulichkeit, ich wisse schon – Eugenia sei im Piemont an einem Herzinfarkt gestorben.

Eine Weile rede ich beruhigend auf Christine Mirand-Wehrmann ein und überlege parallel, wen in aller Welt ich jetzt als Erstes anrufen soll. Dann verspreche ich, mich zu melden, sobald ich mehr weiß; was ich nicht tun werde. Ich bin sowieso langsamer als die gewissen Kreise. Dann lege ich einigermaßen abrupt auf.

Verdammt.

Tristan?

Ist nicht erreichbar. Schon seit Tagen nicht.

Olga? Wird mir kaum weiterhelfen können. Ich wende mich kurzentschlossen an Eugenias Anwalt und Steuerberater.

Es dauert eine Weile, bis sich das Sekretariat dazu herablässt, mich durchzustellen. Der Steuerberater klingt nervös. »Ich gebe keine Auskünfte am Telefon.«

»Bravo. Dann komme ich vorbei.«

»Sehen Sie, Sie gehören nicht zur Familie.«

»Sie sind doch kein Arzt.«

»Ein Anwalt unterliegt ebenfalls der Schweigepflicht.«

»Ich vertrete Eugenia, ich bin ihre persönliche Assistentin. Ich habe eine Kontovollmacht! Wenn etwas passiert ist, dann muss ich doch darüber informiert werden? Ich will … ich will nur wissen, ob Eugenia, ob sie …«

Stimmen im Hintergrund.

»Also gut, kommen Sie morgen vorbei«, sagt der Steuerberater, wenn auch unsicher.

»Morgen?«

Tristan ist noch immer nicht erreichbar. Ich habe Eugenias Telefonbuch nach Einträgen durchsucht, die auf Verwandte oder enge Freunde hinweisen. Nichts. Oder zumindest für mich nicht erkennbar.

Und nun? Was …

Oh, verdammt. Ich habe Piet vergessen. Scheiße.

72 Blass

Ich renne wie irre zum Kindergarten. Doch die Erzieher haben andere Sorgen als meine Verspätung. Sie haben einen leichenblassen Piet.

»Seit dem Mittagsschlaf ist er schon so.«

»Seit wann macht Piet Mittagsschlaf?«

»Er sagte heute, er sei müde, da haben wir ihn gelassen.«

»Und dann?«

»Hat er plötzlich geschrien, wollte uns aber nicht sagen, was er geträumt hat. Er wollte nur auf Sie warten.«

Ich nicke den Erzieherinnen zu, gehe in die Hocke. »Hey Piet? Ich bin da.«

»Du bist spät.«

»Ich weiß, tut mir so leid. Es ist etwas passiert.«

»Mit Eugenia?«

»Wie kommst du …?« Blöde Frage. Piet weiß ja: ich war arbeiten. Klar denkt er an Eugenia.

Ich setze neu an: »Ja, Eugenia. Aber … bestimmt ist alles in Ordnung.«

»Ist sie tot?«

»Du hast wirklich schlecht geträumt, oder?«

»Ist sie?«

»Vielleicht.«

»Wie kann man vielleicht tot sein?«

»Ich habe noch keine offizielle Bestätigung.«

»Wann?«

»Morgen. Hoffentlich.«

Ich trage Piet nach Hause. Er trägt sich überraschend leicht.

光

Tristan ist noch immer nicht erreichbar.

73 Beim Steuerberater

Punkt neun Uhr morgens stehe ich in der vor Exklusivität nur so triefenden Kanzlei. Die Damen winken mich durch.

Ich treffe auf einen grauhaarigen Herrn, dem man den Umgang mit Akten ansieht, auf Tristan und – was mich mehr als überrascht – auf Olena.

Aus den ernsten Mienen schließe ich, dass Eugenia tot ist.

»Sie wollen sie also wirklich einweihen?«, fragt der Steuerberater, als wäre ich gar nicht anwesend.

Tristan nickt. Olena hebt die Schultern.

»In dieser Angelegenheit habe ich wohl kein Mitspracherecht«, sagt sie. Es klingt nicht sonderlich schmeichelhaft für mich.

»Wie wäre es, wenn du stattdessen Vertrauen hättest?«, sagt Tristan.

Olena setzt zu einer Antwort an, ist dann aber, mit einem Seitenblick auf den Steuerberater, still. Der reibt sich das Kinn. »Ist es denn wirklich notwendig? Jetzt und hier? Ich meine, falls Unsicherheiten bestehen, könnte man doch Teile des Gesprächs verschieben? Nicht wahr?«

»Wie wäre es«, sage ich, »wenn mich erst mal jemand fragt, ob ich denn eingeweiht werden möchte? Das könnte die Sache abkürzen.«

光

Kurz darauf stehe ich mit Tristan und Olena auf der Straße.

»Lass uns etwas essen gehen«, schlägt Tristan vor.

»Ich habe keinen Hunger.«

»Jetzt sei nicht so«, sagt Olena, »es geht nicht gegen dich. Es geht nur darum, dass wir dich nicht kennen. Nicht lang genug.«

»Lang genug für was? Was für Geheimnisse könnt ihr schon haben? Mit Geldwäsche und Steuerhinterziehung will ich jedenfalls nichts zu tun haben. Behaltet das für euch. Kein Interesse am Beitritt zur Mafia.«

Eine Weile sagt niemand etwas.

»Alles, was ich wissen will, o ihr Geheimwesen, ist: Starb Eugenia im Piemont an einem Herzinfarkt?«

»Das ist zumindest die offizielle Version«, sagt Tristan.

»Und was ist die inoffizielle?« Ich kicke einen Eisbollen quer über die Straße, er zerplatzt an der Radkappe eines Mercedes in tausend kleine Dreckkristalle.

»Menschen wie Eugenia und ich – wir sterben nicht an einem Herzinfarkt«, sagt Tristan.

»Nicht vornehm genug, wie?«, sage ich und setze mich auf den Bordstein.

74 Vampire II

Ich hocke auf dem Bordstein. Im schwarzen Hosenanzug und grauen Tweedmantel. Die Leute, die vorübergehen, haben Mühe, mich nicht anzustarren.

Olena wird nervös.

»Könntest du bitte?«

»Was?«

»Aufstehen!«

☿

Tristan gelingt es, mich in ein Café zu schleifen. Er bestellt Espresso und Ramazotti.

»Ich trinke nicht am Vormittag«, sage ich. Trotzig wie ein Kind.

»Glaub mir, den wirst du brauchen.«

»Weil ihr Vampire seid? Weiß ich schon längst.«

Olena starrt mich an.

»Nicht du«, sage ich zu ihr. »Nur Tristan und Eugenia.«

»Ich habe dir gesagt, sie weiß es«, sagt Tristan.

»Aber woher soll sie das denn bitte wissen!«

»Von Piet«, sage ich.

»Was? Was hat Piet gesagt?«, fragt Olena.

»Tristan ist ein Vampir, trinkt aber kein Blut.«

»Und das hast du ihm einfach so geglaubt.«

»Quatsch.«

»Bitte?«

»Was ich ihm geglaubt habe und jetzt noch immer glaube: Tristan und Eugenia sind anders. Mag sein, ich kann das nicht beweisen, kann es weder beschreiben, noch begreifen – aber irgendetwas stimmt nicht.«

Olena lehnt sich zurück und trinkt ihren Ramazotti.

☿

»Also Tacheles«, sage ich zu Tristan, »was ist mit Eugenia passiert? Wurde ihr ein Pfahl durch Herz getrieben?«

»Ja.«

»...«

»Und es wurde ihr der Kopf abgetrennt.«

»Natürlich«, sage ich. »Und wen habt ihr im Verdacht? Den Opus Dei?«

»Nein. Die Jungs sind recht nett.«

Jetzt trinke ich meinen Ramazotti und gebe dem Kellner ein Zeichen, er solle noch eine Runde bringen.

⚸

»Wer seid ihr?«, frage ich.

»Piet hat mit den Vampiren nicht unrecht. Unsere Existenz wird ihren Beitrag zu den Legenden geleistet haben.«

»Ihr trinkt aber kein Blut – entgegen diesbezüglicher Legenden.«

»Nun ja«, sagt Tristan, »Spinner gibt es überall.«

Der Kellner bringt Ramazotti. Eine ganze Flasche.

75 Das Wesentliche zuerst

Ich sollte tausend Fragen haben, habe aber keine einzige. Der dritte Ramazotti steht vor mir. Olena ist gegangen, ich wollte nicht wissen, wieso. Nicht einmal das.

Tristan sitzt mir gegenüber und sieht nachdenklich aus.

»Ich kapier's nicht«, sage ich. »Vampire?«

»Das ist eine lange Geschichte. Ich würde sie lieber ein andermal erzählen, im Moment ...«

»Du meinst, ich soll das einfach so schlucken. Vampire. Hier? Mal ehrlich, wenn wir in London wären oder wenigstens in Berlin, aber was bitte machen Vampire kurz vor Polen?«

»Die Stadt ist schön.«

»Ach so, na dann.«

»Wie ich schon sagte: es ist eine lange Geschichte und ich habe nicht viel Zeit.«

»Aha.«

»Eugenias Tod wirft einige Probleme auf.«

»Kann ich mir vorstellen.«

Tristan zieht ein Notizbuch aus der Jackentasche.

»Falls du nichts davon wissen willst, dann ist das in Ordnung. Steh auf, geh, dreh dich nicht um.«

»Erstarre ich sonst zur Salzsäule?«

Tristans Blick unterdrückt meinen Hang zu dummen Kommentaren für eine Weile.

»Du bekommst noch drei Monate vollen Lohn, das sollte helfen. Die andere Möglichkeit ist: du hörst zu.«

Und ich höre zu.

※

Tristan erzählt von einem Totenschein, der auf Herzinfarkt lauten wird, vom Erbrecht und der Beisetzung der Urne, hier in dieser Stadt. Mir übergibt er die Organisation des Leichenschmauses und eine Telefonliste. Testamentsvollstrecker ist Eugenias Steuerberater. Um alles Weitere – die Stiftung, die Wohltätigkeit und die anderen tausend Dinge, von denen ich keine Ahnung habe – kümmert sich Olena, die, wie ich erfahre, die wirkliche Assistentin Eugenias ist. Nein. War.

※

»Tristan?«

»Ja?«

»Danke für das Armband.«

»Gern geschehen.« Er lächelt. Ich nicht.

76 Eine Frage

Mein Mobiltelefon zeigt fünf entgangene Anrufe. Alle aus Frankfurt. Das fehlt mir gerade noch. Aber da ich eh auf die Straßenbahn warten muss, kann ich auch telefonieren.

»Ich bin's.«

»Danke, dass du zurückrufst.«

»Mach ich doch gern, aber hör mal, ich …«

Er unterbricht mich: »Ich wollte mich entschuldigen. Für den Anruf. Letztens.«

»Kein Problem.«

»Du hattest recht, es war nur Torschlusspanik oder so was.«

»Oh, super.«

»Ich wollte, dass du das weißt.«

»Habe es mir eh gedacht, jedenfalls muss ich …«

»Ja, aber eine Frage habe ich noch.«

»Du, ein andermal vielleicht, ja?«

Er ignoriert mich. Wenn der Herr Doktor spricht, hat das Volk zu lauschen. Diesen Wesenszug mochte ich schon immer an ihm.

»Willst du nicht meine Trauzeugin sein?«

Pause. Vielleicht zehn Sekunden lang.

»Sag mal, spinnst du?«, fauche ich und lege auf. Depp!

»Huhu!«

Ich stopfe mein Mobiltelefon in die Tasche.

»Huhu!«

Das kommt mir irgendwie bekannt vor.

»Huhu! Hörst du mich nicht rufen?«

Meine Mutter. Mir bleibt heute aber auch nichts erspart.

»Sag mal? Hast du getrunken?«, fragt sie mich.

»Ich?«

»Ja!«

»Aber hallo.«

77 Prägnant

»Oh mein Gott«, sagt meine Mutter, »du bist schwanger!«

Sie steht halb über den Mülleimer gebeugt und hält etwas in der Hand.

»Ich bin was?«

»Schwanger!«

»Nö.«

»Natürlich. Ich seh es doch!«

»Was siehst du?«

»Dass du schwanger bist!« Meine Mutter ist kurz davor zu schreien. Entweder weil ich schwanger bin oder weil ich nicht verstehe, was sie von mir will.

»Was machst du da überhaupt?«, frage ich.

»Es war Papier im Mülleimer. Das wollte ich rausholen und zum Altpapier tun – und dabei habe ich das hier gefunden!« Sie hält mir ein weißes Plastikding hin.

»Was ist das?«

»Was das ist? Was das ist!«

»Ein Schwangerschaftstest.« Lu steht in der Küchentür. »Ich hatte nicht damit gerechnet, dass jemand meinen Müll durchwühlt.«

Ohne auch nur eine Winzigkeit unangenehm berührt zu sein, sagt meine Mutter: »Ach so! Das ist deiner? Ja, wie das denn?«

»Das Wunder der Weihnacht«, sagt Lu und ich habe den Mund offen.

»Also das erstaunt mich jetzt aber.« Meine Mutter setzt sich.

»Tja«, sagt Lu, »mich auch.«

»Na dann: Herzlichen Glückwunsch!«

Lu und ich starren meine Mutter an, als wäre sie ein Wesen aus einer fernen Galaxie.

※

»Mit wem sauf ich denn jetzt?«, frage ich Lu, als endlich Abend ist. Ein kranker Piet und ein alter Godot schlafen.

»Das ist allerdings ein Problem.« Sie grinst.

»Jesses.«

»Du sagst es.«

»Und nun?«

»Nun warten wir ab.«

»Was warten wir ab?«

»Die ersten Wochen. Muss sich erst mal einnisten, so ein Ei. Wer weiß …«

»Deine Nerven möchte ich haben.«

»Hast du eine bessere Idee?«

光

»Das Verrückte ist, Lu, ich wollte mit dir über etwas ganz anderes reden.«

»Worüber?«

»Vampire.«

»Können wir das vielleicht auf später verschieben?«

»Sicher.«

78 Jupiter

Ich liege auf dem winzigen Balkon und sehe mir den Nachthimmel an. Es ist bitterkalt. Deswegen habe ich eine Isomatte hier und drei Decken. Neben mir Rotwein und ein Päckchen Luckies. Blase den Rauch Richtung Jupiter.

Piet liegt mit hohem Fieber im Bett.

Meine Mutter ist gegangen.

Lu schaut n-tv.

Ich rauche.

»Eugenias Tod macht dich ganz schön fertig?« Lu steht in der Balkontür und friert. »Und du weißt, dass du nicht rauchen sollst.«

»Hrm.«

Die Wahrheit ist: zwischen all den Vampiren, einem kranken Piet und einer schwangeren Lu habe ich noch keine Sekunde ernsthaft über Eugenia nachgedacht. Alles ist unwirklich. Wie hinter Glas.

»Ich will dich nicht beim Erfrieren stören«, sagt Lu, »aber ich weiß nicht, was ich morgen mit Piet machen soll.«

»Kein Problem, ich kümmere mich um ihn.«

»Hast du Zeit? Ich dachte, du hast so viel mit der Beerdigung zu tun?«„

»Kann ich von hier aus. Netz und Telefon. Mehr brauche ich nicht.«

»Danke.«

»Jederzeit.«

Lu bleibt stehen, ich kippe Rotwein über die Decke.

»Geh doch rein«, sage ich zu Lu und besehe die Rotweinflecken, »es ist arschkalt.«

»Ja, ich …«

»Hm?«

»Danke, dass du mich nicht nervst.«

»Hm?«

»Wegen des Babys und wer sein Vater ist.«

Stimmt. Das Baby dürfte einen Vater haben. Daran hatte ich gar nicht gedacht. Ich versuche, nicht völlig überrascht auszusehen und sage so etwas wie: »Ist doch selbstverständlich.«

79 Hühnersuppe mit Erbsen

Piet ist wieder auf den Beinen. Er hilft mir, die Beileidspost zu sortieren, die ich mit nach Hause genommen habe.

Auf dem Herd kocht ein Suppenhuhn.

»Kommst du klar?«, frage ich Piet. Er hat mir wahrscheinlich kein Wort geglaubt, als ich ihm von Eugenias Herzinfarkt erzählt habe. Aber er fragt nicht und ich sage nichts.

»Klar. Die mit den kyrillischen Buchstaben in den roten Karton, den Rest in den blauen.«

»Danke, Piet.« Die russische Post überlasse ich Olena. Alles andere erledige ich morgen. Am Freitag reist die Familie an.

※

»Familie?«, hatte ich Tristan gefragt.

»Im weitesten Sinne.«

»Vampire?«

»Ein paar.«

»Irgendwelche Besonderheiten, auf die ich achten muss? Kein Knoblauch oder so?«

»Nein, nichts.«

»Ähm …«

»Später. Nach der Beisetzung. Versprochen.«

※

Ich beginne, das noch heiße Huhn auseinander zu nehmen. Löse das Fleisch von den Knochen, ziehe die Haut ab.

»Wenn du magst, Piet, kannst du fernsehen«, sage ich.

»Ich bleibe lieber hier. Kann ich Huhn?«

»Klar.«

Ich nehme das Tier Stück für Stück auseinander. Die Flügel. Die Brust. Das Fleisch ist weich und zerfällt mir unter den Händen. Akribisch säubere ich Knöchelchen um Knöchelchen und dann kommt der Gedanke an Eugenia, die jetzt so kopflos ist wie das Huhn.

»Was gibt es zu essen?«, ruft Lu vom Flur aus.

»Hühnersuppe mit Erbsen«, rufe ich zurück und fange an zu weinen.

80 … wenn ich alt bin

Lu und ich treffen uns beim Italiener. Wobei Italiener zu viel gesagt ist, es ist mehr eine Nudelbude. Aber immerhin ist die Pasta selbst gemacht und das Gemüse frisch. Es ist brechend voll. Studenten, gestresste Vertreter und Horden älterer Damen, die vom Kaffeeklatsch hier herüber wechseln.

Lu und ich spielen ›Wer willst du sein, wenn du alt bist‹.

Das geht folgendermaßen: Man sieht sich in der Menge um, bis man jemanden findet, der so ist, wie man selbst einmal sein will. Später.

Ich suche mir eine rundliche Rothaarige aus, die quietschbunte Schals trägt und mit ihrem Lachen das halbe Lokal füllt.

»Du traust dich nicht mal jetzt, so was zu tragen«, meint Lu.

»Na, jetzt nicht. Aber ich hoffe auf so etwas wie Alterscoolness. Jedenfalls ist sie nicht vermufft und guckt böse auf die Jugend herab. Find ich gut.«

»Ich nehme lieber die da.« Lu zeigt auf eine perfekt frisierte Dame in einem schmalen grauen Kostüm, die ein wenig deplatziert wirkt.

»Du meinst, du kommst doch noch zu Geld?«, frage ich.

»Hey! Lass mir meine Hoffnungen, dann lass ich dir deine.«

※

Unsere Nudeln. Zwei kleine Berge. Lu sieht ihre nur an und schiebt sie beiseite.

»Was'n«, sage ich, »sieht doch lecker aus.«

Lu macht einen undefinierbaren Laut.

»Willst du meine? Sind vegetarisch und beinahe fettfrei.«

»Auja.«

Also esse ich Lus extra sardellige Chillinudeln und sie meine Penne mit zartem Gemüse und einem Hauch Parmesan.

»Sag mal«, unterbricht Lu meinen Versuch, die Sardellen auszusortieren, »was war das mit den Vampiren?«

»Och … nichts Wichtiges. Wirklich nicht, können wir später.«

※

Ich werde es ihr erzählen. Sobald ihr nicht mehr ständig übel ist und wenn ich mehr weiß. Wenn ich überhaupt irgendetwas weiß.

※

»Vampire leben doch ewig?«, fragt Lu.

»Glaub schon.«

»Dann können sie nie ›Wer willst du sein, wenn du alt bist‹ spielen.«

»Können schon, wäre aber blöd.«

Ich gebe das Sardellenaussortieren auf und überlege, mir einfach eine neue Portion zu bestellen.

»Es muss doch furchtbar sein, auf alle Zeiten derselbe zu bleiben. Ich meine, du und ich, wir können wenigstens noch hoffen.«

»Worauf? Auf dritte Zähne und Renten unter der Armutsgrenze?«

Ich könnte mir ja eine kleine Portion mit Pesto bestellen, das Pesto ist hier gar nicht so übel.

»Hehe, ja. Na ja, und darauf, vorwärts zu kommen, weiser zu werden. Klüger«, sagt Lu und lässt mich meine Nudelprobleme vergessen.

»Warum sollten Vampire sich nicht mehr verändern?«

»Weil ihr Gesicht auf immer gleich ist. Ihr Gesicht und ihr Körper und sie irgendwie neben der Zeit stehen.«

»Äh?«

»Alles was wir erleben, was uns geschieht, hinterlässt Spuren«, sagt Lu in diesem so eigenen Ernst, in dem nur Lu sprechen kann. Sprechen und gleichzeitig Pasta schaufeln. »Wenn das Leben aber spurlos an dir vorübergeht, es morgen wie heute wie in hundert Jahren ist, dann bleibst du, wer du eben bist.«

Ich lege meine Gabel endgültig zur Seite und sehe Lu an. »Pass auf, wenn ich irgendwann einen Vampir treffe, werde ich ihn genau das fragen.«

»Ach nee.« Lu grinst mit vollem Mund. »Wieso das denn?«

»Weil es eine gute Frage ist.«

81 Die Familie

Olena ist nervös. Es gefällt ihr überhaupt nicht, mit mir zum Flughafen zu fahren.

»Kaugummi?«, frage ich. Statt einer Antwort bekomme ich einen vernichtenden Blick. In der Hand halte ich Pappschilder mit Namen darauf.

»Tu mir einen Gefallen«, sagt Olena.

»Ja?«

»Halt die Klappe.«

»Mein Russisch ist eh nicht so toll.«

»Die Familie spricht nicht russisch.«

Ist aber ungünstig, wenn man in Moskau lebt, will ich sagen. Verkneife es mir aber.

※

Da kommen sie. Sechsunddreißig Personen jeden Alters. Ich weiß es genau, ich habe die Hotelzimmer gebucht. Nicht nur für die russischen Gäste – auch für Südamerikaner, Italiener, Iren und US-Amerikaner. Eugenia war offenbar eine Vertreterin der Spezies ›International Person‹.

Vampire kann ich in dem Durcheinander nicht ausmachen.

Oder doch.

Ganz leicht sogar.

Es sind die, die mich aufmerksam ansehen.

※

Drei.

Ein Paar, sie könnten gut und gerne Geschwister von Tristan und Eugenia sein, und ein circa dreihundert Kilo schwerer Koloss im Rollstuhl.

Entsprechend Olenas Wunsch halte ich, von höflichen Gruß- und Beileidsformeln abgesehen, die Klappe. Kümmere mich um Gepäck und Taxis.

Als Olena an mir vorübereilt, zische ich ihr zu: »Brauchen wir ein Spezialbett? Für ... du weißt schon.«

»Längst erledigt.«

»Brauchst du sonst noch Hilfe?«

»Nein! Die Taxis!«

Die Taxis sind kein Problem. Der Dreihundertkilovampir schon, die Rollstuhlrampe des VW-Busses gibt ein Knarzen von sich.

»Hey Kleine«, ruft der Koloss, »fahr doch mit mir mit.«

»Gern!« Ich springe in den Bus und spüre Olenas Blick im Nacken.

82 Nur eine Fahrt

Es ist sechs Uhr morgens. Neun Grad minus. Eine dünne Schneeschicht auf dem Friedhof. Ich treffe mich mit dem Pfarrer, letzte Absprachen. Nur zur Sicherheit. Er ist genauso müde und durchgefroren wie ich.

Olena dagegen ist perfekt, der Lippenstift tiefrot und bei dem Tempo, das sie vorlegt, können der Herr Pfarrer und ich kaum folgen.

※

Ich brauche Kaffee und frage Olena, ob sie mitkommen möchte. Sie hat keine Zeit.

»Was hast du gestern noch besprochen?«, fragt sie mich.

»Mit wem?«

»Mit wem wohl!«

»Ach, nichts weiter. Es war nur eine kurze Fahrt.«

»Irgendetwas wird er wohl gesagt haben.«

»Ja, ob ich mit den Vorbereitungen gut voran käme und so Kram.«

Olena sieht mich lauernd an.

»Im Ernst, es war nur Smalltalk. Er wollte wohl nur meine Nase aus der Nähe sehen.«

Sie nickt und geht.

※

Es stimmt. Weitestgehend. Viel gesprochen haben wir nicht.

»Ich bin Dominik«, sagte der Koloss.

»Angenehm, ich bin …«

»Ha! Na, wer du bist, das weiß man schon.«

»Man?«

»Man.«

»Wie das denn?«

»So was spricht sich rum.«

»Die Namen von Assistenten?«

»In unseren Kreisen durchaus.« Er lachte. »War dir das nicht klar?«

»Was denn?«

»Jobs bleiben in der Familie. Immer.«

»Yakuza?«

»Glaub mir, die sind flexibel gegen uns.«

»Ahso.«

»Eugenia wollte es unbedingt.«

»Was denn?«

»Jemanden um sich haben, der nicht zur Familie gehört.«

»Hm. Das kann ich irgendwie nachvollziehen – aber warum wollte sie mich?«

»Tja«, Dominik musterte mich, »das habe ich mich bis heute auch gefragt.«

»Und seit heute?«

»Ist es klarer.«

Ich schwieg. Sah mir Häuser an.

光

»Die Vorbereitungen hast du im Griff?«, fragte mich Dominik.

»Natürlich.« Ich sah weiter aus dem Fenster. »Man könnte meinen, Eugenia vertraute ihrer Familie nicht.«

»Könnte man das?«

»Welchen anderen Grund kann es geben, unbedingt jemanden von außerhalb um sich haben zu wollen?«

»Für so etwas kann es viele Gründe geben, meinst du nicht?«

»...«

An dieser Stelle hielt das Taxi. Dominik gab mir einen freundschaftlichen Klaps auf die Schulter.

83 Karpfen

Lu ist blass, daran kann der Februar nicht allein schuld sein.

»Ist was passiert?«

»Hm.«

»Hm?«

»Ich hab in die Biotonne gekotzt.«

»War der gelbe Sack voll?«

»Karpfenkopf.«

»Was?«

»Da lag ein Karpfenkopf drin. Wrg.«

»Und du magst keinen Karpfen?«

»Ich hasse dich.«

»Ach komm schon!«

»Ich hasse dich und das nächste Mal bringst du den Müll weg.«

»Versprochen.«

84 Asche zu Asche

Ich wusste genau, wie viele Leute kommen würden. Aber eine Zahl auf dem Papier ist eine Sache. Zu sehen, wer alles in die Kirche drängt, um sich von der Frau zu verabschieden, die ich zu wenig kannte, um ihr nahe zu sein, ist etwas anderes.

Die Trauerfeier ist schön. Festlich und gediegen. Herzlich. Hier und da ein stilvolles Schluchzen. Taschentücher werden gereicht. Ich stehe an der Kirchentür, mein Mobiltelefon auf Summen gestellt, und höre mit einem Ohr zu. Offenbar gibt es vieles zu sagen. Vor allem über Stiftungen und gute Taten. Dem Menschen Eugenia, wenn sie denn einer war, komme ich durch keines der Worte näher.

Olena fehlt. Aber da ist sie nicht die Einzige. Ich kann keinen der Vampire entdecken – und inzwischen bin ich gut darin. Frage mich, ob Vampire Kirchen überhaupt betreten können. Oder gilt das mit heiligem Boden nur für den Teufel?

Am Grab, als die edle Urne mit Bergen von Blumen versenkt wird: immer noch kein Vampir. Auch beim Leichenschmaus nicht. Dafür taucht Olena auf und ringt sich beinahe so etwas wie ein Lob für mich ab.

※

»Es wird sicher spät werden. Man sitzt doch gern noch ein wenig beisammen«, sagt Olena. »Kannst du so lange bleiben?«

»Natürlich.«

»Falls was ist, ruf einfach an.«

»Mach ich.«

»Sonst hast du alles?«

»Ja, sicher … nur?«

»Ja?«

»Wo sind die Vampire?«

Olena sucht plötzlich etwas in ihrer Handtasche. »Sie haben ihre eigene Art Abschied zu nehmen.«

»Ach?«

»In gewisser Weise sind sie nicht wegen der Beerdigung hier. Es ist mehr ein Vorwand, um sich zu treffen.«

»Ah.« Ich versuche so auszusehen, als könnte ich damit etwas anfangen. Immerhin lässt sich Olena zu einer Erklärung herab.

»Du sollst morgen kommen.«

»Wohin?«, frage ich.

»Zu uns.«

»Wo ist uns?«

»Tristan holt dich ab.«

85 Eine Frage der Statistik

Lu trinkt.

Sie sitzt am Küchentisch, als ich durchgefroren vom Leichenschmaus zurückkomme. Vor sich Cola und Johnny Walker. Die Flaschen sind beide halb leer.

»Johnny Walker?«, sage ich. »Seit wann trinkst du so was?« Und dann fällt mir ein, dass heute der Termin war. Der Schwangerschaftsvorsorgetermin in der neunten Woche.

»Tankstelle«, sagt Lu und weint nicht. Sie sitzt einfach da und trinkt.

»Die hast du aber nicht alleine geleert, oder? Lu?«

»Hm, nein. Jakob hat geholfen.«

»Wo ist Jakob?«

»Mit Godot draußen.«

»Piet?«

»Schläft.«

»Gibst du mir was ab?«

»Klar.«

光

»Wär ja auch ein scheiß Wunder gewesen«, sagt Lu irgendwann. Sie wirkt stocknüchtern. »Wir haben so lange versucht, ein Kind zu bekommen. Vor Piet. Und dann noch ewig ein zweites. Es wäre ein verdammtes scheiß paradoxes Wunder gewesen.«

»Also Till ist, also war … der Vater?«

»Ja.«

»Ich habe es irgendwie geahnt.«

»Dachte ich mir. Deswegen war es auch so nett, dass du mich nicht damit genervt hast.«

Ich überlege, ob ich Lu sagen soll, dass ich keine so gute Freundin bin, wie sie glaubt.

»Verflucht«, sagt sie und wischt sich wütend über die Augen. »Ich kann dir nicht erklären wieso, aber ich hätte mich … es wäre … verdammt.«

»Meinst du, Till wäre zurückgekommen?« Ich bin eine beschissene Freundin.

»Vielleicht?«

»Ja?«

»Nein, sicher nicht. Oder doch? Ist egal. Es hat nichts mit Till zu tun, es hat damit zu tun, dass das mein Ding ist.«

»Mutter zu sein?«

»Mutter zu sein. Vielleicht sehe ich nicht so aus, in meinen Wanderstiefeln, mit meiner großen Klappe und der Wahnsinnsbuchhändlerkarriere. Aber es ist mein Ding.«

»Scheiße.«

»Ja.«

☿

Jakob ist betrunken auf dem Sofa eingeschlafen. Die Flaschen sind leer. Lu scheint völlig klar zu sein. Godot liegt ihr zu Füßen.

»Weißt du«, sagt sie, »es ist ja nicht so, dass die Welt untergeht. Das passiert. Nicht nur mir. Es geschieht andauernd. Ständig. Eine von diesen alltäglichen Katastrophen. Eine Frage der Statistik, mehr nicht.«

»Hm.«

»Es ist nur …«

»… den Mimis dieser Welt passiert so was nie«, vollende ich Lus Satz.

86 Ohrringe und Wunderkinder

Tristan klingelt.

Es ist sieben Uhr morgens und Piet rennt in seinem Entenschlafanzug zur Tür. Godot folgt ihm. Lu bietet Kaffee an. Ich brauche noch fünf Minuten und verschwinde im Bad. Restaurationsarbeiten. Ich bin nicht in Stimmung für Vampire.

光

»Geh«, sagt Piet und klettert auf die Badewanne.

»Hm?« Ich suche nach Ohrringen. Finde aber nur Haarspangen.

»Wir kommen schon klar.«

»Wir?«

»Mama und ich.«

Ich gebe die Ohrringe auf und setze mich zu Piet auf die Badewanne. Er greift nach meinem Deo und riecht daran.

»Pass mal auf, Großer, ich bin irre stolz auf dich, aber das ist Erwachs- …« Ich breche ab, wuschel Piethaar, nehme ihm das Deo weg, wuschel noch mal Piethaar und suche halbherzig weiter.

»Im Flur neben dem Telefon«, sagt Piet.

»Was?«

»Deine Ohrringe. Sind im Flur neben dem Telefon.«

»Du bist ein kleines verdammtes Wunderkind.«

»Wir fluchen nicht …«

87 Wenig Dämonisches

Ich stehe in einem unterirdischen Labor. Über mir Gewölbe, neben mir Geräte mit Schläuchen. Sehr vielen Schläuchen. Dazu Maßkolben, Erlenmeyerkolben, Messzylinder und Pipetten. Vials. Flüssigkeiten in Flaschen mit blauen Deckeln. Auf den Chemikalienbehältern prangen Warnhinweise.

Draußen auf dem Flur laufen ein paar Vampire vorbei. Ich sehe sie an und sie sehen mich an.

»Warum sind da Fenster? Zum Flur?«, frage ich.

»Sicherheitsvorschriften. Falls ein Problem auftaucht, ein Brand zum Beispiel, kann man es vom Flur aus sehen«, sagt ein Mann in einem Kittel, der aussieht, als wären Motten darüber hergefallen. Er ist der einzige Nicht-Vampir, von mir mal abgesehen. Tristan ist verschwunden.

»Ist ein bisschen wie im Zoo«, sage ich.

»Ja, genau.« Er lacht und sein jungenhaftes Gesicht leuchtet vor Freude. »Wir hatten auch mal ein Schild hier. ›Bitte nicht füttern.‹ Fand der Chef aber nicht lustig.«

»Der Chef?«

»Der da.« Er macht eine mehr oder weniger unauffällige Kopfbewegung in Richtung eines Mannes, der mitten im Flur steht und mich durchdringend ansieht.

Es ist wenig an diesem Mann im Flur, was erwähnenswert wäre. Er ist weder groß noch klein, weder hager noch dick. Seine Haare sind langweilig, seine Kleidung auch. Das Gesicht hat die mir inzwischen vertrauten Züge. Allerdings weniger ausgeprägt als bei Eugenia oder Tristan. Vielleicht bin ich inzwischen daran gewöhnt.

Jetzt nickt er mir zu. Freundlich.

Vom Chef der Vampire hätte ich mir mehr erwartet.

»Enttäuscht?« Dominik ist bestens gelaunt. Tristan schiebt ihn im Rollstuhl ins Labor. »So richtig dämonisch wirkt die Familie nicht, was?«

Ich will gerade etwas Ausweichendes sagen, als die Tür aufgeht. Der Chefvampir lehnt sich halb in den Raum, nickt mir nochmals freundlich zu und sagt: »Geht klar.«

Tristan atmet hörbar ein und der Mottenkittelmann klatscht in die Hände. »Dann wollen wir mal.«

88 Der Chemiker

»Man nennt mich den Chemiker«, sagt der Mottenkittelmann.

»Den Chemiker?« Ich verstehe mal wieder gar nichts.

»Der Biotechnologe ist uns zu lang«, meint Dominik.

»Man nennt mich den Chemiker, weil ich Chemiker bin. Du darfst Dominik nicht allzu ernst nehmen, er kennt den Unterschied durchaus.«

»Äh?«

»Ich habe natürlich auch Physik, Biologie und Mathematik studiert, aber letztlich sind diese Wissenschaften nur Diener der Chemie.«

»Ach?«

Tristan stützt sich auf die Griffe von Dominiks Rollstuhl. »Nenn ihn einfach den Chemiker, das tun alle. An seltsame Namen solltest du dich gewöhnen.«

Als Dominik etwas hinzufügen will, lässt Tristan den Rollstuhl wundersamerweise kurz, aber bedrohlich kippen.

※

»Ich bin der Chemiker und das hier ist mein Labor. Ein bisschen moderner als bei Frankenstein, was?« Da ist es wieder, das jungenhafte Leuchten.

»Äh, ja. Schick«, sage ich, obwohl ich finde, es sieht einfach so aus, wie man sich ein Labor vorstellt: techniklastig, ziemlich voll und als würde jemand am Weltuntergang arbeiten.

»Ich habe natürlich Unterstützung«, fährt der Chemiker heiter fort. »Aber man muss leider feststellen, wie wenige von uns sich für Naturwissenschaften begeistern können. Die meisten wenden sich den Kunst- und Kulturwissenschaften oder der Geschichte zu. Nicht, dass wir Künstler wären, das wäre viel zu kompliziert und in gewisser Weise widerspricht es unserem Naturell. Ich habe mit verschiedenen neurologischen Scans gearbeitet, um dies zu belegen, aber nun ja, ich denke, die Antwort liegt tiefer. Biochemisch tiefer, sozusagen.«

»Entschuldigung?«, sage ich.

»Ja?«

»Könnten wir auf den Punkt kommen?«

»Welchen Punkt?« Der Chemiker beginnt an einer dieser Schlauchmaschinen herumzuspielen.

»Vampire?«

»Ich mag den Vampirbegriff nicht«, sagt der Chemiker und zieht eine Säule aus der Schlauchmaschine, »im Prinzip sind wir Menschen. Menschen mit gewissen Besonderheiten.«

»Einer von uns kannte Jesus«, sagt Dominik. »Fällt das noch unter gewisse Besonderheiten? Meiner Ansicht nach …«

»Von mir aus könnt ihr euch Methusalemmutanten nennen«, sage ich (etwas ungehalten), »ist mir egal. Aber wenn mir nicht bald irgendjemand erklärt, was hier eigentlich los ist, dann …«

»Dann?« Dominik sieht mich an.

»Dann geh ich 'nen Döner essen und ihr könnt mich mal.«

光

»Ich gebe mir die größte Mühe. Wirklich«, sagt der Chemiker und drückt mir die Säule in die Hand. »Ich habe sogar … Moment.« Ein Klicken und der Beamer springt an.

»Du hast eine PowerPoint-Präsentation über Vampire gemacht?«, frage ich ihn.

»Genau genommen Impress. LibreOffice.« Als er meinen und Tristans Blick sieht, verschluckt er den Rest. »Ähm, also, im Prinzip ja. Habe ich.«

89 Diavortrag

Der Vortrag dauert zwanzig Minuten und ich fühle mich hinterher wie nach einer Diavorführung von Onkel Dieter über seinen letzten Mallorca-Urlaub. Zap, zap, zap. Dazu das heiter-wirre Geplauder des Chemikers.

※

Mir tut der Kopf weh vor lauter Details, die keinen Sinn ergeben. Genau wie bei Onkel Dieter: Da gab es was zu essen, dort sind wir am Strand und oh, da sind wir geritten. Schöne Pferde, nicht?

Alles was ich mir merken kann, ist: um die Zeitenwende entstand die Familie, zeitgleich mit dem Christentum. (Vorher gab es wohl auch schon Vampire, der ein oder andere Bodhisattva fällt unter den Verdacht, aber genau weiß es keiner.) Die Familie und das Christentum, eine enge Verbindung, so viel habe ich verstanden, und an sich könnte das witzig sein, Dämonen unter dem Schutz der Kirche; aber Humor gehört nicht zu den Stärken des Chemikers.

※

»Es ist schon recht praktisch, wenn man über Jahrhunderte hinweg einen gewissen Einfluss auf Geburts- und Sterbeurkunden hat«, sagt der Chemiker. »Heutzutage wird das viel schwieriger, aber beeinflussen kann man Unterlagen noch immer, man muss halt Computer hacken statt Bücher fälschen, sind also nur Feinheiten. Und du wolltest ja wissen, wer wir sind.«

»Und wer seid ihr?«, frage ich und gähne.

»Vampire.« Wenn Dominik lacht, wackelt sein Bauch wie der des Weihnachtsmannes.

Wir sehen ihm eine Weile dabei zu und dann sage ich: »Fest steht: ihr altert nicht. Irgendwann Mitte dreißig verharrt euer Körper einfach so in ewiger Jugend.«

90 Endlose Fakten und keine Antworten

»Natürlich nicht einfach so«, sagt der Chemiker, läuft zwischen den Labortischen auf und ab und dabei zur Höchstform auf. »Es muss dafür eine Ursache geben, aber wie gesagt – bisher habe ich dazu nichts als Theorien. Mutation, das ist meine These. Mutation! Aber natürlich nicht nur eine. Es ist, als hätten wir die idealen Körper. Wir altern nicht, unser Immunsystem arbeitet überdurchschnittlich. Wunden verheilen schneller. Mit einem Bruchteil an

Trainingsaufwand sind uns Spitzenleistungen möglich. Ich habe Messungen durchgeführt, warte, ich muss die Zahlen noch irgendwo haben.« Der Chemiker beugt sich über einen Laptop und sucht nach entsprechenden Dateien.

Ich versuche, ihn irgendwie zu stoppen. »Wir? Heißt das, du bist auch ein Va- … Mensch mit Besonderheiten?«

»Natürlich.«

»Du siehst nicht so aus.«

Er unterbricht seine Dateisuche, zieht stattdessen eine Schublade auf und fängt an, in den Hängeakten zu wühlen.

»Vielleicht, weil ich einer der Jüngsten bin«, sagt er und wuchtet einen dicken Ordner auf den Tisch. Ich sehe mich hilfesuchend nach Dominik um, aber der grinst nur.

»Was heißt jung?«, frage ich.

»Fünfundachtzig. Nein, warte. Sechsundachtzig.«

»Und du, Dominik?«

»Dreihundert und ein paar. Ich müsste nachsehen. Kann ich hier was essen?«

»Nicht im Labor!«, sagt der Chemiker.

»Tristan?«, frage ich.

»Das weiß keiner.« Dominik schiebt sich in eine aufrechte Position und streicht sich über den Bauch. »Tristan ist so was wie ein Geheimagent. Top Secret.«

91 Top Secret?

»Ihr nehmt mich wohl auf den Arm?«

»Aber nein, aber nein«, sagt der Chemiker. »Ich würde ihn ja zu gern untersuchen, ich kann sein Alter zumindest annähernd feststellen, aber er lässt mich nicht.«

Tristan lehnt am Labortisch und erwidert meinen Blick, bis ich wegsehe.

92 Was für Katzen?

Mein Mobiltelefon klingelt. Ich zögere kurz, gehe aber ran.

»Ja, Mama?«

»Kannst du mal im Internet nachsehen, ob du das Buch findest, von dem Dings, hier … der die Krimis geschrieben hat. Die mit den Katzen.«

»Was?«

»Na, hier der … ach, der hat so einen komischen Namen und schreibt jetzt Politisches, aber vorher eben was mit Katzen.«

»Was für Katzen?«

»Na, Katzen eben!«

Ich drehe mich um und blicke in Vampirgesichter. Tristan sieht aus wie die personifizierte Dunkelheit, Dominik eher hungrig und der Chemiker hat, dem Leuchten seiner Augen nach, wohl die richtige Akte gefunden.

»Du, Mama, ich arbeite – ich mache das morgen oder so, ja?«

»Ach? Woran arbeitest du denn?«

»Äh …«

»Äh?«

»Human Resources.«

93 X-Men

»Ihr altert nicht, seid fit und bekommt kaum Krankheiten«, fasse ich zusammen, nachdem ich meine Mutter verabschiedet habe.

»Wir bekommen genau genommen überhaupt keine Krankheiten. Wenn wir einen Infekt haben, erledigt sich das Problem in kürzester Zeit von selbst«, sagt der Chemiker und wirft mittels Beamer einige Diagramme als Beleg an die Wand.

»Hat Peer nicht mal die Tollwut gehabt?«, fragt Dominik dazwischen.

»Peer hat so einiges gehabt, wenn man ihm Glauben schenken will. Aber prinzipiell halte ich das für möglich. Ich habe hier eine Statistik, die belegt ...«

»Was ist mit Superkräften?«, bremse ich, bevor er uns die Daten der letzten dreihundert Jahre erläutern kann.

»Was soll damit sein?«

»Habt ihr welche?«

»Sehen wir aus wie die X-Men?«

光

»Hm ... und euer IQ?«

»Im Schnitt bei 150, wobei ich dieses Messverfahren für wenig tauglich halte, um eine Aussage über Leistungsfähigkeit zu treffen. Ich habe da einige ...«

»Ähm, so genau ...«

»Bitte, dann nicht. Sagen wir so: Dummköpfe sind selten. Von Dominik mal abgesehen.«

»Haha.« Dominik lacht sein Weihnachtsmannlachen. »Du vergisst Thoralf.«

»Ich sagte selten – nicht ausgeschlossen.«

»Oder Minna, mit ihrem unglaublichen Kunstverständnis.« Dominik beugt sich verschwörerisch zu mir. »Sie hat eine 200 Jahre alte Kunstsammlung, in der kaum ein Werk mehr als ein paar hundert Euro wert ist. «

»Oh ja!« Der Chemiker schüttelt den Kopf. »Aber sie hat ja noch ein bisschen Zeit. Man soll die Hoffnung nicht aufgeben, sie besitzt schon einige interessante Bilder, wartet, ich habe sie digitalisiert, kann sie euch gern zeigen.«

Zap.

Landschaften und dicke Kinder oder auch dicke Kinder in Landschaften leuchten an der Wand. Zap, zap, zap. Der Chemiker erläutert die Maler und die zugehörigen Schulen, Dominik verdreht die Augen, sein Magen knurrt. Tristan schweigt.

»Tja ...«, sage ich, »und nun?«

»Gehen wir 'nen Döner essen«, schlägt der Chemiker vor.

»Geht ihr voraus«, sagt Tristan. »Ich habe etwas mit Dominik zu besprechen.«

Dominik sieht nicht glücklich aus.

94 Löchrig

Der Chemiker hängt seinen Kittel in den Spind. »Besonders glamourös ist das wohl alles nicht.«

»Wie bitte?« Ich habe nur halb zugehört, weil mich die High-Tech-Schränke faszinieren. Dickwandige Metallspinde, in Spacesilber, mit Fingerabdruckscanner und (vermutlich) Alarmanlage.

»Unsere Geschichte. Von Vampiren hast du dir sicher mehr erwartet.«

»Ich dachte, die spektakulären Details kommen noch?«

Er lacht.

»Eine Frage habe ich aber«, sage ich und überlege, ob ich meinen Finger auf einen der Scanner legen soll.

»Bitte, frag ruhig.«

»Woher kommen die Löcher in deinem Kittel?«

»Von Fledermäusen.«

»Äh?«

»Blödsinn. Schwefelsäure.«

95 Döner mit alles

Der Laden ist menschenleer um diese Uhrzeit. Das Personal steht rauchend vor der Tür. Der Chemiker beißt herzhaft in seinen dritten Döner, ich spiele mit Rotkraut.

»... und Tristan ist«, setze ich an, weiß aber nicht, wie ich die Frage halbwegs unalbern zu Ende bringen soll.

»Oh, ja. Alles supergeheim.« Der Chemiker legt den Döner zur Seite und wischt sich den Mund ab. »Ich kann dir dazu wenig sagen. Ehrlich. Du musst verstehen: wir sind darauf angewiesen, im Verborgenen zu bleiben. Da sind Geheimnisse nichts, worüber man sich wundert.«

»Hm.«

»Eines verstehe nun wiederum ich nicht.«

»Was denn?«

»Wieso du nicht nach Blut fragst.«

»Was für Blut?«

»Das unserer Opfer, welches wir zu trinken pflegen.«

»Ihr trinkt doch keines.«

»Hat dich Tristan darüber also bereits informiert, schön, schön.«

»Ähm, nun ja.«

»Und damit ist das Thema für dich erledigt? Die meisten Menschen reagieren da viel empfindlicher. Und zweifelnder. Als Vampir weckt man wohl gewisse Erwartungen.«

»Eigentlich hat es mir ein kleiner Junge schon vorher gesagt. Der kann ziemlich überzeugend sein.« Ich verziehe den Mund zu so etwas Ähnlichem wie einem Lächeln. »Wahrscheinlich ist es deshalb ... ähm, nehme ich das hin. Oder so.«

96 ... ein ganz normaler Junge

»Ein kleiner Junge?«

»Ja«, sage ich und sehe dem Chemiker zu, wie er seinen vierten Döner in Angriff nimmt.

»Was hat der kleine Junge denn genau gesagt?«, fragt er zwischen zwei Bissen.

»Es gibt Vampire, die regelmäßig bei uns im Haus vorbeischauen, aber Blut trinken sie nicht. So in der Art.«

»Woher weiß er das?«

»Tja ...«

»Hast du ihn nicht gefragt?«

»Wenn man ihn eine Weile kennt, dann weiß man, dass fragen nicht viel bringt.«

»Hat er öfter Visionen? Vorsehungen?« Der Chemiker vergisst seinen Döner und sieht mich gespannt an.

»Nein. Er ist doch kein ... er ist ein ganz normaler Junge. Gut, vielleicht nicht ganz normal, aber ...«

»Woher könnte er von uns wissen? Was meinst du?«

»Er ist ein Kind, er hat seine Augen und Ohren überall. Wer weiß, was Tristan im Treppenhaus gesagt hat!«

Der Chemiker nickt und nimmt seine Mahlzeit wieder auf.

»Obwohl«, sage ich einen Augenblick später, »Tristan nicht der Typ ist, der in Treppenhäusern plaudert.«

97 Wir melden uns

»Was machst du denn hier?«

Ich starre Lu an wie einen Geist, als sie plötzlich an unserem Tisch steht.

»Ich hatte was zu erledigen in der Gegend und hab dich zufällig durch die Scheibe gesehen.«

»Oh, aha ... äh«, fange ich an und werfe dabei meine Dönerreste vom Tisch. Beim Versuch sie aufzuheben stoße ich mir den Kopf, fluche und kleckere den Chemiker voll, der mir zu Hilfe kommen wollte.

»Stör ich euch irgendwie?«, fragt Lu.

»Ähm, nein, nein.« Ich lasse den Döner einfach unterm Tisch liegen und tauche wieder auf. »Das ist ... ähm«, ich zeige auf den Chemiker, dessen Namen ich nicht weiß, huste und sage, »das ist übrigens Chem.«

»Chem?«

»Ja, die Kurzform für ... ähm ...«

»Chemiker«, sagt er. »Alle meine Freunde nennen mich den Chemiker.«

»Genau«, sage ich.

»Ah«, sagt Lu, »ihr kennt euch von der Arbeit, was?«

»Genau«, sage ich.

»Und jetzt habt ihr zusammen Mittag gegessen?«

»Genau.«

※

Ein sonores Summen ertönt.

»Das ist meins«, sagt der Chemiker, entschuldigt sich und zückt sein Smartphone.

Lu grinst mich an. Ich bemühe mich wieder um das Massaker unter dem Tisch. Als ich auftauche, diesmal mit Dönermatsch in der Hand, grinst Lu immer noch.

»Pass auf«, sagt der Chemiker und steckt sein Smartphone ein, »du hast die nächsten zwei Wochen Urlaub. Wir melden uns.«

»Was?«

»Ich muss los. Wir melden uns.«

※

»Sie melden sich?«, fragt Lu.

»Sieht so aus«, sage ich.

»Wer war das?«

»Ein Chemiker.«

»Ahja. Kann es sein, dass du ein wenig durch den Wind bist?«

»Das«, sage ich, »ist eine unhaltbare Untertreibung.«

98 Urlaub

Die ersten drei Tage meines Urlaubs stand ich im Buchladen, damit Lu im Bett bleiben konnte. Die nächsten drei Tage blieb ich im Bett, sah mir Sitcoms an und aß drei 500g-Tüten Biogummibärchen. Ohne Gelatine.

Dann war mir schlecht und ich fühlte mich wieder bereit für die Welt.

Außerdem musste irgendjemand Eugenias Pflanzen gießen.

光

Also fuhr ich zu ihrer Wohnung. Erledigte ein paar Alibiaufgaben, von denen es nicht allzu viele gab. Olena hatte an alles gedacht. Die Pflanzen waren verschwunden, der Kühlschrank geleert und alles Verderbliche entsorgt. Dem wenigen Staub nach kam regelmäßig die Putzfrau. Für die Post gab es offenbar einen Nachsendeauftrag.

Ich hing rum, sah mir die Bücher an und wartete, ohne sagen zu können, worauf.

Nach zwei Tagen fand ich im Weinkeller einen Schlüssel. Schwer, verschnörkelt und mit Sicherheit eher für ein Möbelstück als für eine Tür gedacht.

Er lag bei den Spätburgundern und das nahm ich als Zeichen.

光

Das dazugehörige Schloss war schnell gefunden. Der Schlüssel gehörte zu Eugenias Schreibtisch. Ich zögerte kurz, schloss den Schreibtisch auf, Herzklopfen inklusive – aber er war einfach nur leer. Nicht einmal ein Krümel oder ein paar Staubflusen fanden sich darin.

Nachts um drei, ich hatte mir einen von Eugenias Whiskys ausgeliehen, kam mir in den Sinn, Lu anzurufen. Traute mich aber nicht und schrieb stattdessen eine SMS.

> Habe versteckten? Schlüssel
> gefunden, gehört zu Schreibtisch.
> Der ist aber leer. Mist???

Einen Moment lang sah ich mein Telefon an, dann, gerade als ich es in die Tasche stecken wollte, vibrierte es. Die Antwort:

> Such nach dem Geheimfach.

»Wieso das denn?«

schrieb ich zurück. Statt einer weiteren SMS kam ein Anruf. Lu klang wie immer. »Weil es Vampire sind. Reiche Supervampire. Die werden doch wohl ein Geheimfach haben. Und nun lass mich schlafen.«

»Und wenn ich was finde?«

»Dann erzähl mir das morgen früh!«

光

Es dauerte eine gefühlte Ewigkeit, aber im Morgengrauen fand ich sie wirklich. Die geheime Schublade. Ich kam mir vor wie Sherlock Holmes im Kapuzenpulli.

Vorsichtig zog ich die Schublade auf, klemmte mir die Finger ein, fluchte, stellte mich ungeschickt an und fand dann darin: eine Schnupftabakdose.

Ich borgte mir einen weiteren Whisky.

99 Morgengrauen

»Was machst du da?«

»Fuck!« Ich verschüttete das halbe Glas Whisky, was schade war, aber das gab mir die Gelegenheit, Eugenias Döschen in meiner Tasche verschwinden zu lassen. »Willst du mich umbringen?«

»Was du hier machst!« Es war nicht zu erkennen, ob Olena vor Überraschung oder vor Wut brüllte.

»Was mach ich hier wohl? Ich warte auf eine Nachricht, einen Anruf. Irgendwas.«

»Hier?«

»Warum nicht hier? Ich wollte irgendwas tun, habe nachgesehen, ob etwas zu erledigen ist, und mich dann in der Bibliothek festgelesen.« Zu meinem Glück hatte ich mir beim Mittagessen Eugenias Strindberg-Erstausgabe angesehen und sie lag noch in Reichweite.

»Ich muss mal telefonieren«, sagte Olena und ging in die Küche.

In der Zwischenzeit präparierte ich den Schreibtisch, sodass er meine Geschichte stützte. Olena war nach kurzer Zeit wieder da.

»Und?«, fragte ich. »Was sagt der Vampirchef?«

»Du überschätzt dich, wenn du glaubst, so wichtig zu sein.«

»Ahja. Was sagt der Vampirpraktikant?«

»Du sollst mir den Schlüssel für Eugenias Wohnung geben.«

»So?«

»Ja.«

»Du hast also niemanden erreicht.«

Olena setzte sich.

»Pass mal auf …«, begann ich.

Sie unterbrach mich: »Ich habe es hundertmal gesagt, es hat alles nichts mit dir zu tun. Ich kann dir auch nichts sagen, ich darf dir nichts sagen.«

»Geheimhaltungsstufe Doppelnull?«

»Wenn du die blöden Witze lassen könntest, wären wir uns weit näher.«

»Verzeihung.«

»Aber ja, du hast recht. Ich erreiche niemanden und das wenige, was ich weiß, darf ich nicht teilen. Mit niemandem.«

»Ganz schön anstrengend, die Sache mit dem ewigen Leben?«

»Woher soll ich das wissen? Ich lebe nicht ewig.«

100 Frühlingsspaziergang

»Komm mal«, sagt Piet.

»Wohin?« Es ist neun Uhr, ich sitze mit Kaffee vor dem Rechner und lese SPON.

»Mit raus. Es ist Frühling.«

»Und das ist ein zwingender Grund, das Haus zu verlassen?«

»Ja.«

※

Piet springt in Pfützen und Godot fiept jedes Mal, wenn er ein Hundemädchen wittert. Was ständig vorkommt und Godot zu einer Art vierfüßigem Tinnitus macht.

Das Gras ist noch braun und rau von der Winterkälte, aber Schneeglöckchen und Winterlinge, Krokusse und Weidenkätzchen sind überall. Es wird Frühling.

»Warum bist du eigentlich nicht im Kindergarten?«, fällt mir plötzlich ein.

»Ihr habt mich vergessen.«

»Was!«

»Ja. Mama hat verschlafen, ist zum Laden gehetzt und hat nicht dran gedacht, dich zu wecken oder einen Zettel hinzulegen.«

»Äh?«

»Und da du nicht selbst drauf gekommen bist …«

Ich gebe Godot einen Schubs, damit er die Jaulfrequenz ändert, und murmle etwas über die Freuden von Nachwuchs.

»Ist doch nicht schlimm, oder?«

»Ich könnte dich immer noch hinbringen«, sage ich. »Von daher war es nicht clever, mich so früh schon in den Park zu zerren.«

»Na ja. Ich hatte keine Lust auf deine Mutter.«

※

»Meine Mutter? Was hat meine Mutter damit zu tun? Piet?!«

»Sie hat auf den AB gesprochen. Sie hätte dich so lange nicht gesehen, sie würde einfach spontan mal vorbeikommen.«

»Wann?«

»Jetzt.«

»Jetzt?«

»Ja.«

»Das heißt, meine Mutter steht gerade vor unserer Tür und wir machen hier einen auf Flucht?«

»Ähm. Ja?«

»Ich sollte dich auf der Stelle in den Kindergarten bringen und danach mit deiner Mutter sprechen.«

»Hm.«

»Oder wir gehen Eis essen.«

Die Pädagogikhölle ist mir sicher, aber was soll's. Das Wetter ist schön, es ist meine Schuld, wenn mir ein Fünfjähriger nicht auffällt und ich das Telefon ignoriere. Gerade als ich mich doch noch zu ein paar belehrenden Sätzen aufraffen will, ruft Piet: »Hallo Tristan!« und rennt los.

※

Tristan? Natürlich. Seit über zwei Wochen kein Zeichen, aber wenn ich in quietschgrünen Gummistiefeln und meinem ausgefransten Kapuzenpulli mit Biohazard-Aufdruck das Haus verlasse, dann treffen wir auf Tristan. Ich erwäge kurzzeitig, mich hinter einem Baum zu verstecken.

»Gib mir den Schlüssel«, sagt Tristan ansatzlos.

»Welchen Schlüssel?«

»Den von Eugenias Wohnung natürlich.«

Natürlich!

»Ich habe ihn nicht dabei.«

»Dann hol ihn.«

»Kann aber dauern.«

»Wieso?«

»Meine Mutter könnte vor der Tür stehen und du kennst sie …«

»Ja. Piet?«

»Was?« Der Kleine war gerade dabei, die letzten schrumpeligen Knallerbsen von den Schneebeerensträuchern zu sammeln.

»Magst du nicht eine Runde mit Godot gehen?«

Piet wirkt nicht begeistert, nimmt aber die Leine und überquert die vor uns liegende Wiese.

※

»Ich habe wenig Zeit«, sagt Tristan.

»Morgen treffe ich mich mit Olena, ich könnte ihr den Schlüssel geben.« Außerdem könnte ich in der Zwischenzeit einen Nachschlüssel anfertigen lassen.

»Das ist zu gefährlich.«

»Mich mit Olena zu treffen?«

»Nein, ihr den Schlüssel zu geben. Es ist nicht so, als ob wir dir oder ihr misstrauen, nur …«

»Ihr macht euch Sorgen?«

»Ja. Wir stehen vor einem Rätsel. Kein Motiv, warum Eugenia ermordet wurde, keinerlei Spuren, keine Verdächtigen.«

※

»Dann morgen?«, frage ich, als Piet wieder in Hörweite kommt.

»Acht Uhr in Eugenias Wohnung.«

Tristan streckt die Hand nach mir aus, zieht sie dann aber zurück und belässt es bei einem Winken für Piet.

101 Vom Werden und Vergehen

Lu findet es überhaupt nicht witzig, dass Piet nicht im Kindergarten war. Erst bekommt er einen Vortrag, dann ich.

»Manchmal frag ich mich wirklich«, sagt Lu.

»Ich fand das ziemlich clever von ihm.«

»Clever.«

»Ja.«

»Ist dir schon mal in den Sinn gekommen, dass Piets Cleverness nicht so wahnsinnig gut ankommt? Bei seinen Erziehern? Oder dem Kinderarzt?«

»Hm.«

»Ihn auch noch zu unterstützen, hilft nicht!«

»Seh ich ja ein.«

»Keine Ahnung, ob ich euch beide überhaupt noch allein lassen kann. Wer weiß, was ihr sonst noch ausheckt.«

※

»Und ich kann mich auf euch verlassen? Sonst rufe ich meinen Bruder an, dass er auf euch aufpasst«, sagt Lu und kramt in ihrer Handtasche. Sie trägt ein schwarzes Kostüm und halbhohe Schuhe. Auf der Straße wäre ich an ihr vorbeigelaufen.

»Wo du es sagst, was treibt Jakob eigentlich?«

»Hat eine neue Freundin.«

»Ach?«

»Tja.«

»Und?«

»Das Übliche. Piet sah nicht sehr glücklich aus, als sie mit ihm auf dem Spielplatz waren.«

※

»Wie lange wirst du weg sein?«, frage ich Lu.

»Kann ich dir nicht sagen.«

»Wie ist deine Tante eigentlich gestorben?«

»Wie sie gelebt hat. Rücksichtsvoll.«

※

Wir liegen vor dem Fernseher, Piet, Godot und ich, und sehen uns ›Findet Nemo‹ an. Das Telefon klingelt, aber wir sind beide zu faul aufzustehen.

Als ich später den AB abhöre, ist da mein Ex, der mir aufgeregt von der Geburt seines Sohnes berichtet. Bisschen früh, aber Mutter und Kind sind wohlauf.

102 Yaksha

> As flies to wanton boys are we to th' gods,
> They kill us for their sports.
>
> Shakespeare, King Lear

In der Schnupftabakdose aus Eugenias Schreibtisch war ein USB-Stick. Einer dieser winzigen, von denen ich schon drei Stück verloren habe. Darauf Unmengen Zeug. Bilder, Textdateien, ein Flyer für die Stiftung als PDF, ein paar mp3.

Transportsticks sehen so aus. Auf die man schiebt, was gerade anfällt, und nur dann löscht, wenn man den Platz braucht.

Ich klicke darin herum, öffne und schließe Dokumente. Das meiste hängt mit Eugenias Arbeit zusammen, die mp3 sind allesamt Schmusesongs aus den 80ern, dazu ein paar Behördenschreiben und irgendwo darunter ein Textdokument namens yaksha.odt. Ich vermute ein Kunstprojekt, finde aber ein Tagebuch. Eugenias Tagebuch.

Der letzte Eintrag stammt vom Neujahrstag. Er enthält das Shakespeare-Zitat und darunter:

> Das neue Jahr bringt den Gestank von Tod.
> Er nistet schon in den Erinnerungen
> an Neujahrsnächte, Feuerwerk und Hoffnung.
> Vorbei.
> So viele Nächte voller Trauer,
> bissiger Wut und trauter Einsamkeit,
> Doch nie, nicht einmal, fürchtete ich mich.
> Das neue Jahr bringt den Gestank von Tod
> und greift mich mit der kalten Kralle Furcht.

Nun ja, denke ich, was man in Neujahrsnächten halt so schreibt, und spiele mit der Schnupftabakdose. Vielleicht gab es aber etwas, vor dem sich Eugenia zu Recht fürchtete.

Im Hintergrund läuft mein dpa-Ticker und berichtet genauso knapp und routiniert vom Hutträger des Jahres wie von den abertausenden Toten. Von Angst. Vom Raten und Mutmaßen über den Untergang der Welt. Doch die Apokalypse wird ausfallen. Diesmal. Für diesen Teil der Welt.

Die Verluste hier sind schnell gezählt. Lus Kind, ihre Tante, Eugenia. Das sind drei.

Das neue Jahr bringt den Gestank von Tod.

103 Rot

»Ja, Mama.«

»Aber bitte wirklich. Das gehört sich so.«

Ich winde mich – das Mobiltelefon am Ohr – aus meinem Mantel.

»Ja, Mama.«

Es ist Absicht, dass ich zu früh da bin, ich will noch einen Blick in Eugenias Schreibtisch werfen.

Meine Mutter redet währenddessen auf mich ein. Ich solle meinem Ex eine Karte schicken. Zur Geburt seines Kindes, sie hätte schon eine für mich ausgesucht.

»Man macht das so. Wenn ein Kind geboren wird, ist das ein freudiger Anlass.«

»Ich freu mich ja auch! Nur verstehe ich nicht, warum ich eine Karte schreiben soll.«

»Weil das nett ist!«

»Ja, Mama, aber sie haben mir eine Mail mit dem ersten Bild vom Knautschkopp geschickt, jetzt kann ich doch auch zurückmailen. Ganz nett.«

»Knautschkopp? Also das ist schon mal nicht nett.«

»Du hast das Bild nicht gesehen.«

光

Ich lasse meine Mutter noch eine Weile reden und kontrolliere das Geheimfach. Doch da ist nichts mehr. Auch sonst scheine ich nichts übersehen zu haben. Gut. In zwanzig Minuten müsste Tristan hier sein.

Zeit genug, um mir die Hände zu waschen, durch die Haare zu fahren und einen unauffälligen Gesichtsausdruck einzuüben.

光

Das Bad ist rot.

Nein, das ist falsch, es ist natürlich noch immer mattschwarz und gold. Und auch der Blick auf die Stadt durch das Panoramafenster über der Badewanne ist der gleiche. Nur sind – und ich weiß es in dem Augenblick, in dem ich zur Tür hereinkomme und erstarrt im Türrahmen stehen bleibe, den eigenartig metallischen Geruch von Eisen in der Nase – nur sind die Wände und der Boden voller Blut.

Ich warte. Worauf, kann ich nicht sagen. Wahrscheinlich darauf, dass mein Verstand sich wieder einschaltet.

Im Wohnzimmer klingelt das Telefon. Zweimal. Dann ist Stille.

In der Badewanne liegt eine Leiche. Warum ich sie erst jetzt sehe, kann ich mir nicht erklären. Ein Körper in Blut getaucht. Die Hände liegen auf dem Wannenrand. Aus dem Brustkorb ragt ein Pfahl. Der Kopf fehlt.

Ich erwarte von mir, dass mir übel wird. Ich kotzen muss. Oder wenigstens ein Würgen, Schwindelgefühle. Irgendwas. Aber nichts. Ich stehe, ich starre und alles was ich mich frage, ist, wo der Kopf sein könnte und ob ich ihn suchen sollte.

Dann erkenne ich Olenas Schuhe.

104 Müssen wir nicht?

Ich höre ihn nur fluchen. Dann zieht er mich von der Tür weg, nimmt mich in die Arme.

Ohne zu verstehen, woher sie kommen, schluchze ich Kindertränen. Heule. Jämmerlich. Tristan hält mich, wartet, bis es mich nicht mehr schüttelt.

»Besser?«

»Ja.«

Umständlich suche ich ein Taschentuch. Seine Hände auf meinen Schultern.

»Wir müssen die Polizei rufen«, sage ich und die Worte sind wie ein Eimer kaltes Wasser.

»Müssen wir nicht«, sagt Tristan.

»Was? Was dann?«

»Lass das mein Problem sein.«

※

Zehn Minuten später sitze ich in einem Taxi und bin auf dem Weg zu Tristans Wohnung.

Tristan, Geheimagent der Vampirmafia. Tristan, dessen Geruch noch an mir haftet. Tristan, der mir zum Abschied eine Zigarette in die Hand drückte.

105 Frankreich?

Tristans Wohnung ist beinahe leer.

Zwei Zimmer. Altbau, Gründerzeitvilla, hohe Decken, Parkettboden, Stuck. Kaum Möbel.

Im Schlafzimmer eine Matratze, ein Kleiderständer, ein schlichtes Regal, die Kleidung darin ist anthrazit. Ein Ledersofa im Wohnzimmer, zwei Metallregale aus dem Baumarkt enthalten wenige Aktenordner und Fachbücher (BGB, Steuergesetzbuch, Pschyrembel, Pharmakologie & Toxikologie, Veterinärmedizin, zwei über Gartenbau u. Ä.). Ansonsten gibt es nur Technik. Beamer, Drucker, Kopierer, Aktenvernichter, Computer. Zwei Monitore stehen auf Paletten, der Stuhl davor scheint mir vom Sperrmüll.

Glühbirnen in billigen Fassungen ersetzen die Lampen. Die Wohnung ist nicht sauber, sie ist steril.

※

Im Flur, zwischen Bad und Küche, hängt ein Gemälde. Ein Familienportrait in Öl. Dunkle Töne, feine Risse. Die typisch blassen Gesichter des Barock, eingeengt von Mühlsteinkragen. Die Kleider der Frauen aus schweren, opulenten Stoffen, die Spitzenmanschetten leuchtend weiß und die Kinder pausbäckig. Jagdhunde zu Füßen. Die Männer mit eindrucksvollen Hüten.

Nach zwei Minuten habe ich die gesamte Wohnung gesehen und gehe in die Küche. Im Kühlschrank finde ich Cola und Kapern. Nun gut, besser als nichts.

※

»Du wirst anrufen und mitteilen, dass du mit mir beruflich für zwei Wochen verreist«, sagt Tristan. Er ist eine halbe Stunde nach mir eingetroffen. Ruhig wie immer.

»Wen anrufen?«

»Jeden, der dich vermissen könnte.«

»Und wohin verreise ich?«

»Frankreich.«

»Frankreich?«

»Ja.«

»Und wo bin ich die nächsten zwei Wochen wirklich?«

»Hier und da. Es wird sich eine Lösung finden.«

»Aha«, sage ich und nehme mir noch mehr Kapern. Tristan sieht mir zu. »Dann fahre ich jetzt nach Hause und packe meinen Kram?«

»Nein.«

»Nein?«

»Das ist ungünstig.«

»Was soll das heißen: ungünstig?«

»Das ist komplex.«

Bedächtig schiebe ich Kapern auf dem Teller hin und her.

»Ungünstig und komplex. Was ist mit Lu und Piet? Könnten gewisse komplexe Begebenheiten nicht auch für sie ungünstig sein?«

»Ich tue, was ich kann«, sagt Tristan.

Weil mir nichts Besseres einfällt, esse ich zwei Kapern auf einmal. Kaue auf ihnen herum, viel zu lang, während Tristan mich noch immer ansieht.

»Also – ich darf nicht nach Hause«, stelle ich fest.

»Richtig.«

»Und du findest die Geschichte mit der Geschäftsreise nicht ein wenig unglaubwürdig? Wenn ich so ganz ohne Kleidung, Laptop, Zahnbürste verschwinde?«

»Das beträfe nur Lu, und ihr wirst du die Wahrheit sagen.«

༘

Er hat recht, ihr werde ich die Wahrheit sagen. Fragt sich nur, welche und wie viel davon. Vor allem aber fragt sich, ob sie mir glauben wird.

106 Schokolade und Tabak

»Du bist die Allerallerbeste!«

Lu hat sich bereiterklärt, meine Sachen zu packen. Ich sage ihr, ich bleibe für eine Weile bei Tristan, da Eugenias Todesumstände, nun ja, komplex sind und einige Fragen aufwerfen.

»Das mit dem Herzinfarkt hat mich eh gewundert«, sagt Lu. »Ich dachte, vielleicht Drogentod, jedenfalls etwas, das man nicht rausschreien möchte. Liege ich richtig?«

»Ähm. Na ja. In der Art. Ich … ich kann das nicht am Telefon.«

»Du klingst nicht gut.«

»Ich weiß selbst nicht, was hier los ist«, sage ich und wechsle unauffällig das Zimmer. Tristan sitzt im Wohnzimmer am Rechner und beachtet mich nicht.

»Hm …«

»Das ist alles so schwer zu erklären.«

Ich traue mich nicht, mich auf Tristans Matratze zu setzen, also hocke ich ein Stück davor auf dem Boden. Die Leere des Zimmers lässt mich frösteln.

»Was hast du jetzt vor?«, fragt Lu

»Nichts habe ich vor.«

»Wie nichts?«

»Ich versuche einfach nur die Welle zu surfen ohne abzusaufen.« Mir ist wirklich kalt. Ich ziehe die Beine an, kauere mich zusammen.

»Deine Gleichnisse waren auch schon besser«, sagt Lu.

»Hm.«

»Ich weiß nicht, ich weiß nicht.«

»Ich auch nicht. Was sagt Piet?«

»Piet?«

»Er hat eine gute Intuition, was Menschen angeht.«

»Die hat Godot auch.«

»Schön, dann frag Godot und Piet.«

Sie lacht.

光

»Pass auf, Lu, du musst mir einen Gefallen tun.« Es kann nicht nur die Leere des Zimmers sein, ich muss mich erkältet haben.

»Ach nee.«

Ich bitte sie, mir das Päckchen Luckies, das ich hinter der Samuel-Beckett-Ausgabe versteckt halte, in meine Sachen zu schmuggeln. »Aber so, dass sie niemand findet, wenn er ... wühlt«, sage ich und klappere mit den Zähnen. Was ist denn mit mir los?

»Wühlt?«

»Hm.«

»Klingt als fährst du zwei Wochen ins Landheim. Soll ich auch noch Schokolade verstecken?«

»Auja!« Ob Lu hört, dass meine Heiterkeit nur gespielt ist?

»Sonst noch Wünsche?«, sagt sie, wird dann aber von Piet abgelenkt. Ich höre die beiden im Hintergrund, kann aber kein Wort verstehen.

»Von mir aus«, sagt Lu nach einer Weile und dann zu mir: »Piet hat ein Geschenk für dich. Scheint auch Schmuggelware zu sein.«

Dann steht Tristan hinter mir und legt mir eine Decke um die Schultern.

107 Der Zaubertrank

»Trink das.«

›Das‹ ist eine seltsam grün-braune Brühe, ein wenig wie trüber Kräutertee – riecht aber ekliger.

»Wäh, was'n das für'n Zeug?«, frage ich.

»Ein Familienrezept.«

Ich probiere das Gebräu, es schmeckt nicht ganz so scheußlich, wie man annehmen sollte. Eingehüllt in eine anthrazitfarbene Fleecedecke liege ich auf dem Sofa, nach wenigen Schlucken wird mir angenehm warm.

»Tut gut. Wirklich.«

»Trink aus«, sagt Tristan und sieht mich an, als würde er auf etwas warten.

Zwei große Schlucke später weiß ich, worauf: es fühlt sich an, als hätte mich jemand unter Strom gesetzt. Aber im positiven Sinne. Kopfweh, Fieber, Krankheitsgefühl – alles weg. Ich könnte Bäume ausreißen. Ach was, ich könnte ganze Plantagen roden.

»Wahnsinn! Ein Zaubertrank, der unbesiegbar macht!« Ich springe von der Couch und lege so etwas Ähnliches wie einen Moonwalk hin – was dafür spricht, dass der Tee zudem noch eine leicht psychedelische Wirkung hat. »Jetzt sag bloß, Miraculix ist auch ein Vampir!«

»Wer, bitte, ist Miraculix?«

»Ein Druide, der in einem kleinem gallischen Dorf gegen die Römer kämpft und eben Zaubertrank braut, der ...«

»Es scheint mir vernünftiger, du trinkst den Rest nicht mehr«, sagt Tristan und nimmt mir die Tasse weg.

108 Ewig

»Wie ist es eigentlich, ewig zu leben?«

»Ich lebe nicht ewig«, sagt Tristan. Er ist dabei, Möhrensuppe zu kochen und man merkt: er tut dies nicht oft.

»Na gut. Und wer ist der älteste Vampir, von dem ihr wisst?«

»Hast du nicht aufgepasst? Ahasver.«

»Stimmt, der ewige Jude.«

»Zumindest erzählt er die Geschichte ganz gern.«

Es ist nicht so, als wäre Tristan ungeschickt im Umgang mit Messer, Schäler und Töpfen. Er strahlt nur völliges Desinteresse aus, während er Möhren schneidet und Ingwer reibt.

»Du meinst, Ahasver lügt?«

»Ich meine überhaupt nichts. Fest steht lediglich, zumindest laut Chemiker, dass er zu Beginn unserer Zeitrechnung geboren wurde.«

»Von mir aus: Wie ist es zu wissen, dass man 2000 Jahre und länger leben wird?«

Tristan legt das Messer weg. Nimmt ein paar Möhrenstücke, wirft sie in den Topf, gießt ein Glas Gemüsebouillon dazu, rührt und zieht dann den Topf vom Herd. Stellt ihn auf der Arbeitsplatte ab.

»Hast du den Eindruck, die Menschen sind sich ihrer Sterblichkeit bewusst? In jeder Minute? Im Supermarkt oder wenn sie sich im Kino einen Film ansehen?«

»Nein.«

»Warum sollte ich mir dann meiner Ewigkeit bewusst sein?«

Ich tue so, als fände ich Möhrenstücke in kalter Bouillon unfassbar spannend.

光

»Also ist nichts anders, wenn man ew- … wenn man sehr lange lebt?«, frage ich.

»Oh, doch.«

»Was?«

»Die Unausweichlichkeit.«

»Welche Unausweichlichkeit?«

»Wir sollten Zwiebel dazutun, kannst du das übernehmen?«

»Gern.« Ich nehme mir eine Zwiebel, beginne sie zu schälen. Das Messer ist noch warm von Tristans Hand.

光

»Wo waren wir?«, fragt er.

»Bei der Unausweichlichkeit.« Der Zwiebelgeruch steigt mir in die Nase, treibt mir Tränen in die Augen. Aber ich lasse mir nichts anmerken.

»Ein Bodhisattva wurde von einem Schüler gefragt, wie viele Leben er, der Schüler, noch vor sich habe. Auf seinem Weg zur Erleuchtung. Der Alte wies auf einen Feigenbaum, einer von denen, deren Stämme unsere Eichen lächerlich aussehen lassen«, sagt Tristan und gibt mir ein Taschentuch.

»Kenn ich«, sage ich und schniefe geräuschvoll Zwiebeltränen in den Zellstoff.

»Der Bodhisattva zeigte auf den Feigenbaum und sagte: So viele Leben, wie Blätter an diesem Baum sind.«

»Hm?«

»Der Schüler brach in Tränen aus und sprach voller Dankbarkeit: Nur noch so wenige.«

»Hm.«

»Auch das ist Ewigkeit. Aber unser Leben, mein Leben, besteht aus einem einzigen Blatt, das niemals abfällt. Auf ewig bin ich der, der ich bin.«

Unpassenderweise schnäuze ich noch mal Zwiebelrotz.

109 Losing my religion

»Lass uns lieber Essen bestellen«, sagt Tristan. »Chinesisch?«

»Äh?«

»Hast du großen Hunger?«

Ich schüttle den Kopf.

»Ich auch nicht«, sagt er und wählt. Er bestellt die 17, die 36 zweimal, die 154, die 158 und die 3. Dann sieht er mich an. »Magst du noch ein Eis? Oder ein Bier?«

»Äh? Nein? Ich meine: nein.«

»Sicher?«

»Ja.«

Tristan zuckt die Schultern, bestellt noch zwei Becher Häagen-Dazs, legt auf und streckt sich. »In einer halben Stunde können wir essen.«

光

»Wer ist das eigentlich auf dem Bild?«, frage ich nach einer Weile.

»Welches Bild?«

»Jetzt tu nicht so, als hättest du hundert Bilder in der Wohnung hängen.«

»Wie wäre es mit Wein?«, fragt Tristan und ist schon auf den Weg in den Keller. Er singt im Gehen.

> That's me in the corner,
> that's me in the spotlight,
> losing my religion.

110 Paris

»Wo bist du denn da in Frankreich?«, fragt meine Mutter. Sie hat den AB abgehört und gleich zurückgerufen.

»Och, hier und da …«

»Wie?«

»Erst sind wir in Paris, aber ich weiß noch nicht, wie lange.« Ich gebe vor, mir die Nase zu putzen, um Zeit für eine glaubwürdige Route zu schinden. Geografie ist schon eine Weile her. »Und später ...«

»Also erst bist du in Paris?«, unterbricht mich meine Mutter zum Glück.

»Ja, ja.«

»Ach, das ist toll. Dann kannst du die Katrin treffen.«

»Wieso das denn?«

»Na, weil sie auch da ist.«

»Wo?«

»In Paris!«

»Paris ist eine recht große Stadt, nach dem, was ich gehört habe. Außerdem muss ich arbeiten.«

»Ach, du wirst ja nicht nur arbeiten!«

»Schon.«

»Was willst du denn die ganze Zeit machen? Du bist doch nur Assistentin?«

»Ja. Eben. Ich assistiere solange, bis ich fertig bin. Mit Assistieren.«

»Aha.« Meine Mutter ist beleidigt.

Dieser Zustand kann eine Weile anhalten, was den Vorteil hätte, dass ich mir vorerst keine Spontanausreden mehr einfallen lassen muss. Langfristig sollte ich meine Lügenstrategie verbessern. Als Erstes könnte ich herausfinden, was Assistenten normalerweise so tun und welche Arbeitszeiten sie haben.

Unvorbereitet mit meiner Mutter zu telefonieren, ist ein Fehler, der mir unter normalen Umständen nicht unterläuft.

»Schreib wenigstens eine Karte«, sagt meine Mutter.

»Wem?«

»Na mir!«

»Wieso?«

»Weil ich gerne eine Postkarte von meinem Kind aus Paris hätte.«

»Ach so. Ja. Natürlich.«

※

Ich informiere Tristan darüber, dass wir ein Postkartenproblem haben und es mir leid tut, dass mein Hirn sich in einer Art Energiesparmodus befindet.

»Kein Problem«, sagt er und nimmt einen Ordner aus den Metallregalen, sucht, findet und gibt mir eine Ansichtskarte vom Eiffelturm. »Schreib ihr, du gehst am Sonntag ins Moulin Rouge. Ich lasse die Karte einwerfen und sorge für ein glaubwürdiges Souvenir.«

111 Narzissen in Vorgärten

Der Kaffee ist gut. Ich hänge auf der Couch und sehe mir die Wahlergebnisse an. Lausche dem Jubel und den Erklärungen, bis ich höre, wie Tristan zur Tür hereinkommt. Er wollte meine Sachen bei Lu abholen und bei der Gelegenheit Frühstück mitbringen.

Ich gehe ihm entgegen.

»Hey, alles bekommen?«, frage ich und da sehe ich Godot. »Was hast du mit dem Hund vor?«

»Ich? Piet!«

»Piet?«

»Er hat darauf bestanden.«

»Worauf?«

»...«

Ich fange an zu lachen.

»Was?« Tristan wirkt nicht ganz so souverän wie sonst, was an dem kalbsgroßen Doggenmischling liegen kann, der auf die Holzdielen sabbert.

Godot fängt an zu bellen und ich lache immer noch.

»Wenn du dich dann beruhigen könntest …«

»Ich blicke es nicht«, sage ich unter Tränen. »Ihr seid tausende von Jahren alt, würdet eine atomare Katastrophe zusammen mit den Kakerlaken überleben – aber wenn ein Fünfjähriger sagt ›Nimm die Dogge mit!‹, dann …« Ich verschlucke den Rest des Satzes.

Tristan sieht einen Augenblick lang so aus, als wollte er etwas sagen. Dann zuckt er die Schultern und wirft mir die Leine zu. Godot streckt sich umständlich und legt sich quer in den Flur.

卍

Mein Mobiltelefon klingelt. Lu.

»Olena ist tot«, sagt Lu, bevor ich sie wegen des Hundes fragen kann.

»Wie bitte?«

»Olena ist tot.«

»Woher weißt du das?«

»Die Polizei ist gerade im Haus und befragt die Nachbarn.«

»Was?! Lu, ich ruf dich zurück!«

卍

»Tristan? Die Polizei weiß von dem Mord. Dem an Olena.«

»Selbstverständlich.«

»Selbstverständlich?«

»Was sonst? Man kann die Leiche nicht in einen Teppich wickeln und aus dem Haus tragen. Die heutige Spurensicherung macht ein Vertuschen nahezu unmöglich.«

»…«

»Was ist?«

»Nichts. Ich gehe. Spazieren. Mit Godot.«

卍

Niemand hält mich auf. Ich stehe auf der Straße, Godot neben mir, und warte noch immer darauf, dass zwei, drei Vampire in Anthrazit auftauchen. Doch nichts. Nur eine eilige Mutter mit Kinderwagen, Senioren mit Einkaufstaschen und in den Vorgärten Narzissen.

112 Riesig

»Das ist keine gute Idee.« Dominiks Stimme ertönt plötzlich hinter mir. Hab ich doch gewusst, dass sie mich nicht einfach frei rumlaufen lassen würden.

»Was denn?«, frage ich und drehe mich um.

»Zu Lu zu gehen.«

»Woher willst du wissen, wohin ich will?«

Dominik reibt sich das Kinn. Ein Berg in einem Rollstuhl. Sein Körper ist gigantisch, wenn auch nicht unförmig. Menschen mit seiner Masse haben meist etwas Hilfloses. Er nicht. Sein Atem ist ruhig und gleichmäßig. Seine Arme stützen sich auf die Lehnen des Rollstuhls, als wollten sie diese verbiegen.

Er steht auf.

Dominik erhebt sich mit Eleganz und geht auf mich zu. Ich weiß nicht, wie groß er ist, doch in Bewegung wirkt seine Masse beklemmend. Jemand, der so schwer ist, kann nicht schnell sein. Nicht so schnell.

»Dominik?«

Er kommt auf mich zu. Zwei Schritte, dann hebt er mich hoch.

光

»Das Wetter ist großartig, nicht wahr?«, sagt Dominik.

»Besonders hier oben ...«, bestätige ich und strample ein klein wenig mit den Beinen, um dem Koloss deutlich zu machen, dass ich gern wieder runter möchte.

»Jedenfalls ist das keine gute Idee, einfach abzuhauen. Zu Lu.«

»Ich haue nicht ab, ich bin keine dreizehn. Zu Lu wollte ich gar nicht und ...«

Dominik hebt mich noch ein Stück höher. Er hält mich an der Hüfte, hält mich mit Leichtigkeit.

»Ist ja gut. Ich wollte zu Lu.«

»Schön.«

Dominik setzt mich ab.

※

»Wenn ich etwas gelernt habe in den letzten dreihundert Jahren«, sagt er, »dann das: Du brauchst mit Menschen gar nicht groß diskutieren. Wenn du etwas wissen willst, dann halte sie einfach kurz aus dem Fenster.«

»Da hatte ich aber Glück, dass der Park keine Fenster hat.«

Dominik grinst.

»Und dir auch vielen Dank«, sage ich zu Godot, der die Szene aufmerksam, aber mit aller Gelassenheit verfolgt hat, »du bist ein Superschutzhund.«

»Er wusste, ich tue dir nichts.«

»Wusste er das?«

»Klar, ist doch ein kluger Hund.«

※

»Also, ich darf nicht zu Lu, richtig?« Jetzt, wieder mit Bodenhaftung, kommt mir der Frühling trüb und bedrückend vor. Das Gelb der Narzissen hat sein Leuchten verloren.

»Kann man so nicht sagen. Natürlich darfst du – aber es ist ungünstig.« Dominik lässt sich in seinen Rollstuhl fallen.

»›Ungünstig‹ ist mein neues Lieblingswort.«

»Warum willst du zu ihr?«

»Ich wünsche mir, mit jemandem zu reden, der mir keine Rätsel aufgibt.«

113 ... ohne Bart

»Wohin gehen wir, Dominik?«

»Lass mich mal machen.«

»Und Tristan?«

»Der wird schon ohne uns zurechtkommen.«

☿

Um die Ecke ist ein Biergarten. Dominik und ich sitzen unter kahlen Kastanien und mir ist ein wenig kalt. Er bestellt zwei Currywürste, Pommes und ein großes Bier.

»Warum sitzt du eigentlich im Rollstuhl?«, frage ich.

»Du meinst, wo ich doch recht gut laufen kann?«

»Ja.«

»Das ist unauffälliger. Du musst zugeben, ich sehe aus wie Hagrid ohne Bart.«

114 Schmuggelware

Lu kommt in den Biergarten, einen Strauß gelber Narzissen in der Hand. Godot entdeckt sie, springt auf und rennt mit einem freudigen Bellen auf sie zu.

»Das mit der Unauffälligkeit üben wir noch«, knurrt Dominik und winkt der erschrockenen Kellnerin. Lu und ich bestellen Cola, Dominik nimmt ein großes Eis auf die Hand.

»Ich lass euch dann mal«, sagt er und rollt Richtung Fluss, rollt außer Hörweite.

☿

»Jetzt rück raus und zwar alles«, sagt Lu.

Und ich rücke raus. Die ganze Geschichte. Es ist ein reichliches Durcheinander und ich kann nicht sagen, ob Lu mir zu folgen vermag, aber sie spürt, sie darf mich nicht unterbrechen. Denn ich rede, rede wie ein Dammbruch, unzählige Kleinigkeiten fallen mir ein und ich verknüpfe sie an den falschen Stellen oder doch an den richtigen? Ich weiß es nicht.

»Also Vampire«, sagt Lu, als ich fertig bin.

»Du wirkst nicht überrascht.«

»Piet hat mir gegenüber das ein oder andere fallengelassen. Er ist unruhig in den letzten Wochen und er hat darauf bestanden, dass du Godot bekommst.«

»Du willst mir aber jetzt nicht erzählen, du hättest damit gerechnet?«

»Nicht genau damit ... aber mit irgendetwas sehr, sehr Merkwürdigem. Ich sollte die Kellnerin um Wasser für die Narzissen bitten, meinst du nicht?«

»Ja, wäre schade drum. Hast du eine Idee, was ich mit dem Hund soll?«

Lu zuckt mit den Schultern. »Es war Piet unglaublich wichtig.«

»Sag ihm, ich werde gut auf Godot aufpassen.«

※

»Apropos aufpassen«, sagt Lu und holt ein Päckchen Luckies aus ihrer Jackentasche. »Ich sollte sie dir zwar in die Tasche stecken, aber ich hatte so ein Gefühl und hoffte, es würde sich eine bessere Gelegenheit finden.«

115 USB

Die Kellnerin bringt ein großes Glas mit Leitungswasser für die Blumen. Wir lächeln dankbar, was sie ignoriert.

»Was ist denn nun in dem Päckchen?«, fragt Lu, als die Kellnerin wieder weg ist.

»Hast du nicht nachgesehen?«

»Nein.«

»Wah, echt nicht? Eine Schnupftabakdose.«

»Schnupftabakdose.«

»Ja.«

»Eine Schnupftabakdose in einer Zigarettenschachtel.«

»Ja.«

»Du bist die geborene Kriminelle.«

Ich drehe mich unauffällig nach Dominik um, der es prompt bemerkt und mir mit der Eiswaffel zuwinkt. Mehr oder weniger elegant winke ich zurück und er rollt noch ein gutes Stück weiter von uns weg.

»In der Dose ist ein USB-Stick«, sage ich zu Lu. »Ich habe ihn in Eugenias Schreibtisch gefunden. Darauf ist eine Menge Kram, aber eben auch ein Tagebuch. Eugenias Tagebuch.«

»Das war also im Geheimfach.«

»Ja.«

»Was hast du noch gefunden?«

»Nichts. Nur die Dose.« Ich sehe die Narzissen an. Geschlossene, leuchtgelbe Blütenköpfe. Nur eine beginnt sich zu öffnen und zeigt Frühlingspracht.

光

»Was ist eigentlich mit Eugenias Computer?«, fragt Lu.

»Welchem Computer?«, frage ich und spiele an der offenen Blüte herum.

»Na, sie muss doch einen Computer gehabt haben, einen USB beschreibt man ja nun nicht per Hand.«

»Ach so. Ja. Sie hatte nur einen Laptop. Und der war im Piemont dabei. Keine Ahnung, wo der jetzt ist.«

»Könntest du eventuell aufhören, meine Blumen zu rupfen«, sagt Lu und ich lasse schuldbewusst die Finger von den Narzissen. Und dann fällt es mir ein: »Fuck!«

»Wir fluchen nicht«, sagt Lu.

»Der Laptop ist im Piemont, oder war es, und ist nun sonst wo – aber der USB-Stick, der kann dann nicht hier sein. Also nicht in Eugenias Schreibtisch.«

»Warum nicht?«

»Der letzte Tagebucheintrag ist vom Silvesterabend.«

»Bist du sicher?«

»Ja, ich habe es extra geprüft. Erstellt am: 31.12. 23:48 Uhr!«

116 Bikram-Yoga

»Hallo Mädels!«

Lu und ich fahren auseinander wie zwei Kakerlaken, wenn das Licht angeht.

»Eva?«

Eva sieht strahlend aus, strahlend und nach Wohlstand. Burberry-Mantel mit Pelzkragen, Marco-Polo-Handtasche, ein iPhone in der Hand. Lu hat die Augenbrauen bis unter den Haaransatz gezogen.

»Du siehst gut aus«, sage ich.

»Mir geht es auch gut …«, und dann plappert Eva los und ich komme kaum noch hinterher. Sie hat sich wohl getrennt, die Traurigkeit und so, sagt sie, nun gibt es einen Neuen. Einen ganz tollen, wir müssen den unbedingt kennenlernen … aber jetzt müsse sie los, zum Bikram-Yoga, ob wir das schon mal versucht hätten, es sei der Wahnsinn, außerdem treffe sie sich noch mit der Schwester von ihrem Freund, die sei auch der Wahnsinn, usw.

※

Als sie weg ist, sehen Lu und ich uns an, als wäre gerade ein Ufo vorbeigeflogen.

»Wer war das?«, fragt Lu.

»Offenbar Eva. Aber nicht die tier- und pflanzenschützende Version ihres Selbst. Glaub ich. War das echter Pelz?«

»Ich mochte die alte Eva lieber«, brummt Lu.

Ich blicke mich suchend nach Dominik um. Er ist nirgendwo zu sehen.

117 Logik

Wir reden. Nicht über Evas Verwandlung und nicht über Dominik, nicht über Narzissen, sondern über den USB-Stick. Wer, warum, wie. Schieben Möglichkeiten hin und her und am Ende hallt ein

Satz nach, hingeworfen von Lu, durch und durch logisch in seiner Konsequenz und zugleich von unlogischem Unheil durchzogen:

»Jemand wollte, dass du Eugenias Tagebuch findest.«

118 Geld und Verbindungen

Der Chemiker werkelt an seinen Gerätschaften herum. Dominik ist eine Kleinigkeit essen gegangen, Lu wieder im Laden und ich drehe Runden mit dem Bürostuhl.

»Wenn ihr wollt, könnt ihr bei mir bleiben«, sagt der Chemiker.

»Wir?«, frage ich.

»Du und Godot. Tristan bringt dir deine Sachen.«

»Ist er sauer?«

»Nein, wieso?«

»Weil ich mehr oder weniger abgehauen bin?«

»Mal zwei Dinge«, sagt der Chemiker und klemmt einen Schlauch fest. »Erstens: Tristan wird nicht sauer. Wenn man so alt ist wie er, regt man sich nicht mehr auf. Und zweitens: wenn er nicht gewollt hätte, dass du abhaust, dann wärst du nicht abgehauen. Ganz einfach.«

光

Er arbeitet weiter und ich sehe ihm zu. Jetzt pipettiert er irgendwas. Seine Hände sind schnell und sicher, sie erinnern mich an einen Uhrmacher. Ruhige Präzision. Wissenschaft als Handwerk.

»Du kannst mich ruhig was fragen. Ich kann pipettieren und reden gleichzeitig.«

»Ok. Dann frage ich.«

»Mach.«

»Ihr arbeitet mit der Polizei zusammen?«

»Wir?«

»...«

»Hmhm«, macht der Chemiker, beendet in Seelenruhe, was immer er da auch gerade tut, und setzt sich dann mir gegenüber.

»Zusammenarbeit trifft es nicht«, sagt er. »Aber wir sind eine reiche, uralte Familie. Wir haben Macht, auf vielfältige Weise. Die Polizei ist nicht unser Feind.«

Das war, für Chemiker-Verhältnisse, eine kurze und recht präzise Aussage. Das kommt mir verdächtig vor.

»Ihr habt also die Macht und kauft euch die Polizei?«

Das mit der provokanten Ermittlerin muss ich noch üben.

»Kaufen? Ach was, da gibt es viel zu viele Probleme mit dem Betriebsrat.«

Ich muss wohl etwas arg dumm aus der Wäsche kucken, denn der Chemiker fügt hinzu: »Das war nur ein Witz.«

Von jetzt an ist er wieder der Alte: »Sich die Polizei zu kaufen, ist in anderen Ländern natürlich viel einfacher. Geld und Verbindungen zählen in Südamerika und Russland noch weit mehr als hier. Nicht umsonst leben viele von uns in diesen Ländern, allein das Besorgen der Urkunden ...«

Ich sitze auf meinem Bürostuhl und lausche den Erzählungen des Chemikers vom Überleben der Unsterblichen in einer globalisierten Welt, die vor Korruption und Intrigen nur so strotzt. Nicht, dass ich auch nur einen Augenblick glaube, er würde lügen, aber hier unten, im unterirdischen, strahlend sauberen Labor wird all das zu einem Märchen aus einer fernen Welt.

119 Namen

Die Wohnung des Chemikers ist ebenfalls unterirdisch. Ein gemütlicher Keller mit Gewölbe. Irgendwo zwischen Mittelalter und Dekoladen.

Ich fühle mich sofort wohl. Godot auch. Dominik durchsucht den Kühlschrank und äußert lauthals sein Missfallen. Der Hund schnarcht neben mir auf dem Sofa, ich habe die Füße hochgelegt und lese. Buselmaier/Tariverdian: Humangenetik.

Der Chemiker erklärt sich bereit, Essen zu holen.

光

»Dominik?« Ich schiebe Godot ein wenig zur Seite, was gar nicht so einfach ist. »Warum will der Chemiker nicht bei seinem richtigen Namen genannt werden?«

»Och, die Phase haben alle.« Dominik erhebt seine imposante Masse aus dem Rollstuhl, streckt sich (und berührt dabei beinahe die Deckenbögen).

»Echt?«

»Oh ja, so nach achtzig, neunzig Jahren und mit Blick auf die Ewigkeit ist dir das Anhängsel, das dir deine Eltern verpasst haben, einfach über.«

»Und dann?«

»Dann geben sich die meisten selbst einen Namen. Manchmal etwas völlig Abgedrehtes, manchmal was Langweiliges. Je nach Typ.«

»Und der Chemiker nimmt seine Berufsbezeichnung?«

»So ungewöhnlich ist das gar nicht.«

»Und du hast dir Dominik ausgesucht?«

Er lacht dröhnend. »Nein. Nach noch mal hundert Jahren spielt es keine Rolle mehr, wie dich jemand ruft. Du hast so viele Identitäten durch, für so viele Menschen warst du der Gleiche unter anderem Namen. Dann ist es dir egal oder zumindest beinahe egal.«

»Und du heißt eben Dominik?«

»Das war die Rache einer jungen Dame, die ich, nun ja, enttäuscht habe.« Dominik hat doch noch etwas im Kühlschrank gefunden und macht sich eine Art Sandwich, das aus wenig Brot, viel Wurst und noch mehr Mayonnaise besteht.

»Enttäuscht?«, frage ich.

»Ja, sie besorgte damals die Identitäten und als ihr auffiel, dass sie, sagen wir, nicht die Einzige für mich war, da hat sie mir einen Dominik verpasst.«

Ich schaue den Dreihundert-Kilo-Mann ein wenig zu lange an.

»Hör mal, ich war nicht immer so fett. Vor dreißig Jahren sah ich besser aus als Tristan«, sagt er und beißt genüsslich in sein Sandwich.

»Was ist passiert?«

»Was soll passiert sein?«

»Ähm ...«

»Ich hatte Lust darauf zu essen und ich finde es noch immer recht unterhaltsam. Zum Abnehmen habe ich eine Ewigkeit Zeit.«

120 Drei Uhr Tee

»Chemiker? Kann ich dich was fragen?«

Es ist drei Uhr nachts. Ich stehe barfuß und in meinem Biohazard-Pulli in der Tür seines Schlafzimmers. Ich habe schlecht geträumt.

»Hrm?«

»Kann ich dich was fragen?«

»Jetzt?«

»Ja?«

»Warum nicht.«

»Olena war kein Vampir. Stimmt's?«

»Richtig.«

»Warum dann das Enthaupten und der Pfahl?«

Der Chemiker richtet sich langsam auf. Gähnt. Dann wirft er sich einen Bademantel über. »Ich mach uns Tee.«

☀

»Die Frage ist nicht ohne weiteres zu beantworten«, sagt er, während wir darauf warten, dass das Wasser kocht.

»...«

☀

»Und wenn alle in Gefahr sind?«, frage ich.

»Alle?«

»Lu. Piet.«

»Mach dir mal um Piet keine Sorgen«, sagt der Chemiker. »Und auch nicht um dich, deine Freunde oder deine Familie.«

»Wieso?«

»Weil wir auf euch aufpassen.«

»Hat bei Eugenia und Olena ja super funktioniert.«

Der Chemiker gießt den Tee auf.

»Was bei Eugenia geschehen ist, ist ein vollkommenes Rätsel. Olena dagegen …«

»Ja?«

»Sie hat die Deckung verlassen.«

»Was?«

»Sie hat sich bewusst unserer Aufsicht entzogen. Gezielt. Was auch immer sie in Eugenias Wohnung wollte, offenbar …«

»… hat dort jemand gewartet.«

»Vielleicht auch nur etwas gesucht.« Der Chemiker schaufelt Zucker in den Tee, rührt um, probiert, nickt und gibt mir eine Tasse.

Ich schnuppere skeptisch. Zimt. Und Kardamom. »Was ist mit der Spurensicherung? Die Polizei hat doch sicherlich …«

»Ja. Hat sie.«

»Und? Gibt es Spuren?«

»Es gibt immer Spuren.«

»Was heißt das denn jetzt?«

»Das heißt, die Polizei macht ihre Arbeit, Tristan macht seine Arbeit und du gehst wieder ins Bett und machst dir keine Sorgen. Und trink deinen Tee.«

121 Ein Date

»Du hast ein Date«, sagt Tristan. Der Chemiker ist ins Labor verschwunden, ich wollte den Vormittag lesend verbringen.

»Ich habe was?«

»Ein Date. Weinprobe mit Marcel.«

»Wer ist Marcel?«

»Der Sohn von Christine Mirand-Wehrmann.«

Da ich noch immer nicht sehr verständig aussehe, fügt er hinzu: »Eine Freundin Eugenias. Sie hat dir ihren Sohn vorgestellt und du hast zugesagt, mit ihm auf eine Weinprobe zu gehen.«

»Oh? Oh! Stimmt.«

※

Ich erinnere mich wieder. An die weinende Mirand-Wehrmann vor dem Fahrstuhl. An ihre Scheidung, die fehlenden Perspektiven und an ihren Sohn.

»Und ich mache jetzt was?«, frage ich Trisitan.

»Du gehst auf die Weinprobe.«

»Du beliebst zu scherzen«, sage ich.

»Nein. Es ist perfekt.«

»Hä?«

»Übrigens: ›Hä‹ ist keine angenehme Form des Ausdrucks«, erklärt mir Tristan. »Ich nenne das Date perfekt, da wir auf diesem Wege erfahren, wie die Mirand-Wehrmanns zu Olenas Tod stehen.«

»Hä?«

»Olena war mit Herrn Mirand-Wehrmann zusammen.«

»Ach?«

»Du erinnerst dich an Olenas Umzug?«

»Ja? Oh? Sie zog?«

»In eine gemeinsame Wohnung mit Herrn Mirand-Wehrmann.«

Ich klappe mein Buch zu und schiebe Godot von der Couch.

»Olena war der Scheidungsgrund?«

»Ja.«

⌘

»Und wann ist mein Date?«

»Nächste Woche.«

⌘

»Und ich gehe zu dem Date, weil …?«

»Er mit dir reden wird.«

»Über Olena?«

»Ja.«

»Warum sollte er mit mir über Olena sprechen?«

Tristan hebt die Augenbrauen, als wollte ich ihn auf den Arm nehmen.

⌘

»Tristan?«

»Ja?«

»Ich habe es noch immer nicht verstanden – was soll ich machen?«

»Zuhören.«

122 Schutzhund

Sushi, warmer Sake und Mousse au chocolat.

Es hat seine Vorteile, wenn Dominik für das Abendessen sorgt. Geschirrgeklapper in der Küche des Chemikers. Der Rotwein atmet.

Ich habe den ganzen Tag gelesen, den Frühling verpasst. Jetzt mag ich wenigstens noch ein paar Minuten vor die Tür. Mit Godot als Begleitschutz.

Draußen ist es beinahe warm. Dämmerungslicht. Im Hof des alten Bauwerks, in dem die Labore und die Wohnung des Chemikers liegen, steht ein japanischer Kirschbaum. Rosa Blütenmeer. Dominiks Bassstimme dröhnt aus dem Lichtschacht der Küche.

Ich wühle nach meiner Notzigarette und einem Feuerzeug. Finde sie nicht, fluche und höre Schritte. Erahne eine Gestalt im Augenwinkel und im nächsten Augenblick sehe ich Godot springen.

☿

»Tristan«, rufe ich in das gekippte Fenster, »da liegt ein Vampir unter meiner Dogge.«

☿

Diesmal ist es ein richtiger Vampir. Er liegt platt auf dem Boden, Godot steht mit den Vorderpfoten auf seinem Rücken. Das Hundemaul umfasst den Nacken. Ich beuge mich runter und erkenne unnatürlich grüne Augen und spitze Eckzähne.

»Hallo«, sage ich betont freundlich.

Der Vampir zischt etwas.

»Das ist kein Scherz, Jungs«, rufe ich in das Küchenfenster.

Tristan taucht auf. Endlich.

☿

»Evan?«, sagt er.

»Evan?«, frage ich.

»Evan!«, faucht der Vampir.

»Godot«, sagt Tristan, »würdest du bitte …«

Godot steigt mit all der Gemächlichkeit, die Doggen eigen ist, von seinem Opfer herab und kommt wedelnd zu mir.

»Er gehört zu euch?«, frage ich Tristan.

»So«, sagt Evan und wischt sich Sabber aus dem Genick, »kann man das nicht sagen. Aber in aller Regel hetzt man nicht die Hunde auf mich.«

123 Evan

Der Vampir, der Evan heißt, lässt das Sushi stehen, trinkt aber Rotwein. In winzigen Schlucken. Er ist schmal. Die Wangen eingefallen, die Augen glühen in den Höhlen.

»Kontaktlinsen?«, frage ich flüsternd Dominik. Er nickt. Unmerklich.

Evan hat sich allmählich wieder beruhigt. Der Chemiker wirkt peinlich berührt, Dominik hält sich auffallend zurück und Tristans Gesicht ist eine einzige Finsternis. Godot liegt lammfromm unter dem Tisch und hofft auf Sushireste.

»Ihr wünschtet schließlich, mich zu sprechen«, sagt Evan.

»Es tut mir wirklich leid«, entschuldige ich mich zum sechsten Mal. »Das macht er sonst nie.« Die typische Hundehalteransage.

»Wer ist das überhaupt?«, fragt Evan und zeigt auf mich.

»Unwichtig«, sagt Tristan.

»Danke«, sage ich.

»Dein Umgang mit Menschen macht uns Sorgen«, sagt Evan. »Wenn die Frauen, die du dir erwählst, wenigstens schön wären ...«

»Na, nochmals danke«, knurre ich in Richtung Dominik.

»Ach«, flüstert der zurück, »für Evan musst du aussehen wie Mrs. Munster an ihren besten Tagen. Sonst hast du keine Chance.«

※

»Evan und ich haben etwas zu besprechen«, sagt Tristan und wirft uns damit mehr oder weniger raus.

»Ja. Lass uns anfangen, mich hungert. Nicht, dass dein Menschlein appetitlich wäre. Aber wenn man keine Drosseln hat, dann frisst man eben Amseln.« Evan bleckt die Zähne. Schöner hätte das Christopher Lee auch nicht hinbekommen.

Ich will etwas entgegnen, aber Dominik fasst mich am Arm und zieht mich mit sich.

124 Bluttrinker

»So langsam verliere ich den Überblick«, sage ich zu Dominik. Wir haben uns nach draußen verzogen. »Wer ist denn das nun schon wieder?«

»Bluttrinker.« Dominik verdreht die Augen. »Die einzig wahren Vampire. Hör bloß auf.«

»Wie bitte?«

※

Es ist, wie man es sich vorstellt. Zwei Strömungen der Auserwählten, die einen bleiben menschlich, die anderen pfeifen drauf. Verschwinden aus der Welt, aus den Akten, aus … allem.

»Allem?«, frage ich und Dominik zuckt die massigen Schultern.

»Was das Menschsein so ausmacht«, sagt er.

»Was macht denn das Menschsein aus? Der Besitz eines gültigen Personalausweises?«

»Zumindest gehört es dazu«, sagt Dominik und ignoriert meinen Unterton. »Bluttrinker leben in der Nacht und glauben an die Macht des Blutes.«

»Die ernähren sich von Blut?«

»Ernähren ist zu viel gesagt. Blut ist widerlich, davon bekommt niemand ausreichende Mengen runter.«

»Woher weißt du das denn?«

»Ich war auch mal jung.« Dominik grinst.

»Wovon ernähren sie sich dann?«

»Wir alle brauchen eine überdurchschnittliche Menge an Proteinen. Die Bluttrinker aber sind auf einer sehr speziellen Diät.«

»Makrobiotisch?«

»Animalisch.«

※

Dominik streckt sich, was ihn noch größer erscheinen lässt.

»Wegen diesem Evan bin ich am Verhungern«, sagt er.

»Erzähl mir lieber von den Bluttrinkern.«

»Ach, na … unsere Verbindungen zu ihnen sind lose. Die Alten sprechen nicht mit uns. Sie leben als mystische Wesen, scheuen den Kontakt mit der Außenwelt. Man sagt, sie haben magische Kräfte, usw. Du verstehst schon.«

»Und, ähm, dieser Evan ist also einer von ihnen?«

»Quatsch. Evan ist ein Spinner. Einer der Menschen, die glauben, sie müssten nur lang genug mit den Vampiren herumhängen und ihre Lebensweise teilen, um zu einem von ihnen zu werden.«

»Er ist also?«

»Ein Bote.«

»Ein seltsamer Bote.«

»Aber ein loyaler. Lass dich nicht täuschen. Die Bluttrinker sind mächtig. Vielleicht nicht auf die mystische Weise, auf die sie es gern wären, aber …«

»Aber mächtig genug, dass ich meine Lebenszeit damit verbringe, in Ordnung zu bringen, was sie heraufbeschwören«, sagt Tristan, der wie aus dem Nichts neben uns steht.

125 Ein Freund

»So langsam sollte ich aus Frankreich zurück sein«, sage ich zu Tristan.

»Bist du. Seit drei Tagen.«

»Ach?«

»Ich kam noch nicht dazu, mit dir über deine Rückkehr zu sprechen.«

»Bravo. Meine Mutter wird mich …«

»Keine Sorge. Lu hat ihr erklärt, dass du einen neuen Freund hast.«

»Ich? Habe? Was?«

»Einen Freund, bei dem du meistens übernachtest.«

»Und wer?«

»Der Chemiker.«

»Der Chemiker?!«

»Wäre dir Dominik lieber?«

※

»Nur damit ich das richtig verstehe«, sage ich. »Du hast Lu erzählt, ich wäre verliebt und lasse mich deswegen nicht zu Hause blicken?«

»Natürlich nicht.«

»Nicht?«

»Ich habe mit Lu lediglich abgesprochen, welche Geschichte wir offiziell rausgeben. Damit du noch eine Weile in Deckung bleiben kannst.«

»Und meine Mutter?«

»Hat gesagt, das sei typisch für dich.«

»Noch etwas?«

»Sie hat gefragt, was dein Freund von Beruf ist.«

»Und er ist?«

»Leiter einer pharmazeutischen Forschungseinrichtung.«

»Ich nehme an, sie war begeistert.«

126 Schuhe

Tristan hat mir ein Kleid gekauft. Schlicht, schwarz. Knielang.

Ich stehe vor dem Karton und frage mich, was ich damit soll.

»Für die Weinprobe«, sagt Tristan.

»Oh? Danke. Das könnte mir passen.«

※

Es passt. Wie maßgeschneidert. Ich bin leicht irritiert.

In dem zweiten Karton sind Schuhe.

»Tristan?«

»Ja?«

»In diesen Schuhen kann ich nicht mal sitzen.«

»Wieso nicht?«

Ich halte die Schuhe hoch.

»Wie du meinst«, sagt Tristan.

»Ich würde gern Lu mitnehmen.«

»Wohin?«

»Zum Schuhe kaufen. Zu dem Kleid sieht barfuß nicht aus.«

»Lu?«

»Ja.«

»Hm.«

»Hm?«

»Heute Nachtmittag wäre passend.«

127 Schneller

»Warum bei Eugenia ein gefälschter Herzinfarkt und bei Olena die Polizei?«, frage ich.

Die letzten Wochen habe ich wenig anderes getan, als durch die Labore zu streifen, mir Fachliteratur reinzuziehen und nachzudenken. Tristan scheint auf den Moment gewartet zu haben, an dem ich aufhöre zu lesen und anfange, Fragen zu stellen. Er legt sein Smartphone zur Seite.

»Bei beiden tun wir, was in unserer Macht liegt«, sagt er. »Eugenia starb in einem Kloster, unter dem Deckmantel der Kirche. Olena nicht.«

»Hm.«

»Zu unserem Glück ist Olena geschützt als Mitglied einer einflussreichen russischen Familie.«

»Äh? Und das bedeutet?«

Sssssmmmp

Tristans Telefon meldet sich, er ignoriert es. »Ihr Tod wird aus der Presse herausgehalten. Man hat Andeutungen von Eifersucht gestreut. Der Verdächtige ist in Russland, die dortige Polizei übernimmt.«

»Und die hiesige Polizei kümmert sich nicht? Einfach so?«

Sssssmmmp

»Nicht ganz und natürlich nicht einfach so. Es haben einflussreiche Personen darum gebeten.«

»Politik?«

»Gas.«

SssssmmmpSssssmmmpSssssmmmp

»Dein Telefon«, sage ich.

»Ich höre es.«

»Es klingt dringend.«

Tristan sieht mich an, als gäbe es keine anderen Anrufe als dringende.

»Ermittelt niemand in Olenas Fall?«, frage ich.

»Nicht niemand, aber nur am Rande. Die Polizei ist überlastet, wir sollten somit schneller sein.«

»Schneller?«

Sssssmmmp

»Ja. Zwei von uns haben den Kopf verloren. Die Frage ist: durch wen und wieso.« Tristan nimmt das Telefon und geht nach draußen.

128 Schuhe II

Mit Lu durch die Stadt zu laufen und nach Schuhen zu suchen fühlt sich merkwürdig an.

»Ich habe Tristans Kreditkarte«, sage ich.

»Nicht übel«, sagt Lu.

※

Die Schuhe sind schnell gefunden, den Rest der Zeit nutzen wir, um auf den Terrassen am Fluss zu sitzen.

Hinter uns die Altstadt. Sandstein und Menschenmenge. Kopfsteinpflaster und Asphalt. Vor uns der Fluss mit seinen Raddampfern und dem sattgrünen Ufer. Ein Motorboot jagt über das Wasser. Touristen, behängt mit teuren Kameras und seidenen Tüchern, drängen sich um Stadtführer mit erhobenen Schirmen und durchdringenden Stimmen. Eine Frau verzieht das Gesicht. Das Laufen in der alten Stadt verträgt sich nicht mit hohen Absätzen.

Die Einheimischen findet man missmutig dazwischen.

Der Frühling hier ist immer diesig. Als würde ein leichter Nebel über allem liegen. Ich vermisse die klaren Farben. Blau. Grün. Gelb. Vielleicht färbt das Grau meiner Kindheitserinnerungen die Stadt ein.

※

Lu gibt mir zum Abschied einen Stapel Bücher. Darunter ist Eugenias Tagebuch. Sie hat es drucken und binden lassen. Es fällt unter den anderen nicht auf.

129 Weinprobe, danach

Ich bitte darum, mir ein Taxi zu rufen. Marcel möchte mich gern wiedersehen. Küsschen. Abschied. Ende.

※

Missmutig steige ich fünfzehn Minuten später Treppen hinauf. Ich schlafe bei Tristan. Was mir unrecht ist. Die WG mit dem Chemiker mag ich und dort sind meine Bücher.

Aber der Chemiker musste verreisen. Für zwei Tage. Also wurden Godot und ich umgesiedelt.

※

Ich klingle.

Sie öffnet.

Sie ist groß.

Trägt ein langes T-Shirt, die Gazellenbeine stecken in dicken Socken. Ihre Ohrringe geben ein sanftes Pling von sich, wenn sie die Haare nach hinten wirft. Was sie mehrmals tut, während ich noch in der Tür stehe und sie anstarre.

»Ähm?«

»Komm rein.« Sie lächelt einladend und tanzt vor mir durch den Flur. »Ich bin Natalia.«

»Ähm?«

»Komm doch rein. Tristan ist mit dem Hund.«

Der Geheimvampir, der Gassi gehen muss – das versöhnt mich ein wenig.

※

Ich kicke meine Schuhe in Richtung Garderobe.

»Oh«, sagt Natalia, »die ich ausgesucht hatte, waren aber hübscher.«

※

»Ich höre?« Tristan lehnt im Türrahmen, Godots Leine noch in der Hand.

»Meißner Wein taugt nichts«, sage ich und werfe mich auf die Couch. Natalia betrachtet mich wie eine seltene Insektenart.

»Dein Taxi kommt gleich«, sagt Tristan.

»Mein Taxi?«, frage ich.

»Nein, meins«, sagt Natalia. Ihre Ohrringe geben ihr feines Pling von sich, als sie das Wohnzimmer verlässt.

※

»Also«, sagt Tristan.

»Also?«, wiederhole ich.

»Was hat Marcel gesagt?«

»'ne Menge.«

»Geht es genauer?«

»Du hattest recht, er hat mit mir geredet.«

»Über Olena?«

»Über seine gesamte Familie. Die Beziehung seiner Eltern, seine Beziehung zu ihnen, zu seinen Großeltern, die Scheidung, die junge Geliebte seines Vaters, der Tod der jungen Geliebten – und dazu Weißwein.«

Tristan steht auf und holt eine Flasche Bunnahabhain, schenkt mir ein.

»Was dich wohl am ehesten interessiert«, sage ich und probiere einen winzigen Schluck Bernsteingold, »Olena ist laut Marcel erstochen worden. Man vermutet, von einem verschmähten Liebhaber. Ihr Leichnam wurde auf Bitten ihrer Familie nach Russland überführt. Marcels Vater ist todunglücklich und so weiter.«

Tristan sagt nichts. Nickt aber.

»Er hat mir vieles erzählt«, fasse ich unnötigerweise zusammen.

»Dein Fazit?«, fragt Tristan.

»Marcel ging es bisher gut. Zu gut vielleicht. Er hat keine Ahnung davon, dass einem das Universum bisweilen direkt ins Genick kotzt.«

»Darauf wollte ich nicht hinaus.«

»Ist mir klar.«

»Menschen«, sagt Tristan und lächelt.

»Jedenfalls: Gäbe es nur die leiseste Andeutung oder Ahnung, Olenas Tod könnte mehr sein als ein persönliches Drama, hätte Marcel es mir erzählt.«

Godot erhebt sich und legt seinen Kopf in meinen Schoß.

»Danke«, sagt Tristan. »Noch etwas?«

»Ich wäre Ostern gern zu Hause.«

»Bei deiner Mutter?«

»Bei Lu. Und Piet.«

»Kein Problem«, sagt Tristan. Und ich lasse es einfach, mich zu wundern.

130 Mutation

»Chemiker?«, frage ich und füttere die Drosophila mit Bananenmatsch. »Wenn es eine Mutation ist, die euch unsterblich ...«

»Wir sind nicht unsterblich.«

»Wenn es eine Mutation ist, die euch zu dem macht, was ihr seid – besser?«

»Ja.«

»Dann müsstest ...«

»Dann müsste ich längst einen Beleg für eine signifikante Veränderung des Erbgutes gefunden haben.«

»Und hast du?«

»Nein.«

Ich sehe den Drosophila zu, wie sie in kleinen Wolken über den Fruchtbrei herfallen. Der Chemiker hält sie nur aus nostalgischen Gründen, aber wenn ich im Labor bin, denke ich oft, dass die Eintagsfliegen so etwas wie der natürliche Gegenentwurf zu den Vampiren sind. Wenn man sehr lange Zeit in einem unterirdischen Labor verbringt, denkt man eine Menge seltsames Zeug.

»Aber du suchst weiter?«, frage ich den Chemiker.

»Ja.«

»Warum?«

»Weil es einen Grund geben muss. Einen biologischen. Und wenn ich ihn bisher nicht gefunden habe, dann nur, weil ich nicht an der richtigen Stelle suche.«

131 Die Wahrheit über den Osterhasen

Wir liegen auf der Wiese. Vollgestopft mit hart gekochten Eiern und Schokoladenhasenohren. Piet schmiegt sich an Godot. Ich zupfe Grashalme.

Es ist warm.

Es ist sonnig.

Es ist Frühling.

»Piet«, frage ich, »erzählst du mir die Wahrheit über den Osterhasen?«

»Da gibt es nichts zu erzählen.«

»Wieso nicht?«

»So halt. Der Osterhase ist einfach nur der Osterhase.«

»Also eine Erfindung der eiervertreibenden Industrie?«

Piet schüttelt den Kopf über meine Albernheit. »Menschenzauber. Damit alles wächst.«

»Stimmt«, sage ich, »Hase und Ei. Fruchtbarkeitssymbole. Nicht irrsinnig überraschend im Frühling.«

»Ja.«

»Schade.«

光

»Ich kann dir etwas anderes erzählen«, schlägt er vor.

»Auja.«

Godot streckt sich, so dass Piet sich aufsetzen muss. Nachdenklich nimmt er eines der quietschbunt marmorierten Eier aus dem Osternest.

»Manchmal vertauschen sie sie«, beginnt Piet.

»Die Eier?«

»Nein. Die Alben die Kinder.«

»Wer sind die Alben?«

»Alles ältere Volk von den Elfen bis zu den Zwergen.«

»Vampire auch?«

»Nein, die nicht.«

»Ah, weiter.«

※

Von den Wechselbälgern

Manchmal geschieht es. Dann liegt im Bettchen, warm und weich, kein Menschenkind, sondern ein Alb. Runzelig und klein, zottelig und fein und schier tausend Jahre alt. Die Mütter ahnen es. Nachts, an der Wiege stehend.

Die weisen Frauen wissen Rat:

Man setze einen Topf mit Wasser auf das Feuer und sobald es sprudelnd kocht, werfe man zwei Dutzend Eierschalen hinein.

※

Piet bricht das Ei in zwei Hälften, pult das Weiße und Gelbe heraus und hält mir zwei Schälchen entgegen.

»Verstehst du?«, fragt er und ich nicke.

※

Tut man wie geheißen, und die Eierschalen versinken im wallenden Wasser, erhebt sich das Kind, das keines ist, aus seinem Bettchen, beugt sich über den Rand und spricht mit rauer Stimme:

> Ward nicht heuer geboren, noch im Jahre davor,
> Bin älter als der König Hans
> Doch mein Lebtag hab ich noch niemals erfahren,
> Dass so viele kleine Töpflein am Köcheln waren.

Will die Mutter ihr eigen Fleisch und Blut zurückhaben, muss sie den Wechselbalg auf den Boden werfen und drohen, ihn zu schlagen. Dann wird die Albenfrau erscheinen, das Menschenkind bringen und das eigene zu sich nehmen.

※

»Und?«, frage ich.

»Nichts und«, sagt Piet.

☼

Wir liegen in der Sonne und sehen den Wolken zu. Weiße Wattewunder auf Blau. Godot schnarcht. Vom Schokoladenhasen ist nur noch ein kleines Stück Pfote übrig.

»Piet?«

»Ja?«

»Was ist die Bedeutung dieser Geschichte?«

»Jedes Wesen, wie alt oder wie mächtig es auch sein mag, wird sich offenbaren, wenn es dir gelingt, es in Erstaunen zu versetzen.«

132 Tränen

»Warum weint niemand?«, frage ich Dominik.

»Hm?«

Ihn beim Essen zu stören ist immer etwas heikel. Da wir aber bereits beim Nachtisch sind, riskiere ich es. »Zwei von euch sind tot – oder zumindest: eine von euch ist tot und Olena war immerhin Familie.«

Dominik beißt in seinen Schokoladendoughnut und sieht mich wachsam an.

»Warum weint niemand?«, frage ich nochmals.

»Auf der Beerdigung hat niemand geweint?« Dominik zieht die Augenbrauen hoch und mimt den Erstaunten.

»Das meine ich nicht. Von euch Vampiren hat keiner geweint.«

»Ja. Wahrscheinlich nicht.«

»Wieso nicht?«

Dominik nimmt sich noch einen Doughnut. Diesmal einen mit weißem Zuckerguss und rosa Herzchen.

»Du gewöhnst dich an Leid«, sagt er. »Wie Menschen sich an Geld oder an gutes Wetter gewöhnen, so gewöhnen sie sich auch an die dunklen Seiten. Jeder von uns, sogar der Chemiker, der junge Hüpfer, hat Freunde sterben sehen. Verwandte, Geliebte, Frauen, die eigenen Kinder. Erst altern, dann sterben. Irgendwann weinst du nicht mehr über den Tod. Du siehst ihm zu, wie den Blättern, die im Herbst fallen.«

»Ihr seid nicht mehr traurig?«

»Wir sind nur noch traurig.«

133 Schulkind

Lu klingt sauer.

Ich habe angerufen, um sie zum Grillen einzuladen. Dominik hat einen Kugelgrill vor dem Laborgebäude aufgebaut – doppelt so groß wie der, den wir in Frankfurt hatten und mit allem nur denkbaren Zubehör ausgestattet. Vom Geflügelhalter und dem koreanischen Grillaufsatz bis hin zu Wok und Räucherbox. Und nun besteht Dominik auf einer angemessenen Einweihung.

»Was hast du?«, frage ich Lu und klemme den Telefonhörer zwischen Schulter und Ohr fest, damit ich nebenbei die Spülmaschine ausräumen kann.

»Ach, Zeug halt.«

»Zeug?«

»Ja. Es gibt auch Probleme außerhalb von Transsilvanien.«

»Hey!«

»Ach, entschuldige, aber Piets Kindergarten nervt. Das kann zwar mit einem Haufen Vampire nicht mithalten, aber einem durchaus den Tag versauen.«

»Hm … und was ist genau los?«

»Piet hat eine neue Erzieherin.«

»Oh.«

»Und die hat jetzt festgestellt, mein Kind sei hochbegabt und müsse unbedingt diesen Sommer eingeschult werden.«

»Wie will sie das denn ›festgestellt‹ haben?«

»Geraten, wenn du mich fragst.«

»Gibt es da nicht so Tests?«

»Nicht wirklich. Für die Kleinen. Aber trotzdem soll ich jetzt mit ihm zum Psychologen ...«

»Du musst zum Psychologen?«

»Na, müssen nicht. Aber du kennst das ja, es gibt auch keiner Ruhe, bis man nicht den verantwortungsvollen Erwachsenen spielt.«

»Und Piet?«

»Hat mir erklärt, er hätte da diesen Sommer keine Zeit für.«

»Äh?«

»Ja. Mein Sohn ist offenbar beschäftigt.«

»Interessant.«

»Du sagst es.«

»Was machst du jetzt?«

»Was soll ich schon machen. Ich gehe mit Piet zum Psychologen und hoffe, dass ich einen erwische, mit dem man reden kann.«

»Kommt ihr trotzdem zum Grillen?«

»Klar. Ich lasse mir doch einen Trupp Unsterblicher und einen Berg Steaks nicht entgehen.«

134 Tagebuch

Ich habe es weitere drei Mal gelesen. Eugenias Tagebuch, dank Lu jetzt ein schmales Büchlein. Es geht über fünfzehn Monate – die letzten in Eugenias Leben – und es enthält: nichts. Nichts, was irgendwie interessant sein könnte. Nur kurze Abrisse in verdichteter Sprache, Befindlichkeiten eines Menschen, der alles hat. Schönheit, Geld, Ewigkeit.

Was ich lerne: alles zu haben, scheint auch nicht zu helfen. Regentage sind trist, manche Abende einsam und beim Yachturlaub auf dem Mittelmeer nervt die Sonne, doch die Meeresfrüchte sind klasse.

Und: es finden sich in den Aufzeichnungen keinerlei Spuren der Angst, die ich glaubte, an Eugenia wahrgenommen zu haben. Keinerlei Beunruhigung. Abgesehen von jenen letzten Zeilen. Davor purer Alltag.

Banaler, ungenauer Alltag. Keine Namen, wenige, grobe Ortsangaben, keine genauen Tätigkeiten, Unternehmungen. Das Nichts in diesem Tagebuch ist so allumfassend, es muss Absicht sein.

Entweder durfte es aus vampirischem Sicherheitsdenken heraus nichts Handfestes enthalten oder aber es ist ein Code, der sich mir nicht erschließt. Habe ich etwas übersehen? Zwischen den Zeilen?

☿

Ich könnte Tristan fragen. Oder Dominik.

»Hast du eine Idee?«, frage ich stattdessen Godot und halte ihm das Werk unter die Nase. Er gähnt und legt dann seine riesige Schnauze gemütlich auf den Pfoten ab. Ich lese das Tagebuch ein viertes Mal.

135 Laufen

Einen Nachteil hat es, wenn man regelmäßig mit Dominik essen geht. Man nähert sich allmählich seinem Umfang an.

Ich passe nicht in mein Kleid. Zumindest nicht mehr ohne weiteres. Ich drehe mich vor dem Spiegel, erwäge einen Gürtel zum Kaschieren und wechsle dann doch lieber zu Hosen.

Vielleicht sollte ich tun, was ich mir seit einem halben Jahr vorgenommen habe. Ich sollte joggen.

☿

Zwei Schritte – Einatmen. Zwei Schritte – Ausatmen. Zwei Schritte – Einatmen.

Das Wetter ist toll. Mein unterirdisches Leben ließ mich die Welt vergessen. Der Pollen der Ahornbäume klebt auf den Autos, Straßen, Parkbänken. Kinder und Vögel machen um die Wette Rabatz und die Sonne strahlt vor sich hin.

☿

Verschwitzt und ernüchtert mache ich mir eine halbe Stunde später etwas zu trinken.

»Was zum Teufel ist das?«, fragt der Chemiker.

»Ingwerwasser«, sage ich.

»Nicht du auch noch!«

136 Ingwerwasser

Jedes Mal, wenn ich Tristan sehe, läuft ihm Natalia hinterher. Dominik erwischt mich, wie ich die beiden durch die Laborfenster beobachte.

»Andere schaffen sich 'ne Katze an«, sagt er.

»Wie?«

»Ach, nichts.«

»Ist Natalia Familie?«

»Ja. Südamerika.«

»Aha.«

»Du kannst Natalia sagen, ich hätte ihr Gesöff bereitet.«

»Was trinkt sie denn?«

»Ingwerwasser. Fördert wohl die Fettverbrennung. Magst du auch was davon?«

»Nö, lieber Kaffee. Mit zwei Stück Zucker.«

137 Ahasver

Ich komme (keuchend) vom Laufen zurück, vor dem Labortrakt sitzt ein alter Mann.

Als er mich ansieht, schrecke ich zusammen. Es ist sein Wesen, das alt ist. Seine Haltung, seine Art, den Kopf aufzustützen. Aber nicht sein Gesicht. Es ist das ewige Enddreißigergesicht eines Vampirs. Die Augen darin wie Fremdkörper aus einer anderen Zeit.

»Ahasver«, sage ich.

»Ha!« Er grinst.

»Ich dachte, Sie leben im Piemont.«

»Wenn man das Leben nennen will«, sagt er. »Den ganzen Tag in einem Kloster herumsitzen.«

»Wieso bleiben Sie dann dort?«

»Sicherheitsgründe. Du kennst doch Tristan. Außerdem ist das Essen besser als in den meisten anderen abgelegenen Klöstern dieser Welt. Tibet ist auch nett, aber andauernd Reis ist furchtbar.«

Irgendwie hatte ich ihn mir anders vorgestellt. Mehr wie den Dalai Lama. Altersweise und weniger … weltlich.

»So überirdisch, wie du dir erhoffst, ist auch der Dalai Lama nicht.«

Ich starre ihn an.

»Nein, ich lese keine Gedanken«, sagt er. »Jeder kommt mir mit dem Dalai Lama. Menschen sind so berechenbar, wenn du mal so alt bist wie ich, kannst du das auch.«

»Ich bin kein Vampir«, sage ich.

»Abwarten«, sagt Ahasver.

138 Ahasver II

»Schön, schön«, sagt der Chemiker, »du hast also unseren Ehrengast schon kennengelernt.« Dem Gesichtsausdruck nach hält sich seine Sympathie in Grenzen.

»Was macht er hier?«, frage ich leise.

»Uns unterstützen«, flüstert der Chemiker zurück.

»Wobei?«

»Na, wobei wohl?«

»Und wie?«

»Woher soll ich das wissen?«

Ahasver kramt in den Laborschränken. Dann beginnt er in aller Ruhe, aus den Glasgerätschaften, die er gefunden hat, eine Apparatur aufzubauen.

»Was macht er da?«, flüstere ich erneut.

»Sieht so aus, als würde er eine Destille aufbauen.«

»Wozu?«

»Zum Schnaps brennen«, sagt Ahasver und strahlt mich an.

光

»Wenn du mich fragst«, sagt der Chemiker einige Minuten später im Gang zu mir, »dann ist Ahasver ein Hochstapler und Geschichtenerzähler. Mag sein, ein unterhaltsamer, aber …«

»… aber er ist uralt. Und außerdem kann er uns hören.«

»Ja. Alt ist er. Ansonsten einfach nur verrückt und hören kann er uns keinesfalls.«

»Sicher?«

»Das ist immerhin mein Labor.«

光

»Ich hätte erwartet, dass er ganz anders spricht«, sage ich.

»Wie anders? Hebräisch?«

»Nein. Altertümlicher.«

»Man muss am Puls der Zeit bleiben, Kinder. Merkt euch das«, brüllt es aus dem Labor. Ich sehe den Chemiker scharf an.

»Mein Lippenlesen ist ganz gut«, schreit Ahasver munter weiter, »und so originell seid ihr nicht, dass man den Rest nicht erraten könnte.«

139 Grillen

Lu hockt auf dem angrenzenden Mäuerchen und versucht, gleichzeitig zu reden und zu essen.

»Alfo wie jeft?«

»Lu. Bitte.«

»Entschuldige, aber das Zeug ist super.«

»Ich weiß«, sage ich und betrachte meinen Gurkensalat.

»Also wie jetzt?« Lu stellt den Teller beiseite und sieht zu mir hoch. »Noch einer?«

»Ja.«

»Und das ist der älteste von allen Vampiren überhaupt?«

»Nein. Beziehungsweise weiß es keiner. Er ist jedenfalls der älteste dieser Familie.«

»Lass mich mal zusammenfassen – wir haben einen Naturwissenschaftler, einen leicht dubiosen Essgestörten, einen Agenten ihrer Nosferatuität und jetzt noch den seltsamen Alten vom Berg?«

»Kommt hin. Aber vielleicht solltest du das nicht so laut sagen.«

»Interessiert sich gerade keiner für uns. Ich könnte das schreien.«

Ich ziehe ein Gesicht, das hoffentlich deutlich zum Ausdruck bringt, wie wenig ich diese Ansicht teile.

»Außerdem«, fährt Lu fort und macht ein Die-sollen-das-auch-hören-Gesicht zurück, »haben wir zwei Kopflose mit Pfahl.«

»Hm.«

»Und die Ermittlungen, unter Ausschluss der Polizei, gehen voran, während du dir hier die Grundlagen der Gentechnik aneignest.«

»Öhm.«

»Aber du weißt nichts Genaues.«

»Nö.«

»Und du musst hier bleiben, aus Sicherheitsgründen, kannst aber ansonsten völlig problemlos und ungefährdet durch die Gegend rennen?«

»Ja?«

»Finde nur ich das seltsam?«

Ehe ich darauf etwas entgegnen kann, sehe ich Ahasver, wie er uns vom Grill aus zuwinkt.

»Die Kleine ist klasse«, ruft er mir zu und zeigt dabei auf Lu.

»Ich weiß«, rufe ich zurück.

»Und nun?«, frage ich Lu.

»Wir sollten ein bisschen mehr zusammen unternehmen«, sagt sie. »Linchen ist meine neue Aushilfe im Laden, ich habe also Zeit. Was meinst du?«

»Super Idee.«

Tristan sehe ich nicht. Nur Natalia, die sich mit Piet und Godot unterhält.

140 Bibliothek

Lu hockt in den Computerräumen der Landesbibliothek und starrt gebannt auf den Monitor, der alte Schwarzweiß-Aufnahmen zeigt.

»Hast du was?« frage ich.

»Nein. Du?«

»Nur mythologisches Zeug, nichts Handfestes und keine Spuren von irgendeinem oder irgendetwas.«

»Die sind gut«, sagt Lu.

»Meinst du?«

»Ja. Es kann nicht einfach sein, keine Identität zu haben und gar keine Spuren zu hinterlassen.«

»Wenn sie oft die Länder wechseln …«

»Trotzdem. Ich suche jetzt seit drei Wochen. Und ich habe Freunde um Hilfe gebeten.«

»Was für Freunde?«

»Gute.«

»Aber nicht den Dings, der zu den Profilern oder wie die Truppe hieß, gegangen ist?«

»Torsten und der ist Kriminalpsychologe. Und außerdem: Nein. Keine Polizei.«

»Wen dann?«

»Ist doch egal …«

»Willst du mir erzählen, es gibt so was wie die Liga der Bücherfreunde? Einen Geheimbund aus Bibliothekaren, Buchhändlern und Literaturwissenschaftlern?«

»Kannst du dir echt nicht vorstellen, dass ich auch coole Leute kenne?«

»Ok, du hattest also Hilfe.«

»Ja, und ich hatte auch ein paar gute Ansätze – aber letztlich«, Lu zeigt auf den Monitor, »finde ich gar nichts. Oder erkennst du jemanden auf den Bildern?«

Ich klicke mich eine Weile durch die Fotos. Typische Aufnahmen aus den 30er Jahren. Familien im Sonntagsstaat mit ernstem Blick.

»Nein. Nichts«, sage ich.

»Die sind echt gut. Sie wirken zwar wie ein Haufen harmloser Typen mit Langlebenszeitbehinderung, aber wenn du mich fragst ...«

»Wenn die so gut sind, dann wissen sie auch, dass wir herumschnüffeln.«

»Na, das will ich doch hoffen«, sagt Lu.

»Wieso?«, frage ich.

»Glaubst du, wir beide können was finden, was die nicht finden können? Kaum. Ich will eigentlich nur schauen, ob sie zucken, wenn wir sie ein bisschen herausfordern. Es muss einen Grund geben, warum sie dich adoptiert haben.«

141 Ende mit Ficus II

»Naaaa ...« Meine Mutter klingt ausgesprochen aufgeräumt. »Wann stellst du ihn mir vor?«

»Wen?«

»Deinen neuen Freund natürlich.«

Ich brauche ein paar Sekunden, bis mir einfällt, dass ich neuerdings liiert bin.

»Äh ...«

»Man bekommt dich ja gar nicht mehr zu Gesicht!«

»Ähm ...«

»Papa ist nächste Woche in der Stadt, dann könnten wir alle zusammen essen gehen.«

Papa? Es heißt ›dein Vater‹ seit – ich weiß nicht wie vielen Jahren. Schon vor der Scheidung.

»Wer ist denn ›wir alle zusammen?‹«, frage ich vorsichtig.

»Na, Papa ...«

Da! Schon wieder.

»Also Papa, seine Freundin, du, dein neuer Freund, ich und Walter.«

»Walter?«

»Ja, Walter.«

»Wer ist Walter?«

»Nun stell dir vor, deine Mutter hat auch Freunde, die sie zum Essen mitbringen kann.«

Jetzt ist sie beleidigt und ich habe mal wieder nicht mitbekommen, wieso.

»Mama, ich freu mich zu hören, dass du einen ... Walter hast, aber ...«

»Was aber?«

»... wäre das nicht ein bisschen arg viel Familienzusammenführung?«

»Für wen?«

»Für mich.«

»Schön. Wie du meinst.«

Ich atme tief durch und frage nach dem Ficus. Und den Schildläusen.

142 Geschichtsstunde

»Und?«, fragt mich Ahasver. »Habt ihr was gefunden? Du und Lu?«

Es ist zu warm für die Jahreszeit. Die Sonne brennt, die Wege sind staubig. Godot liegt faul auf dem Rasen. Ich sitze unter dem Kirschbaum und lese. Etwas über Proteinreinigungsverfahren.

»Nein«, sage ich und klappe das Buch zu. »Aber das hast du dir sicher schon gedacht.«

»Ja nun, wer Jahrtausende überstehen will, ohne entdeckt zu werden, sollte sich nicht allzu dumm anstellen.«

»Das ist nun auch wieder wahr.«

Godot setzt sich auf, sieht mich ein paar Sekunden lang an und fällt dann wieder um.

»Ahasver?«, frage ich. »Hast du eine Idee, warum ich hier bin? Bei Tristan und dem Chemiker?«

»Weil du es willst.«

»Danke. Sehr hilfreich.«

光

»Ach«, er lacht und holt einen Flachmann hervor, »ich weiß es, aber ich sage es dir nicht.«

»Nochmals danke.«

»Aber vielleicht verrate ich dir etwas anderes?«

Eines muss man Ahasver lassen – erzählen kann er. Sein Plaudern nimmt rasch biblische Ausmaße an, sein Hin und Her in der Historie und den Zeiten, den Orten und Begebenheiten, so dass ich drei Stunden später immer noch unter dem Kirschbaum hocke, das Buch auf dem Schoß, und letztlich nicht sagen kann, ob in all den Geschichten auch nur ein Fünkchen Wahrheit ist.

光

»Passe dich an und bleibe im Verborgenen, richtig?«, ziehe ich ein Fazit, halb für mich, halb für ihn. Ahasver nickt, dieses ganz gewisse Lächeln um seine Augen.

143 Walter

Natalia ist verschwunden, dafür folgt mir Tristan auf Schritt und Tritt. Einsilbig, sphinxgesichtig und ständig irgendwas in sein Smartphone tippend. Ahasver brennt fröhlich im Labor Schnaps, Dominik verschwindet jedes Mal, wenn er Tristan sieht, und ich komme kaum dazu, mit dem Chemiker zu sprechen.

»Alles in Ordnung?«, fragt mich Tristan, als ich missmutig in meinem Salat herumstochere.

»Hm.« Wenn Tristan schon ein Gespräch anfängt, sollte ich das nutzen. »Also meine Mutter …«

Tristans Smartphone gibt (wie immer) Töne von sich. Ohne darauf zu sehen drückt er den Anruf weg.

»Also meine Mutter hat jemanden kennengelernt«, sage ich.

»Walter«, sagt Tristan.

»Was?«

»Walter.«

»Woher weißt du seinen Namen?«

»Ich habe die beiden miteinander bekannt gemacht. Er gehört zum menschlichen Teil der Familie.«

»Wo? Wann? Warum?«

»In der Stadt, vor etwa drei Wochen. Ich dachte, es wäre uns dienlich, wenn deine Mutter ein wenig abgelenkt ist.«

Ich klappe den Mund auf.

Ich klappe ihn wieder zu.

Ich klappe ihn wieder auf.

»Ist das ein Problem?«, fragt mich Tristan.

»Das ist genial!«, sage ich. »Darauf hätte ich vor zehn Jahren kommen sollen!«

144 Konsequenz

»Lügt Ahasver?«, frage ich Tristan.

Weniger, weil ich noch irgendwelche Zweifel hätte, als vielmehr, weil Godot einen von Tristans italienischen Edelschuhen zerkaut hat und ich gerade dabei war, diesen unauffällig verschwinden zu lassen. Bei Tristans plötzlichem Auftauchen im Flur bleibt mir nur, den Schuh hinter dem Rücken zu verstecken und Tristan irgendwie abzulenken.

Der zuckt die Schultern. »Wer kann das wissen? Ob Ahasver nun der Erste ist, oder auch nur einer der Ersten. Wichtig ist allein, er schützt die Familie um jeden Preis.«

»Sicher?«

Tristan sieht mich durchdringend an. Ich versuche, nachdenklich und selbstvergessen zu wirken, lehne mich an die Wand, klemme mir den Schuh in den Rücken und stelle so schnell wie möglich die nächste Frage. Keine besonders clevere, aber: »Und seine Geschichten?«

»Geschichten?«

»Na ...«

»Uns gibt es nicht. Nur was existiert, kann gefunden werden. Deswegen wird jede Spur, jedes Zeugnis sofort und vollständig vernichtet. Am Ende bleiben Geschichten und es spielt keine Rolle, ob sie wahr sind.«

»Und es gibt keine Spuren?«

»Nein.«

»Aber? Woher wisst ihr, ob ...?«

»Wir wissen gar nichts. Alles ist nur Erinnerung. Und Erinnerungen sind nicht wie Glas, sie sind wie Nebel.«

»Nebel?«, frag ich reichlich dämlich nach, aber was soll ich machen – wenn ich mich bewege, fällt der Schuh runter. Und wenn ich hier einfach so an der Wand kleben bleibe, sieht das auch seltsam aus.

»Ja, Nebel.« Tristan, macht einen schnellen Schritt auf mich zu, fasst mich an der Schulter, zieht mich an sich und nimmt, bevor ich auch nur atmen kann, den zerkauten Schuh an sich. Er dreht den Schuh in den Händen und seufzt dann tief. Genau so, wie man es sich vorstellt, wenn jahrhundertealte Vampire seufzen.

»Tristan? Wie wollt ihr in den Besitz jedes Fotos, jedes Papiers, jeder Notiz kommen, die irgendjemand irgendwo in irgendeinem Zusammenhang mit euch gemacht hat? Wie soll das gehen?«

»Mit Konsequenz.«

145 Konsequenz II

»Und was, wenn euch jemand verrät? Was nützt all die Geheimhaltung, wenn euch jemand ...«

»Auch dann gibt es eine Lösung.«

»Gut, ja und könnte es nicht sein, dass Eugenia und Olena Bekanntschaft mit der ... mit der Lösung gemacht haben?«

»Nein.«

»Wie kannst du dir da so sicher sein?«

»Ich bin die Lösung.«

146 Naturgewalt

Piet hat die Windpocken und Lu erklärt Tristan am Telefon mit Nachdruck, dass sie kein gepunktetes Kind durch die Stadt schleift, nur weil ich meine Gitarre brauche.

»Gut. Wir kommen zu dir«, sagt Tristan und will schon auflegen, als Lu ihn fragt, ob wir uns nicht im Buchladen treffen können.

Tristan sieht mich an. Ich zucke mit den Schultern, denn ich habe nicht die entfernteste Ahnung, warum Lu uns im Laden haben will. Ist wahrscheinlich auch besser so.

☿

Der Taxifahrer sieht auf der Fahrt nervös in den Rückspiegel. Er scheint nicht allzu oft Doggen auf dem Rücksitz zu transportieren.

Piet fällt Godot um den Hals und ich Lu. Linchen, strahlend wie immer, winkt hinter dem Tresen.

»Hallo«, sagt sie, pustet sich eine blonde Locke aus der Stirn und meint Tristan, der an der Eingangstür darauf wartet, dass der Begrüßungsrummel abebbt.

»Komm«, zischt mir Lu zu.

»Wohin?«

»Wohin wohl, komm jetzt einfach.« Lu zieht mich nach hinten ins Büro.

»Und was ist mit Tristan?«, frage ich.

»Den übernimmt Linchen.«

»Linchen? Wie, Linchen?«

»Glaub mir«, sagt Lu, »es gibt Naturgewalten, die übersteht selbst ein Vampir nicht so ohne weiteres.«

147 Geschmeide

Ich höre Linchen und Tristan plaudern.

Lu schnappt sich meine Tasche und nimmt Eugenias Tagebuch heraus. Ein rot-weiß gesprenkelter Piet – das Weiß stammt von der Tinktur, die das Jucken lindern soll – spielt mit Godot auf dem Teppich. Schnauzenfußball.

»Hast du irgendwas herausgefunden?«, fragt mich Lu und hebt das Tagebuch hoch.

»Nichts.«

»Gar nichts?«

»Überhaupt nichts. Nicht mal die Spur von etwas, das mehr als Nichts sein könnte.«

»Mist«, sagt Lu.

»Ja«, sage ich. »Ich kann dir das nicht erklären, aber ich habe das Gefühl, dass ich einen Hinweis übersehen habe. Etwas ganz Offensichtliches. Etwas, auf das ich hätte kommen müssen.«

»Nicht kratzen, Piet«, sagt Lu und geht, um die Tinktur zu holen.

☾

Ich lehne mich an die Tür, sehe Tristan und Linchen zu. Sie stützt sich auf den Verkaufstresen und sagt etwas, das ich nicht verstehe. Tristan lacht. Ich weiß nicht, wann ich ihn je so habe lachen sehen. Piet lehnt sich an mich. Sein Kopf an meiner Taille, er hat Fieber.

»Ruh dich aus, Kleiner«, flüstere ich ihm zu und er zieht mich mit sich, damit ich ihm ein Nest auf dem Sofa im Büro baue.

☾

»Ich hab noch was für Godot«, sagt Lu, als wir uns wieder auf den Weg machen wollen. Tristan steht bereits in der Tür, bepackt mit Tasche und Gitarre.

Lu hält ein Ding hoch, das aussieht, als hätte sie es einer indischen Braut geklaut. Ein Gewebe aus Gold und grünen Perlen.

»Wie – für Godot?«

»Wenn du auch eins magst, mach ich dir eines.«

»Ähm.«

Ein glühender Piet hat sich vom Sofa gemogelt und taucht hinter Lu auf. Er strahlt. »Das war meine Idee, sie macht das doch sonst nur für Katzen. Jetzt hat Godot ein neues Halsband.«

»Und? Äh? Ihr meint, das ist doggensicher?«

»Klar«, sagen die beiden im Brustton der Überzeugung. »Wir haben das getestet.«

Ich möchte gar nicht genauer wissen, wie sie das gemacht haben; nehme Godot sein langweilig praktisches Lederband ab, stecke es sicherheitshalber in meine Tasche und lege ihm das neue Geschmeide um.

»Todschick«, sagt Tristan und Linchen lacht. Naturgewaltig.

148 Nichts ist, das ist es ja gerade

Meine Fähigkeit mich zu quälen liegt bei null. Ich jogge gemächlich vor mich hin, eine ältere Dame mit Plastiktüten in den Händen überholt mich kopfschüttelnd. Über dem linken Knie hat meine Hose einen breiten Riss. Das Mobiltelefon gibt Klopfgeräusche von sich – SMS. Meine Mutter, höchstwahrscheinlich.

Ich gebe auf, werfe mich auf eine Bank und sehe einem Zilpzalp zu, wie er wütend von Ast zu Ast hüpft und Godot beschimpft.

Der Doggenmischling lässt sich auf meine Füße fallen. Es ist warm, ich bin chronisch müde, am Wochenende habe ich ein Familientreffen. Und mir klebt die Ahnung im Nacken, dass jeden Augenblick die Welt untergeht.

149 Ohren in Rot

»Du hast rote Ohren«, sagt meine Mutter und ich knurre ein »Ich weiß.«

Eine Stunde, bevor ich zu dem Familientreffen aufbrechen musste (das, bei dem mir Walter vorgestellt werden soll), habe ich mir in einem Anfall von Wahnsinn ›mal eben noch schnell‹ die Haare gefärbt. Dunkelscharlachteufelsrot. Blöderweise nicht nur die Haare.

»Machst du noch was?«, fragt meine Mutter und ich sehe sie ratlos an. »Mit deinen Haaren?«

»Was soll ich mit denen machen?«

»Na, so drüber, über die Ohren.«

»Ich dachte, das hätte ich!« Nervös versuche ich mich in einer Autoscheibe zu spiegeln. Haare, Ohren, Zupfen. Blödes Fell, denke ich, blöde Ohren, selber blöd.

»Ah, du musst die Tochter dieser wunderbaren Frau sein«, sagt jemand und hinter mir steht Walter, der genau so ist, wie ich ihn mir vorgestellt habe. Er zwinkert mir zu. Ich versuche, halbwegs normal zu wirken, was meine Mutter misstrauisch beobachtet.

150 Metall

Der dröhnende Bass meines Vaters schallt durch das Restaurant, seine Freundin (wie immer blond, kichernd und mit einem Glas

Sekt vor sich) winkt uns zu. Meine Mutter auf hohen Hacken, Walter mit der Gelassenheit von jemandem, der sein Leben mit Vampiren verbringt, und ich mit knallroten Ohren.

Dann geht es los: Tante Friedas Nierensteine, die Scheidung eines Cousins dritten Grades, Walters Beruf, meines Vaters Beruf, nochmal Walter, dann die zweite Flasche Sekt und warum denn mein Freund nicht dabei sei?

Zwischendrin Menükarten, meine Mutter sagt mir, was ich essen soll. »Du hast dicke Backen bekommen, Kind.«

Mein Vater regt sich lautstark über die ›Fürsorge‹ meiner Mutter auf, seine Freundin nimmt einen Salat, Dressing bitte extra. Ich nehme ein Steak, blutig, und Walter das Gleiche. Meine Mutter sagt, dass Onkel Dieter früh gestorben sei und der aß sein Steak auch immer blutig.

»Das Schicksal blüht meinem Onkel mit Sicherheit nicht«, sagt Walter und ich verschlucke mich am Rotwein.

※

Nach dem Essen durchsucht meine Mutter meine Handtasche nach einem Taschentuch und findet Godots Halsband, in dem sich einer meiner Ohrringe verfangen hat.

»Was ist das denn?«, fragt sie.

»Ein Halsband mit einem Ohrring – und die Taschentücher sind in der rechten Außentasche.«

»Warum hast du bitte das Ding dabei?«

»Na, nun lass sie doch«, raunzt mein Vater und seine Freundin rückt ein Stück näher zu Walter.

※

Während des weiteren Gesprächs fummle ich unterm Tisch am Halsband herum. Ich versuche den Ohrring zu befreien, während meine Familie beim Thema Politik landet und sich über die AfD zu streiten beginnt. Walter wirft ein, die Zeiten der Monarchie seien gar nicht so übel gewesen, hätte er zumindest gehört, und mein Vater findet das saukomisch. Ich zerre noch immer am Halsband herum und als ich den Ohrring endlich in der Hand halte, spüre ich im Halsband etwas seltsam Scharfkantiges.

Walter erzählt von Bismarck, ich stehe auf und gehe aufs Klo. Dort sehe ich mir das Halsband näher an. Eine Naht ist aufgegangen und zwischen Leder und Stoff steckt etwas. Ein Streifen Blech. Ich fummle ihn heraus, er ist genau so groß, dass er in das Halsband passt. Auf das Blech ist ein Muster geprägt. Kreuze und Zahlen.

$xXxXxXxX_5xX_2$
$x_2XxXxXxXxXx$
$xXxXxXxXxXx$
$xX_{1,2}$
$xXxX_1xXxXx$
$XxxXxXxXxX$
$x_1XxX_{2,3,3}xXxXxX$
$xXxXxXx_{2,3}XxX$
$xXxXxXxXxX$

»So was«, sage ich und als ich zurückgehe, sind nicht nur meine Ohren rot.

151 Lesezeichen

Zurück im unterirdischen Gewölbe stecke ich den Blechstreifen in den Tagebuchausdruck. Der Chemiker klopft an meine Tür, wartet mein »Herein« kaum ab.

»Dominik ist verschwunden.«

152 … und weg

Kaum verschwindet ein Dreihundert-Kilo-Vampir, schon hocke ich wieder daheim in meinem winzigen Zimmer. Piet, Godot und Lu als Mitbewohner.

»Ja, wie jetzt?«, fragt Lu. »Jetzt bist du hier sicher?«

»Tja.«

»Und Dominik ist weg?«

»Hm.«

»Keiner weiß etwas?«

»Keiner.«

»Ich würde mir keine Sorgen machen«, sagt Piet.

»Weil?«

»Dominik ist ziemlich groß.«

Das ist nun auch wieder wahr.

☼

Lu und ich sitzen in der Küche, räuchern Ganesha ein und trinken Tee. Piet durchstöbert meine Tasche nach Süßigkeiten und findet Eugenias Tagebuch samt dem neuen Lesezeichen. Beides interessiert ihn nicht sonderlich, aber auf diesem Weg landet mein Fund bei Lu.

»Piet, magst du fernsehen?« Doch da ist er schon verschwunden.

»Woher hast du das? Weißt du, wie das aussieht?« Lu hält den Metallstreifen hoch.

»Aus Godots Halsband und nein, ich weiß nicht, wie es aussieht.«

»Aus Godots Halsband?«

»Ja.«

»Äh? Jedenfalls – das schaut aus wie ein Silbenbild, aber was die Zahlen sollen, weiß ich nicht.«

»Was ist denn ein Silbenbild?«

»Warst du eigentlich je wach im Deutschunterricht?«

»Ähm ...«

»Und was bedeuten die Zeichen?«, fragt Piet, der eigentlich gar nicht da sein dürfte, und beäugt neugierig den Streifen Blech.

»Hör mal, Kind«, sagt Lu wesentlich ernster als sonst, »wenn du nicht zu deinem Vater in die DomRep ziehen willst, dann hörst du auf, uns zu belauschen, aus dem Nichts aufzutauchen und schlauer zu sein, als einem Fünfjährigen ansteht.«

»Ich werde bald sechs«, sagt Piet und verschwindet hoheitsvoll.

☼

»Nun zeig nochmal«, sagt Lu und ich zeige:

```
xXxXxXxX₅xX₂
x₂XxXxXxXxXx
xXxXxXxXxXx
xX₁,₂
xXxX1xXxXx
XxxXxXxXxX
x₁XxX₂,₃,₃xXxXxX
xXxXxXx₂,₃XxX
xXxXxXxXxX
```

Lu sieht eine Weile darauf.

»Hm«, sagt sie, »waren nicht auch Gedichte in dem Tagebuch?«

»Nicht so richtig.«

»Was heißt das denn nun wieder?«

»Na, gereimt hat sich da nicht viel ...«

Lu sieht mich entgeistert an. »Ich frage mich wirklich, warum ich dich in den Buchladen gelassen habe. Wie kann man nur so lyrik-ignorant sein.«

»Nun schimpf nicht, sag mir lieber ...«

»Das könnte ein Blankvers sein.«

»Was ist denn ein Blankvers?«

Lu zieht die linke Augenbraue hoch, schlägt das Tagebuch auf, liest darin und zeigt mir eine Weile später eine Stelle.

> Der Sommertag bleicht Wäsche, Haare, Herzen
> du trägst mir Tannenhonig lachend nach
> wie Kinder barfuß auf dem Grün der Wiesen
> und noch am Abend Hitze auf den Wangen

»Äh?«

»Zehn Silben, manchmal elf. Alles was so aussieht, kuckst du durch. Die großen Kreuze sind die betonten, die kleinen die unbetonten Silben. Muss dich aber gar nicht kümmern. Zähl einfach ab und dann zählst du die Buchstaben.«

»Was denn für Buchstaben?«

»Die Buchstaben der Silbe. Und die schreib dann auf.«

»Alle?«

»Herr! Nein. Natürlich nur die wievielten. Also wenn da 5 steht, den fünften usw.«

»Denkst du, das Blech kodiert Buchstaben?«

»Das ist doch nun naheliegend? Und mehr fällt mir auch nicht ein. Wenn es Quatsch ist, ist es Quatsch, aber versuchen kannst du es ja.«

»Ich?«

»Du. Ich habe 'nen Job, ein Kind, und so weiter. Du zählst.«

153 korbendallas

»korbendallas.«

»Was?«

»Im Ernst – das Einzige, das nicht nach äasjfdiopwea aussieht, ist korbendallas«, sage ich.

»Und wo?«, fragt Lu.

»Auf der letzten Seite.« Ich habe die letzten beiden Nächte kaum geschlafen.

»korbendallas ... an irgendwas erinnert mich das«, sagt Lu und holt mir einen Kaffee.

154 korbendallas II

Meine Mutter hat mich zum gemeinsamen Frühstück geladen. Walter sei auch da. Mich gruselt das ein wenig, aber andererseits ist es Walters Problem.

Es gibt Kaffee, Aufbackbrötchen und Wurst aus dem Aldi. Meine Mutter beäugt meinen Butterverbrauch und Walter plaudert über den Papst. Wieso, habe ich nicht mitbekommen.

»Wir waren im Kino«, sagt meine Mutter.

»Wer?«, frage ich leicht desorientiert und an meinem Wurstbrötchen kauend.

»Na wir!«

»Belle de Jour«, klärt mich Walter auf, »aber die Jugend mag heute wohl eher andere Filme.«

Jugend. Wer soll das denn sein? Piet mag japanischen Zeichentrick.

»Meine Tochter mag es, wenn geschossen wird«, eröffnet meine Mutter. »Im Film, meine ich natürlich.«

»Ähm, eigentlich mag ich einfach Effekte, Mama.«

»Welche Filme magst du denn?«, fragt mich Walter.

Und da fällt es mir ein. Ich küsse meine Mutter, dann Walter, dann nochmal meine Mutter und renne zu Lu.

155 Das Fehlen von Normalität

»Das Fünfte Element«, brülle ich.

»Was ist?« Lu steht mit Godot im Hof, als ich angerannt komme.

»Korben Dallas. Ist dieser Typ aus dem ›Fünften Element‹. Bruce Willis. Und da geht es um DNA, den perfekten Krieger, die perfekte Frau …« Jetzt breche ich kurzatmig zusammen. Hätte ich mal anständig trainiert.

»Du meinst …«

»Das ist ein Zeichen!«

»Und für was genau?«

Ja, was? Aliens? Höhere Mächte? Angriff der Dunkelheit? Milla Jovovich? Luc Besson ein Vampir? Ernüchtert hocke ich mich auf die Treppenstufen und schnaufe dabei wie eine alte Dampflok.

»Jetzt kuck nicht so«, sagt Lu. »Immerhin ist es ein Hinweis. Wie kamst du drauf?«

»Walter hat was von Filmen erzählt und da fiel es mir ein.«

»Also ich hätte es ja einfach gegoogelt.«

Ich versenke meinen Kopf zwischen den Knien. Google. Natürlich.

»Weißt du, was ich mich frage?« Lu streckt sich.

»Ob ich langsam senil werde?«

»Och … nö. Aber wie kam eigentlich dieses Blech in Godots Halsband?«

♆

»Piet, kann ich mal mit dir reden?«

»Wir!«, korrigiert mich Lu.

»Äh, ja, wir.«

»Wegen dem Halsband?«, fragt Piet.

»Genau.«

»Ich hab es von Olena.«

»Das Halsband?«

»Nein, das Dechiffrierblatt …«

In diesem Moment sehne ich mich nach Frankfurt, nach Dachterrassen, alkoholfreien Erdbeerdaikiries und Gesprächen darüber, wo man den nächsten Urlaub verbringt.

156 Zu laut

»Was weißt du noch? Was hat Olena gesagt? Wann hat sie dir das gegeben? Wieso sagst du uns nicht, wenn so was passiert? Das ist Unterschlagen von Beweismitteln! Bist du denn verrückt geworden! Hier geht um einen Mör- … einen Irren, der, der … also, es ist gefährlich!«

Ich zetere. Zetere und spucke dabei um mich.

Lu schaut mich an, Piet schaut mich an. Godot schläft.

Irgendwann habe ich keine Luft mehr.

»Besser?«, fragt mich Lu. »Vergiss nicht, Piet ist ein Kind ...«

»Bist du dir da sicher?«, krächze ich.

»Ja. Bin ich.« Den Ton hört man selten von Lu und schlagartig wird mir klar, was ich hier mache: Ich brülle ein kleines Kind an. Mir steigen die Tränen in die Augen, Piet springt auf mich zu, nimmt mich in den Arm und murmelt: »Ist ja gut, das macht mir nichts, wirklich. Kein Problem, ich dachte mir schon, dass ihr euch furchtbar aufregt.«

»Jetzt dreh ich gleich mit durch«, sagt Lu. »Piet. Wie wäre es mit ein paar Erklärungen?«

157 Erklärung I

Olena war Anfang des Jahres am Zaun von Piets Kindergarten aufgetaucht. Blass, nervös. Sie hatte ihm den schmalen Blechstreifen durch die Latten gegeben.

»Pass drauf auf, ja«, hatte Olena gesagt.

»Geht klar«, hatte Piet geantwortet.

※

»Und weiter?« Lu streicht Piet über den Schopf.

»Nichts weiter.« Piet zuckt mit den Schultern.

»Dein Kind macht mich wahnsinnig«, sage ich. Dann stehe ich einfach auf und gehe. Irgendwohin, nur raus hier.

»Jetzt ist sie richtig sauer, oder?«, höre ich Piets Jungenstimme, ehe ich die Haustür schließe.

158 Laufen

Ich laufe, laufe, laufe. Mein Kopf ist Watte. Wolkenweich. Alles falsch.

Ich hätte zur Polizei gehen müssen.

Ich muss jetzt zur Polizei gehen.

Ich kann nicht zur Polizei gehen.

Die lassen mich einweisen und das wahrscheinlich zu Recht. Keine Beweise, keine Erklärungen, keine Ahnung. Nichts.

光

Sind das die Fakten? Denke ich logisch? Oder nur in Ausreden? Ich nehme meinen MP3-Player, stecke mir die Kopfhörer schmerzhaft fest in die Ohren.

Vampire? Bin ich denn bescheuert?

159 An der Straßenecke

An der Straßenecke steht eine Frau und schreit.

Ich kann sie nicht hören, Funk dröhnt aus den Kopfhörern, füllt mir den Kopf, hält jedes Außengeräusch fern. Macht mich taub, macht mich zur Sehenden.

Die Musik passt nicht zum Rhythmus der Straße. Nicht zu den eiligen Schritten, den unsicheren Blicken, dem Zögern; nicht zu den Schreien der Frau. Zwei Welten. Eine vor Augen, eine im Kopf.

Die Frau schreit, doch sie ist eine schlechte Imitation des Munch-Bildes. Kein zerstörtes Wesen, ausgezehrt und gezeichnet. Sie ist Barbie, brüllend in der Großstadt.

Die Menschen gleiten um sie herum, eine amöboide Masse, ständig sich verändernd und immer gleich. Gesichter heben sich daraus hervor, versinken wieder. Die Masse umgibt die Frau, drängt sich um sie.

Ich müsste nur die Musik ausmachen. Oder leiser. Oder einen der Kopfhörer herausnehmen. Eine Kleinigkeit, mehr Geste als Handlung. Dann würde ich hören, was sie schreit, was die Leute sagen. Eintauchen. Auftauchen. Wahrnehmen. Teilnehmen. Zur Masse werden oder mich neben sie stellen und schreien.

Doch ich tue es nicht. Bleibe, wo ich bin.

Die Menge, gestört in der Alltagsruhe, zieht sich enger und enger um die Frau. Die Frau krümmt sich. Fällt. Einen Lidschlag lang kann ich sie am Boden liegen sehen. Dann stürzt die Masse auf sie ein.

Ich gehe weiter. ›Walkin' Naked Thru a Bluebell Field‹ in den Ohren.

160 Verschoben

Ich will nicht auftauchen. Ich will hier unten bleiben, wo die Welt seltsam und magisch ist. Will bei Piet bleiben und Tristan. Was immer mich hält, es hält mich fest.

Vampire.

161 Rückweg

… mein Telefon klopft. SMS von Lu. Die siebente. Ich solle sofort kommen, Piet würde sich Sorgen um mich machen.

光

Man kommt erstaunlich weit, wenn man den Koller kriegt und einfach losrennt. Ich hätte Piet als meinen Personal Trainer engagiert sollen, dann würde ich längst wieder in mein Kleid passen.

Wo bin ich eigentlich?

Ich folge den Straßenbahnschienen, bis ich eine Haltestelle finde. Zwanzig Minuten warten. Dann fahre ich zurück.

Genug Zeit, mir zu überlegen, was ich Piet fragen will.

162 Erklärung II

Wir sitzen in der Küche. Ganesha blickt gelassen auf uns herab. Piet sieht ernst aus.

»Ich bestelle uns Pizza«, sagt Lu.

»Keinen Hunger«, sagen Piet und ich.

»Kommt noch.« Lu greift zum Telefon.

Ich weiß ganz genau, was ich Piet fragen will, aber es kommt keine einzige Silbe aus mir heraus. Sitze da, ganz Ölgötze, und kann nur hoffen, er beginnt von selbst zu erzählen.

»Schau mal«, sagt Piet, »wenn dir jemand etwas im Vertrauen gibt, weil er in großer Not ist, dann würdest du das doch auch nehmen. Oder nicht?«

»Hm.«

»… und ich sollte es ja nur aufbewahren. Es war ja gar nicht klar, dass es was mit Eugenia zu tun hat … nur aufbewahren.«

»Und warum hast du das Blechding dann mir geschickt? Warum?«

»Ich hatte so 'n Gefühl.«

Gefühl. Ich spreche mit einem Fünfjährigen über Gefühle.

☿

»Aber warum über Godot?«, frage ich.

»Na, wenn Olena es mir gibt, dann will sie ja wohl nicht, dass die anderen Vampire davon wissen – also konnte ich es schlecht Tristan in die Hand drücken«, sagt Piet und ich komme mir doof vor.

»Aber Godot? Im Halsband?«

»Ich dachte, das sei einfach. Musste doch 'nen Grund haben, warum ich dir den Hund und so.«

»Ich hab mich blöd angestellt«, sage ich. »Ich hätte da schon dreimal draufkommen müssen.«

Piet nickt.

»Sagt dir Korben Dallas etwas?«

Piet schüttelt den Kopf.

163 Besuch

Es klingelt.

»Die Pizza«, sagt Lu und geht zur Tür. Einen Augenblick später ist sie wieder da. Mit Ahasver.

»Na?«, sagt der alte Mann.

»Na?«, sage ich.

»Dachte, du magst vielleicht ein bisschen mit mir spazieren gehen.«

Piet und Godot gähnen.

»Spazieren?«, frage ich.

»Ja.»

»Jetzt?«

»Warum nicht.«

»Ich werde noch bekloppt.«

☿

Wir gehen durch die nächtlichen Straßen. Unter dem orangeroten Licht der Laternen.

»Sag mal, gibt's eigentlich Werwölfe?«, fragte ich Ahasver.

»Hab noch keinen getroffen. Aber ich komm auch nicht mehr so viel rum.«

☿

Etwa eine halbe Stunde später (meine Füße ächzen unter dem Tagespensum) stehen wir vor einer Kneipe. Gemütlich, aber nichts Besonderes. Etwas abgelegen, in einem ruhigeren Viertel.

»Ja, was?«, frage ich.

»Schau mal«, sagt Ahasver.

Ich schaue. Durch die Scheibe. Und entdecke: Dominik. Den Verschollenen. An einem der hinteren Tische, aber unübersehbar wie immer.

»Woher ...?« Aber Ahasver ist schon verschwunden.

☿

Ein wenig zu dynamisch betrete ich die Kneipe, von der Bar her drehen sich ein paar Leute nach mir um. Der Barkeeper grinst, als ich zu Dominiks Tisch stürme, vielleicht hält er mich für eine wütende Freundin.

Dominik ist nicht allein. Tristan erkenne ich im Näherkommen, und dann ist da noch ein Unbekannter.

»Korben ...«, sagt Tristan, genau in dem Moment, in dem ich an den Tisch poltere.

»Korben?«, wiederhole ich, »Korben Dallas?«

Und für den winzigen Hauch eines Augenblick sieht Tristan überrascht aus.

164 Korben Dallas

Bevor irgendjemand etwas sagen kann, legt mir ein faszinierender Mann, gutaussehend, einzigartig, umwerfend, der tollste Typ, der mir je begegnet ist, nein, den es auf dieser Welt geben kann, er legt mir die Hand auf die Schulter. Ich höre mich, wie ich ein »Huh« von mir gebe, und spüre meine Wangen glühen. Meine Eingeweide verknäulen sich und was mein Unterleib macht, erwähne ich lieber gar nicht. Ich habe noch nie, nie so einen Mann gesehen und alles, was ich begehre, was ich will, hier und jetzt ...

»Lass den Quatsch«, sagt Tristan und steht auf. Ich schlucke, und dann ist da neben mir nur noch ein ganz normal umwerfend aussehender Kerl und grinst. Ein Tristanklon, der mir lässig die Schulter tätschelt.

»Korben«, sagt Tristan.

»Tristan«, sagt Korben.

»Bierchen?«, sagt Dominik und ich setze mich erstmal.

※

»Hast du was gegessen?« Dominik beugt sich fürsorglich über den Tisch und ich starre ihn an.

※

»Du bist also Korben Dallas?«, sage ich.

»Ja«, sagt Korben.

»Schön«, sagt Dominik, »dann bestelle ich einfach für alle eine Kleinigkeit, ja?«

»Sag mal spinnst du?«, fauche ich Dominik an, der prompt ein entsetztes Gesicht macht, auf das sogar meine Mutter reingefallen wäre. Tristan steht immer noch. Er hat etwas von einem Adler, der jeden Moment herabstürzt und das Kaninchen schlägt. Ich weiß nur nicht, ob Dominik das Kaninchen sein wird oder ich. Als ich mich gerade wieder dem ominösen Korben zudrehen will, klingelt mein Telefon.

165 Was?!

»Was?!«

»Äh? Ich bin es, Lu, ich wollte nur hören, ob es dir gut geht und Ahasver nicht etwa dein Blut getrunken hat. Inzwischen. Oder so.«

»Ja, ähm, nein, ach tut mir leid, es ist ...«

»Aber so weit bist du ok?«

»Ich hab, ich habe gerade Korben Dallas getroffen.«

»Und? Sieht er besser aus als Bruce Willis?«

»Ja.«

»Pfff, niemand sieht besser aus als Bruce Willis.«

»...«

»Pass auf dich auf. Piet lässt dir sagen, du sollst keine Angst haben.«

»Na dann.«

»Wenn was ist, ja?«

»Ja.«

166 Ich bring dich um

»Und was essen wir nun?«, fragt Dominik. Tristan steht noch immer, Korben sitzt lässig auf der Bank und ich fühle mich seltsam unbeobachtet. Die Leute in der Kneipe nehmen uns nicht wahr.

Ich drehe mich um.

Realistisch betrachtet: Mein Einmarsch, der zierliche Dominik und dazu zwei Kerle, die aussehen wie aus einer Boss-Armani-Gemeinschaftsproduktion weggelaufen – ich meine, irgendwer müsste gucken. Aber nichts, niemand.

光

»Korben?«, versuche ich es noch einmal, doch Dominik kommt mir wieder dazwischen, diesmal mit einem Vorschlag für Cocktails.

»Wenn du nicht die Schnauze hältst«, zische ich ihn an, »dann leg ich dich um. Ich weiß ja, wie es geht!«

Dominik hebt abwehrend die Hände und murmelt etwas vor sich hin, Tristan setzt sich endlich und Korben verneigt sich vor mir. (Mittelalterlich. Und noch immer guckt niemand.)

»Korben, Korben Dallas, 800 Jahre alt und Bluttrinker.«

»Was hast du mit Eugenia zu tun?«

»Wir haben uns geliebt.«

»Ahja ... gut«, sage ich und finde, das ist immerhin mal eine Antwort, mit der ich etwas anfangen kann.

Dominik werkelt nervös am Aschenbecher herum und Tristans steinernes Gesicht wirkt noch steinerner.

»Ihr habt euch geliebt«, setze ich an, »und das Problem dabei war ...?«

»Ich bin ein Bluttrinker«, sagt Korben und mich erfasst Angst. Schlagartig. Eine tiefe, unbenennbare Angst vor diesem Mann, der mir gegenübersitzt. Ich will schreien, aber ich kann nicht. Ich kann mich nur festklammern und ...

»Lass den Quatsch«, sagt Tristan.

Und dann ist es vorbei.

167 Vor der Tür

Tristan nimmt mich mit nach draußen.

»Das reicht für heute.« Meinen Protest ignoriert er. Dominik und der Bluttrinker bleiben zurück, sehen uns nach.

光

Vor der Tür trample ich, stampfe auf wie ein kleines Kind und verfluche alles und jeden. Bis ich merke, dass Tristan lächelt. Nein, grinst.

»Was denn?«

»Ich verspreche dir, du bist von jetzt an dabei«, sagt er.

»Wo dabei? Wann dabei? Bei allem?«

»Bei allem, was ich verantworten kann.«

»Na toll.«

»Ich schwöre es dir. Du bist dabei.«

»Beweise es. Hier und jetzt. Eine Frage, eine Antwort.«

»Gut.«

»Du hast gesagt, ihr hättet keine Superkräfte.«

»Das ist korrekt, wir haben keine Superkräfte.«

»Und was ist mit dieser kleinen Horrorshow der Emotionen, die Korben da veranstaltet?«

»Manipulation ist keine Superkraft.«

»Das ist mehr als Manipulation.«

»Nein, ist es nicht. Es ist Manipulation auf einer höheren Ebene. Das ist alles.«

»Aber du kannst das nicht. Weil du kein Bluttrinker bist.«

»Wer sagt, ich könne das nicht?« Tristan sieht mich an.

»Pfff«, mache ich und tue lässiger, als mir zumute ist, »dann zeig.«

Im nächsten Augenblick liege ich in Tristans Armen und küsse ihn.

168 Vollvogel

»Nein! Du hast mit Tristan geschlafen!«

Lu sitzt in der Küche, Teetasse in der Hand und starrt mich an, als wäre ich E.T. mit Cowboyhut.

»Was? Nein, habe ich nicht, hallo?«

»Hast du wohl!«

»Nein! Wie kommst du darauf?«

»Du siehst so aus!«

»Wie sieht man denn bitte nach einem Vampirkoitus aus? Zerbissen? Blutleer? Hirntot?«

»Unsicher, aber glücklich«, sagt Lu.

Und ich sage: »Vollvogel.«

»Na klar.«

»Es war nur ein Kuss. Ein einziger blöder Kuss und der war noch manipuliert.«

»Aha.«

»Ja, die können irgendwie, also die alten Vampire, die können einen … manipulieren.«

»Aha.«

»Es war nur ein! Kuss.«

»Na, dann freu ich mich jetzt schon auf dein Gesicht, wenn es mal richtig …«

Ich bin weg, ehe Lu den Satz zu Ende gesprochen hat.

169 Lass die Hunde los

Meine Mutter ruft an und ich würge sie ab. Lu kommt dreimal bei mir im Zimmer vorbei, das letzte Mal mit einer Entschuldigung auf den Lippen, sie habe mir nicht zu nahe treten wollen. Doch ich schüttle sie ab, mache seltsame Hand- und Kopfbewegungen und liege auf dem Bett herum.

Ich warte, warte, bis sich der Stein in meinem Bauch auflöst.

☿

Es ist Piet, im Verbund mit Godot, der mich aus meiner Schockstarre holt.

Der Junge sitzt mit einer Ernsthaftigkeit an meinem Bett, die mich aus meinen Verknalltheitsträumen reißt.

»Was weißt du über Korben Dallas, Piet?«

»Nichts.«

»Ok. Aber warum bist du dann beunruhigt?«

»Ich hab doch gar nichts gesagt.«

»Seh ich dir an der Nasenspitze an.«

»Da ist noch ein anderer, stimmt's? Einer wie Tristan, aber ganz anders.«

»Ja. Woher weißt du solche Dinge?«

Piet schweigt.

»Du hast recht, da ist einer, aber der ist ganz nett«, sage ich.

Piet sieht mich an, als hätte ich sie nicht mehr alle.

»Bitte, spricht doch mit mir. Was hast du nur?«

»Pass einfach auf, trau denen nicht.«

»Piet!«

Weg ist er. Ich mag ihm nicht nachlaufen, er wird kommen, wenn er etwas zu sagen hat.

☿

In der Wohnung halte ich es nun nicht mehr aus, schreibe Lu einen Zettel:

> Bin beim Chemiker. Suche Antworten.
> Wenn ich bis 18 Uhr nicht zurück bin, dann …

Ja, was dann? Lass den Hund los?

170 Der Liebende

Ich laufe. Die Straße entlang, die Bäume inzwischen sommergrün, es ist kühl für die Jahreszeit. Ich laufe. Ich denke nach, über all diese seltsamen Menschen, über den Tod, über Piets besorgtes Gesicht.

Aus dem Nichts greift jemand nach mir, packt mich am Arm, zieht mich in eine Hauseinfahrt. Ich will protestieren, aber mir kommt kein Wort über die Lippen.

Korben.

»Ich muss mit dir sprechen«, sagt er und sieht so ernst und traurig aus, dass ich nicht an seinen lauteren Absichten zweifle. Zumindest nicht, bis mir einfällt: Korben ist der König der Manipulation.

»Mit mir?« Ich versuche Abstand zu gewinnen.

»Du kannst mir, du kannst deinem Gefühl trauen«, sagt er. »Wenn ich dich beeinflussen würde, würdest du nicht drüber nachdenken, ob ich es tue.«

»...«

»Meine Fähigkeiten übersteigen dein Vorstellungsvermögen bei weitem.« Das sagt er nüchtern. Es ist keinerlei Arroganz darin.

»Und wenn ich deinen Fluch einfach abgewehrt habe?«, sage ich.

»Lest ihr Sterblichen eigentlich alle Harry Potter?« Korben holt ein Päckchen Luckies aus der Jackentasche.

»Die meisten«, räume ich ein.

»Nun denn. Es ist mir ernst, ich muss mir dir sprechen. Zigarette?«

光

»Worüber?«

»Eugenia.«

»Eugenia? Korben, ich habe keine Idee, was ich dir sagen könnte, was du noch nicht weißt.«

Korben wirft die Zigarette weg, hebt die Hand, wie um mir durch das Haar zu fahren; in diesem Augenblick löst sich ein Schatten aus der Häuserwand und reißt Korben zu Boden.

171 Marvel Avengers

Tristan. Tristan kniet, die nackte Wut im Gesicht, auf Korben, sein Mantel ein dunkles Cape. In der linken Hand einen Pfahl, die rechte unerbittlich an Korbens Kehle. Korben bäumt sich kurz auf, erstarrt dann – in lauernder Anspannung. Ein Verharren im Gleichgewicht der Kräfte.

Ich sollte hier abhauen. Weg. Mein bisschen Kohle zusammenkratzen und mich ans andere Ende der Welt retten.

Aber was mache ich?

Ich gehe zu dem Superheldenstandbild, tippe Tristan auf die Schulter und sage: »Wir sind hier nicht im Comic. Lasst den Quatsch. Wir gehen jetzt zum Japaner.«

Korben und Tristan geben nicht zu erkennen, ob sie mich gehört haben.

»Hallo? Wir gehen jetzt essen und dann reden wir drei miteinander, ganz nett und entspannt, so wie völlig normale Men- ... Vampire das eben machen.«

Schweigen.

»Spinner.«

»Ich finde sie süß«, sagt Korben, etwas gepresst, weil Tristan auf ihm kniet.

Tristan, noch immer den Pfahl in der Hand, nickt.

光

»Warum zum Japaner«, fragt Korben, als Tristan ihn freigibt und er sich aufsetzen kann.

»Ich mag japanisches Essen«, sage ich, »und ihr könnt es euch leisten mich einzuladen.«

172 Stilecht

Wir sind beim fünften Gang. Gemüse mit einem Hauch geröstetem Sesam.

»Ich fasse zusammen: Ihr seid verfeindet. Die Bluttrinker und die Familienvampire, ganz große Vendetta, blahblah. Und eine Liebe und Beziehung jenseits des Gruppenzwangs ist undenkbar. Deswegen glaubt Korben, Tristan habe Eugenia auf dem Gewissen und Tristan glaubt, Korben war es. Richtig?«

Korben dreht seine Frühlingszwiebel zweimal um und Tristan betrachtet die Kanjis an den Wänden. Ich nehme das als Zustimmung.

»Und wer hat dann Olena wirklich auf dem Gewissen? Und vor allem, warum?«

»Frag ihn«, sagt Tristan. »Aber wundere dich nicht, die Bluttrinker brauchen selten genug einen Grund.«

»Mag sein«, sagt Korben, »und deine Hände sind rein, nicht wahr, Tristan?«

»Mal eine ganz absurde Theorie.« Oha, Sake macht mich offenbar tollkühn. »Ihr beide habt Eugenia geliebt. Jeder auf seine Weise.«

Tristan und Korben ziehen im exakt gleichen Augenblick die exakt gleiche Grimasse des Angewidertseins. Ich trinke noch einen Schluck Sake. »Mann, ihr könntet echt Klone sein.«

Korben schießt vor, packt meine Hand und zischt mir ins Ohr: »Ich könnte dir hier und jetzt die Halsschlagader durchbeißen, Kleine. Und Tristan könnte gar nichts dagegen tun. Also überlege dir, was du sprichst.«

Ich schüttle meine Hand frei. »Willst du wissen, wer deine Eugenia niedergemetzelt hat oder nicht?«

光

»Was kannst du schon wissen, was wir nicht wissen?«, sagt Korben.

»Ich habe Eugenias Tagebuch. Und darin steht – unter anderem – dein Name.«

»Woher hast du …?«, fragt Tristan.

»Mein Name?«, fragt Korben.

»Wo ist es?«, fragt Tristan.

»Niemals steht da mein Name!«

»Erfahrt ihr alles nur, wenn ihr euch vertragt«, sage ich und nehme einen großen Bissen vom Gemüse. (Dabei denke ich: Oh Gott, du sitzt hier mit den abgefahrensten Typen, die man sich nur vorstellen kann, und klingst wie eine Kindergärtnerin.)

173 Der Zettel

Ich habe Lu vergessen. Erschrocken eile ich vor dem Nachtisch nach draußen, rufe an und habe Piet am Telefon.

»Und?«, fragt er.

»Alles in Ordnung.«

»Gut. Ich gebe dir Mama.«

»Wa- …« Weg ist er. »Lu?«

»Ja?«

»Ich mache mir Sorgen um Piet.«

»Ich mir auch. Sagt er dir irgendetwas?«

»Es muss mit Korben zu tun haben, dem Bluttrinker. Er scheint Angst vor ihm zu haben.«

Ich höre Lu atmen. »Heute Nacht«, sagt sie, »musst du mir nochmal die ganze Geschichte erzählen. Du kommst doch heim? Oder bleibst du … bleibst du bei …?«

»Nein, ich komme. Es tut mir leid.«

»Was?«

»Dass ich zu spät angerufen habe.«

»Wieso zu spät?

»Hast du den Zettel nicht gefunden?«

»Zettel?«

»Am Kühlschrank?«

»Piet.«

»Piet.«

Tristan und Korben sitzen sich schweigend gegenüber. Ich erwäge kurz abzuhauen, die beiden dunklen Herrscher ihren Mist alleine ausbaden zu lassen und mich stattdessen um Piet zu kümmern.

Doch dann sieht mich Tristan an, quer durch den Raum.

174 Faktenlage

»Das Tagebuch«, sagt Korben.

»Moment«, sage ich. »Erstmal bin ich dran. Wohin war Dominik verschwunden?«

»Den hat der liebe Korben entführt«, sagt Tristan.

»Was?«

»So ist es«, sagt Korben.

Mein Kopfkino sendet Bilder eines nächtlichen Überfalls mit Chloroform und Schwertransporter.

»Wie?«

»Wo ein Wille ist …«, sagt Korben und grinst. Teuflisch.

»Gut. Dann noch was. Warum ist Ahasver hier?«

»Das musst du ihn selbst fragen«, sagt Tristan.

»Ich dachte, du hättest ihn zur Hilfe geholt.«

»Oh, das erzählt er, ich weiß, aber nein – Ahasver lässt sich nicht holen und tut allein, was er will.«

»Ahasver ist bei euch?«, fragt Korben. Wachsam.

»Ahasver ist bei gar niemandem«, sagt Tristan.

»Was tut er?«

»Schnaps brennen«, sage ich.

»Das Tagebuch«, sagt Korben.

Ich lege eine ausgedruckte Kopie auf den Tisch. »Das Original ist an einem sicheren Ort.«

»Und darin kann man meinen Namen finden?«

»Jep, wenn man weiß, wo.«

»Woher hast du das?«, fragt mich Tristan.

»Sagen wir: jemand wollte, dass ich es finde.«

»Wer?«

»Sag ich nicht.« Und ich weiß es ja auch nicht.

»Nennst du das Vertrauen?«, sagt Korben.

»Du drohst, mich direkt zu fressen, und kommst mir mit Vertrauen?«

»Exakt«, sagt Tristan. »Bevor wir auch nur einen Schritt weitergehen, will ich das reine Gewissen der Bluttrinker bestätigt haben – aus erster Hand.«

»Du glaubst noch immer, ich sei der Mörder der Frau, die ich mehr geliebt habe als …«

»Ja.«

»Aus erster Hand?«, frage ich.

175 Vampire im Nebel

Lu und ich sitzen auf dem Balkon. Whisky und Luckies. Es kommt nicht oft vor, dass Lu mit mir raucht. Wir haben alles zwanzig Mal hin und her geschoben. In unseren Köpfen, in unseren Gesprächen. Aber immer, wenn man genau hinsieht, oder hinsehen will, bei diesen Vampiren, wird alles zu Dunst und Ahnung. Man weiß gar nichts, man wird aus nichts schlau.

»Vampire im Nebel«, sagt Lu.

»Was?«

»Ach, als ich jung war, habe ich das gelesen. Fantasy-Horror-Schinken. Furchtbares Zeug.«

光

»Ich hol mir ein Wasser«, sage ich, »magst du auch?«

»Nein, ja, also, warte mal. Ich muss dir noch was sagen.«

»Piet?«

»Nein, Linchen.«

»Linchen?«

»Ja.«

»Geht es unserem Chaotenfrauchen gut?«

»Schon.«

»Oha, mit welchem Deppen war sie nun wieder in der Kiste?«

»Tristan.«

»Tr- …?«

»Sei aber eine einmalige Sache gewe- …«

»Ich hol mir mal Wasser«, sage ich und denke ›Au‹.

176 Wahre Liebe

Der Chemiker eilt an mir vorbei, als wollte er vermeiden, dass ich ihn etwas frage. Dominik wirkt nervös und hat bestimmt zwanzig Kilogramm abgenommen. Die Sache mit den Bluttrinkern muss ihm nahegegangen sein, auch er weicht mir aus.

Allein Ahasver brennt in aller Seelenruhe Schnaps, summt dabei alte Weisen und freut sich, mich zu sehen.

»Kleine! Ich höre nur Gutes, nur Gutes.«

»So? Na, wenn du da mal nicht das Gras wachsen hörst.«

»Also, die beiden Jungspunde hast du jedenfalls im Griff.«

»Jungspunde? Griff? Du wirst alt, Ahasver.«

»Ich bin alt.«

»Dann erzähl mir mal was über die Bluttrinker. Piet macht sich Sorgen.«

»Zu Recht. Üble Bande.«

»Wie übel?«

»Ja, was glaubst du, woher die das Blut haben, das ihnen den Namen gibt? Vom DRK?«

»Hm, nein? Ich denke mal Menschen- ...«

»Opfer. Menschenopfer. Ganz genau.«

»...!«

Ahasver kratzt sich am Kopf und sagt: »Das Brennen wird langweilig. Hast du nicht eine Idee, womit ich mir die Zeit vertreiben könnte?«

Ich tue so, als hätte ich das Letzte nicht gehört. »Wie konnte dann Eugenia mit Korben, ich, ähm, hat sie etwa auch?«

»Nun ja, wo die Liebe hinfällt.«

»Ich dachte, das gilt nur für Teenager.«

»Oh nein, das gilt ewig. Liebe, wahre Liebe, macht alles möglich. Überwindet jede Grenze, verändert alles an uns.«

»Aha.«

»Glaubst du nicht? Dann glaube mir wenigstens das: Die beiden haben sich geliebt.«

»Woher willst du das wissen?«

»Na, du sagst doch selbst: ich höre das Gras wachsen.«

177 Ausgehen

»Kommst du klar? Wegen Linchen?«, fragt Lu. Wir stehen vor einem Schuhgeschäft und drücken uns die Nasen platt. Also ich drücke und Lu begleitet mich geduldig.

»Ach, jetzt hau doch ab, ich habe nichts mit Tristan. Der kann doch alles abschleppen, was nicht bei drei auf dem Baum ist. Mir egal. Ich habe nichts mit Tristan. Was meinst du, die roten?«

»Aber hättest gern.«

»Was?«

»Wie bitte. Du hättest gern was mit Tristan.«

»Nein. Ich hätte gern die roten Schuhe.«

Lus Gesicht drückt aus, dass sie mir kein Wort glaubt.

»Ok, er sieht gut aus. Er ist ein paar Jahrhunderte älter als ich, er macht einen auf Mafia. Natürlich finde ich das … ganz spannend. Aber mehr ist da nicht. Im Gegenteil, ich glaube, ich habe Lust, mal wieder so richtig mit jemandem auszugehen. Und ich glaube, ich kaufe mir die roten.«

»Aha. Rot steht dir nicht.«

»Jakob! Mit dem könnte ich doch was unternehmen. Ist der gerade frei?«

»Nö, aber für dich macht er sich frei.«

»Meinste?«

»Jakob ist in dich verknallt, seit er vierzehn war. Mensch. Du brauchst nicht mal pfeifen und er springt.«

»Verknallt? In mich?«

»Das kapier ich nicht an dir – einerseits merkst du dir jeden Schwachsinn, den man je getan oder gesagt hat, und andererseits bekommst du manches so gar nicht mit.«

»Hm.«

»Soll ich Jakob für dich anrufen?«

»Nee, lass mal, jetzt ist mir das irgendwie peinlich. Und außerdem habe ich eine bessere Idee.«

Lu lehnt sich ans Schaufenster. »Nimm die grünen.«

178 Aufgebrezelt

Neue Frisur, neues T-Shirt (Geckos), neuer Lippenstift. Grüne Schuhe.

Ich stürme durch das Labor, der Chemiker sieht mir nach, ich finde Ahasver, werfe mich vor ihm in Pose und sage: »Alter Mann, wir gehen aus.«

Ahasver überlegt keine Sekunde. »Aber gern. Wohin?«

»Mir egal, solange es keine größere Wanderung beinhaltet.«

»Uh, das wird mir schwerfallen.«

Wir lachen beide.

»Weißt du, das ist eine ganz ausgezeichnete Idee«, sagt Ahasver. »Ich verspreche dir, das wird ein unvergesslicher Abend.«

Ich sehe ihn an und er – den ich immer als alten Mann denke, der aber keinen Tag älter als Tristan aussieht, abgesehen von den Augen vielleicht, die so dunkel sind, dass ich die Pupille nicht erkennen kann – er lächelt mich an. Voller Wärme. Und mir wird leicht.

179 Linchen

Ich besuche Lu im Laden, buddle mit Piet in Kinderbüchern. Am Abend nagen wir Maiskolben ab und essen Brauselollis. Es klingelt. Ich mache auf. Linchen.

Weinend und zerknautscht, mit einem Plüschdrachen (für mich) und Schokolade (für mich) und Taschentüchern (für sich).

»Es tut mir so leid!«

»Ja, was denn?«

»Ich schwöre dir, es war nur, es war gar nichts!«

»Hey, na schon klar.«

»Ich meine, ihr beiden seid füreinander geschaffen. Das sieht jeder, aber Tristan war so und ich war so. Und wir waren …«

»Moment: Wir sind bitte was?!«

»Hach!«

»Linchen, ich habe doch nichts mit Tristan!«

»Hast du wohl. Lu hat es mir erzählt und außerdem sieht das ja ein Blinder!«

»Was sieht ein Blinder? Nix. Überhaupt. Egal.«

»Es tut mir so leid!«

»Jetzt komm rein, du schreist das Treppenhaus zusammen. Herrgott.«

»Es tut mir so leid.«

※

Einige Zeit später haben Lu und ich unter Zuhilfenahme zweier Flaschen Prosecco Linchen wieder auf Spur.

»Und es macht dir nichts?«, schnieft sie.

»Nee. Du wirst nicht seine Erste gewesen sein.«

»Na, das mit Sicherheit nicht!«

»Äh.«

»Und ich sage dir, er ist umwerfend! So was hast du noch nicht. Ein Kerl, ein ganzer Kerl!«

»Ich weiß echt nicht, ob ich Details hören möchte«, sage ich und nehme mir den Rest Prosecco.

»Also bist du doch in ihn verknallt!«

»Bin ich nicht!«

»Du musst das verstehen«, sagt Linchen und lehnt sich an mich, »er war, er ist, ich glaube, der ist einfach einsam. So ein warmer Körper neben einem, das tut gut. Da ist nichts dabei, das hat nichts mit dir zu tun.«

※

Ich verziehe mich aufs Klo. Schaue in den Spiegel und finde, ich sehe alt aus. Älter als Ahasver jedenfalls. Und auch ich bin einsam, nur hole ich mir nie einen warmen Körper als Trost. Nie. Warum eigentlich nicht? Was stimmt verdammt noch mal nicht mit mir?

In dem Moment klingelt mein Mobiltelefon. Meine Mutter.

»Also das«, sage ich zu mir selbst, »das ist nun echt zu platt.«

180 Und Tschüss!

»Mama! Von dir habe ich ja ewig nichts gehört!«

»Wie? Jaja, wir waren auf einem Kurztrip in Rom. Ganz spontan.«

»Spontan? Du?«

»Na sicher. Ich rufe dich nur an, weil wir dir eine Kiste Rotwein mitgebracht haben. Wenn du mal Zeit findest, holst du sie dir ab. Ja?«

»Gern. Und sonst?«

»Nichts sonst. Ich muss dann los, meine Kleine, pass auf dich auf. Ach, du machst das schon. Tschüssi!«

»Tschü- ...«

Weg ist sie. Ich muss Walter etwas schenken. Etwas wirklich Teures.

181 Trau keinem

Am nächsten Morgen steht im Flur ein Karton, darauf ein Zettel:

> Morgen Abend, 19 Uhr. Trag das.
> Tristan

»Hach, die Romantik lebt«, sagt Lu.

Ich habe Piet im Arm, der allmählich das Gewicht eines kleinen Killerwals erreicht hat, und frage ihn, was er so denkt.

»Du nimmst Godot mit«, erklärt er.

»Das wird Tristan nicht gefallen.«

»Egal.«

»Sonst noch was?«

»Trau keinem. Außer Tristan.«

»Geht klar.«

182 Io

Zugegeben, wir sind ein seltsames Trüppchen: Godot, Tristan und ich. Godot und Tristan schweigsam, ich dagegen in einen unermüdlichen Plappersingsang verfallen. Die Alternative zum Pfeifen im Walde.

»Warum haben wir Dominik nicht dabei?«

Tristan sieht mich an, als fragte er sich vielmehr, warum er eigentlich mich (und die Dogge) dabeihat.

»Und muss ich irgendwas Besonderes machen? Einen Knicks oder so?«

»Wenn dem so wäre, hätte ich dir das bereits mitgeteilt.«

»Vergisst du nie etwas?«

»Nie.«

☼

Das Gebäude ist schlicht, funktional und von Licht durchflutet. Ich hatte fest mit einer Gruft oder wenigstens einem urigen Schloss gerechnet. Wir fahren in den 14. Stock. Man erwarte uns in der Bar, teilt mir Tristan mit.

Die gesamte Ebene ist wie ausgestorben. Nur Licht, Design, Kunst und eine fast schmerzhafte Sauberkeit um uns.

»Bar?«, frage ich.

»Bar«, sagt Tristan.

Godot schüttelt sich und ich befürchte Sabber auf dem Eichenparkett.

»Tretet ein, ihr Kühnen«, sagt eine Frau. In ihrer Stimme liegt Rauch und ein Lachen.

»Io«, sagt Tristan. Irgendetwas zwischen Begrüßung, Feststellung und Vorstellung.

»Guten Tag«, sage ich.

»Tretet ein und legt nun ab: Misstrauen, Furcht, Hochmut und Waffen. Eure Bürgschaft ist die unsre.«

»Ja, ähm, gern«, sage ich und Tristan sieht aus, als würde er mich am liebsten zusammen mit Godot vor der Tür anbinden. Doch ich lasse mich betont locker auf einen der Hocker nieder und harre der Dinge, die da kommen. Io schreitet, nein, schwebt durch die Bar, die genau so aussieht, wie ich mir Feierabendcocktailbars in Tokio vorstelle. Riesig, funktional, tolle Aussicht und perfekt saubere Gläser.

※

»Wo du nun ewiglich eine der unsren bist«, sagt Io zu mir und reicht mir ein Glas blutroten Wein. So früh trinke ich eigentlich nicht, aber was soll's. »Und dir Dank, mein Edler«, wendet sie sich Tristan zu, doch der hebt abwehrend die Hand.

»Nur du und ich, Io, so wie wir es ausgemacht haben.«

»Nun denn, Krieger, sei mein Schatten.«

183 Dabei sein ist alles

Das meint Tristan also mit ›dabei sein‹. Ich hocke mit einer Dogge in einer futuristischen Vampirbar und warte darauf, dass die Erwachsenen fertig werden – mit dem, was immer sie da treiben. Hinter verschlossenen Türen.

Von mir aus, immerhin ist es eine Bar und der Rotwein ist gut. Nur eines verstehe ich nicht: Angeblich leben die Bluttrinker im Untergrund, im Verborgenen. Und nun ist die oberste Etage eines Hotels ihr Hauptquartier? Dezent ist anders.

Zudem diese Io, die irgendwas zwischen Victoria Beckham und Mrs. Addams gibt und deren Versponnenheit ich ihr so wenig abnehme wie die verkünstelte Sprache. Das soll die sichere Quelle sein, der Tristan Glauben schenkt?

※

Türknall. Ich zucke zusammen, Godot hebt den Kopf. Es ist Korben, der hereineilt. Er sieht mich und den Hund an, als wären wir Inventar. »Io«, sagt er.

»Was Io?«, frage ich.

»Wo ist Io?«, sagt Korben sehr langsam und betont.

»Ich weiß es nicht«, gebe ich in der gleichen Betonung zurück. Korben sieht auf mich herab und mir fällt ein, dass er mich ja fressen könnte. Hier und jetzt. Mitten im Hauptquartier. Deswegen sage ich schnell noch: »Sie ist mit Tristan weg. Besprechung. Unter vier Augen.«

»Verdammt.« Korben setzt sich neben mich auf einen Hocker. Offenbar darf auch er nicht so ohne weiteres mit den Großen spielen.

»Ich gebe dir von meinem Wein ab, wenn du magst«, sage ich.

Korben reibt sich die Schläfen. »Evan ist tot«, sagt er und ich schnappe nach Luft.

»Wie? Wann? Mord? Wieder ein Pfahl?«

»Verkehrsunfall.«

»Verkehrsunfall?«

»Ja. Menschen sind so furchtbar instabil.«

Für einen Moment muss ich mich sammeln. Evan war mir nicht gerade sympathisch, aber …

»Das tut mir leid, Korben, wirklich. Evan war ein Mensch, aber er gehörte mit zur … zum … zu euch.«

»Hm? Zu uns? Er war nützlich, das war er.« Korben nimmt mir den Wein weg und trinkt. »Verdammt nützlich.«

»?«

»Haben die beiden gesagt, wie lange sie brauchen?«

»Kein Wort.«

»Na großartig.«

184 Dunkle Seiten

»Ist nett hier«, sage ich, um irgendwas zu sagen.

»Wo?«

»Na hier, in eurem Hauptquartier.«

»Das ist doch nicht unser – wie nennst du das? – Hauptquartier. Ich bitte dich.«

»Was ist es dann?«

»Die oberste Etage eines Hotels. Gemietet für eine Familie aus Saudi-Arabien. Kommt vor. Wir nutzen sie nur vorübergehend.«

»Wer ist Io?«

»Io ist Io.«

»Ach so, na dann.«

»Lustigerweise ist sie eine Ex von Tristan.« Korben nimmt noch einen Schluck von meinem Wein.

»Äh? Ich dachte, Liebe zwischen den verschiedenen Vampiren sei ein Unding?«

»Och, du glaubst doch nicht etwa, dein süßer Tristan war immer auf der Seite des Lichts.« Korben lacht, ganz so, wie man es von einem bösen Vampir erwartet. Ich dagegen sehe Piet vor mir, der sagt: ›Traue niemandem‹.

»Ach na ja, ich bin zwar keine tausend Jahre alt, aber bringe es trotzdem auf einiges an Licht und Schatten«, sage ich reichlich lahm. Korben aber stellt den Wein weg.

»Menschlein, du hast keine Ahnung …«

»Wovon?«

»Was Dunkelheit meint.«

»Na klar. Vampire, die Herrscher der Nacht, buhu. Als hättet ihr die Grausamkeit gepachtet. Schau doch mal Nachrichten, da unten in deiner kleinen Gruft. Versteckst dich vor der Welt, bist auf einer strikten Eiweißdiät à la Topmodel und willst mir was erzählen von …« Korben steht auf, steht plötzlich über mich gebeugt. »Du willst es sehen, Menschlein? Du willst wissen, was wahre Macht ist?«

Godot gibt ein trockenes Bellen von sich. Ich sehe runter und erkenne den Hund nicht wieder. Die Lefzen hochgezogen, die Zähne gefletscht, seine ganze Haltung drückt Angriff aus. Ich springe auf, will Godot greifen und höre Io schreien: »Halte ein, Narr!«

Tristan rennt, springt zwischen mich und Korben, stößt mich unsanft zur Seite, weg von Korben – und ich falle und lande neben dem Hocker. Auf dem Hintern.

»Meins«, sagt Tristan und Korben hebt in einer Geste zwischen Arroganz und Einsicht den Kopf. Io weht herbei, sammelt mich auf, sorgenvoll und beinahe mütterlich. Godot bleibt angespannt.

»Kind! Keine Wunden, nein, nicht außen. Sieh mich an, mir in die Augen. Hörst du mich, kannst du mir folgen?«

»Es war doch gar nichts«, murmle ich und Tristan schaut mich an, als würde er erwarten, dass jeden Moment Blut aus mir herausläuft.

»Klar der Blick, heil die Seele. Tristan, sei mir unbesorgt. Ich verspreche, nein, ich schwöre – und du, Korben. Du! Hinaus.«

☿

Korben verbeugt sich und verschwindet. Die Hierarchie zwischen ihm und Io scheint geklärt zu sein. Mit kühler Hand streicht mir Io über die Wange. Wahrscheinlich meint sie das tröstend, mir ist das aber unheimlicher als Korbens Drohungen.

»Was wollte Korben überhaupt hier?«, fragt Tristan mit einer Kälte in der Stimme, die mir neu ist.

»Evan ist tot«, sage ich und sehe Erschrecken in beiden Gesichtern. »Nein nein, nicht, was ihr denkt. Ein Verkehrsunfall.«

185 Kindergartenfest

»Ich komme jedenfalls mit«, sagt Tristan.

Lu, Piet und ich sehen ihn skeptisch an.

»Was habt ihr denn? Wo ist das Problem?«

»Tristan«, beginne ich, »du bist nicht gerade der Typ, den man …«

»Üblicherweise«, ergänzt Lu.

»… auf Kindergartenfesten trifft.«

»Ich bitte euch! Wie sind denn die Typen auf Kindergartenfesten?«

»Na, jedenfalls kleiden sie sich nicht wie die Shadowrunner«, beginne ich.

»Und sie sehen auch nicht so unverschämt gut aus«, beendet Lu.

»Bitte sehr, meine Damen. Piet? Was sagst du?«

»Hm.«

»Hm?«

»So kannst du jedenfalls nicht mitkommen.«

»Wieso denn nur?«

»Ich habe noch Jeans und Pullover von Till«, sagt Lu. »Wäre das in Ordnung für dich, Piet? Wenn ich Tristan Papas Sachen leihe?«

»Klar.«

※

Und so steht Tristan am Nachmittag in Jeans und grüngemustertem Pullover mitten unter Müttern, verteilt Kuchen, spielt Fußball und hält ein Schwätzchen mit den Vätern.

»Ich mag Tristan«, sagt Piet.

»Ich auch«, sage ich. »Aber er hat bestimmt eine dunkle Seite.«

»Hörst du denn nie zu, wenn ich dir was sage?«

186 Lügner

Ahasver holt mich in einer Corvette Stingray ab. Die Nachbarn gucken.

Lu sagt (für ihre Verhältnisse bedenklich mütterlich): »Du siehst toll aus, hab einen wunderbaren Abend.«

Piet hält den Daumen hoch.

»Kann ich Ahasver trauen?«, frage ich ihn.

»Nö.« Piet lacht.

»Weil er zu gern Geschichten erzählt?«

»Ja.«

»Wenn ich euch so zuhöre«, sagt Lu, »habe ich immer das Gefühl, ihr nehmt mich auf den Arm.«

»Ach Lu, es ist nur, Ahasver ist so alt, dass ihn die Wahrheit langweilt. Deswegen stimmt nichts von dem, was er sagt, aber irgendwie immer doch ein bisschen.«

Piet nickt.

Lu verdreht die Augen. »Ich sollte dich wohl doch nicht vor die Tür lassen. Aber von mir aus, hab Spaß.«

187 Gentleman der alten Schule

Das kleine, einfache Restaurant am Fluss ist perfekt. Ebenso die ersten beiden Gänge (Thunfischcarpaccio und Pasta), der Wein und mein Begleiter. In Ahasvers alterslosem Gesicht blitzt Kleinjungencharme auf, wenn er von den Straßen Roms erzählt. Zu Cäsars Zeiten, versteht sich.

»Du erinnerst dich an das alles?«

»Wer weiß?«

»?«

»Erinnerungen, Träume, Gelesenes, Erdachtes – wer kann das trennen.«

»Hm.«

»Nicht ›Hm‹. Denke an dich, als du zehn warst? Wer warst du damals und wer bist du heute. Ihr könntet zwei Menschen sein. Kannst du sicher benennen, was eine Erinnerung ist und was du von jemandem übernommen hast?«

Ich drehe mein Weinglas. Er hat recht.

»Veränderung. Gestern ist vergangen, du vergehst zugleich. Nur heute bist du du und morgen schon wirst du ein andrer sein. Und irgendwann …«

»?«

»… bleibt ein jeder stehen.«

»Jeder?«

»Jeder. Irgendwann.«

»Vampire oder Menschen?«

»Beide.«

»Und du?«

»Ich ebenso. Wenn auch nicht heute und nicht morgen.«

»Und was passiert, wenn man stehenbleibt?«

»Tja. Den Menschen macht das nicht viel, sie sterben so und so weg wie nichts. Aber die Vampire. Tja.«

»Die sitzen dann in Klöstern?«

»Oh, nein. Also schon, für eine Weile. Aber dann, dann sterben sie.«

»Wie?«

»Durch eigene Hand und eigene Entscheidung.«

»Selbstmord?«

»Ja. Selbstmord.«

»Und?«

»Nun, manche werden zu Untoten.«

»?«

»Bluttrinkern.«

Bevor ich noch etwas fragen kann, geht die Tür auf. Korben, begleitet von einer blonden Schönheit, tritt ein. Und kurz dahinter: Tristan und Natalia.

»Sag mal, Ahasver? Ist das hier die Vampirstammkneipe?«

»Oh nein, nein. Ich habe nur dem Chemiker gegenüber kurz fallengelassen, dass wir hierher gehen.« Ahasver sieht sehr zufrieden aus.

188 Wessis

Man muss sich das Folgende ungefähr so vorstellen:

»Korben! Tristan!«

»Ahasver?«

»Ahasver.«

»Tristan.«

»Korben.«

»Meine Damen.«

»Ahasver?«

»Tristan?«

»Ahasver! Was tust du mir ihr?« Den letzten Satz kann ich eindeutig Korben zuordnen.

»Zu Abend essen«, sagt Ahasver. »Wenn ihr uns dann entschuldigt, wir waren gerade mitten in einem sehr anregenden Gespräch.«

Tristan lächelt und legt einen Arm um Natalia. »Ahasver, wir sehen uns so selten. Lass uns doch einen Tisch zu viert nehmen.«

»Zu sechst«, sagt Korben.

»Aber nicht doch, eure reizenden Begleiterinnen werden enttäuscht sein, wenn sie den Abend mit einem alten Zausel wie mir verbringen sollen.«

Die reizende Begleitung von Korben kichert.

Tristan wendet sich an die Bedienung, fragt nach einem Tisch für vier, was Korben die Zornesröte in die schönen Wangen treibt.

»Gibt es Probleme?«, fragt die Kellnerin.

»Kommt drauf an«, sagt Korben.

»Einen Tisch für sechs.« Ich lächle der Kellnerin so freundlich wie nur möglich zu.

»Welchen möchten Sie denn? Vielleicht lieber einen in einer etwas ruhigeren Ecke?«, fragt sie, ein wenig skeptisch.

»Oh ja, das wäre nett.« Ich folge ihr.

»Sind wohl alles Wessis, was?«, flüstert sie mir zu und ich sage: »So ähnlich.«

189 Aufbruch

Da sitzen wir nun. Ein wandernder Jude, ein dunkler Vampir, ein geheimnisvoller Held, zwei überirdische Schönheiten und ich. Der Troll.

Ahasver sieht glücklich aus. Er bestellt Wein und Fisch, Pasta und Nachtisch, so dass die arme Bedienung uns nun endgültig für übergeschnappt hält. Er plaudert, über Politik und Umweltschutz, als wäre all das hier in irgendeiner Form normal. Korben hüllt sich in Schweigen, seine Begleitung schaut ein wenig überfordert.

Tristan beugt sich zu mir. »Du siehst toll aus«, sagt er. Ich fange einen Blick von Natalia auf, der nichts Gutes verheißt, und rücke ein Stück näher an Ahasver. »Scheint, als sei unsre süße Natalia abgesägt worden«, raunt der mir zu.

Prompt werde ich rot, verstecke mich hinter einem vorgetäuschten Hustenanfall und verschwinde mehr oder weniger unauffällig.

光

Vielleicht sollte ich durch das Klofenster abhauen. Oder Lu anrufen, aber dann macht sie sich nur Sorgen.

»Du bist schmal geworden.«

Natalia. Das ist, was mir fehlt. Vampirexfreundinnen, die mir aufs Klo folgen.

»Ähm?«

»Das war ein Kompliment.«

Stimmt. Die ultimative Anerkennung: die Gewichtsverlustbescheinigung. Aber sie hat recht, ich habe in den letzten Tagen deutlich an Gewicht verloren. Wahrscheinlich die Anspannung.

»Mach nicht den Fehler, zu glauben, du seist für Tristan mehr als ein Spielzeug. Was immer er an dir findet, er wird deiner schnell überdrüssig werden.«

Spricht's und verschwindet. Meine Fresse, denke ich, nur Irre.

Als ich zurückkomme, brechen Tristan und Korben gerade auf. Tristan zieht mich kurz zu sich. »Pass auf dich auf. Ich bin bald zurück.« Natalias schöne Stirn liegt in Falten.

»Was ist denn nun wieder?«, frage ich.

Ahasver, der am Tisch sitzt, als wäre nichts, nimmt sich vom Tiramisu. »Sie haben die Mörder.«

»Was? Wo?«

»Festnahme in Russland«, sagt Ahasver und probiert den Dessertwein. »Zwei Auftragskiller aus der Drogenszene. Sie haben gestanden.«

»Was?!«

»Dumm nur, dass sie auch den Mord an Eugenia gestanden haben.«

»Wie? Wieso?«

»Nun, von diesem Mord wusste schließlich niemand.«

»...«

»Jetzt muss Tristan die Sache mit dem falschen Totenschein irgendwie hinbiegen. Der Arme, er wird zu tun haben. Wollen wir nicht weiteressen?«

»Weiter? Essen?«

»Nicht?«

190 Schokolade

Lu und ich lümmeln auf dem Balkon. Es riecht nach richtigem Sommer. Einer von Tristans Kartons stand am Morgen vor der Tür, darin Schokolade über Schokolade.

»Hm?«, macht Lu. »Lecker. Aber wieso Schokolade?«

»Keine Ahnung«, sage ich und nehme mir ein Stück mit Cranberrys und Meersalz.

»Ich kann es nicht glauben«, sagt Lu. »Auftragskiller der Drogenmafia?«

»Jep.«

»Ich fasse es nicht.«

»Ich auch nicht.«

Wir kauen schweigend, hängen unseren Gedanken nach.

»Ja und meinst du, man erfährt irgendwann die ganze Geschichte?«

»Da habe ich so meine Zweifel«, sage ich.

Der Himmel ist klar, man kann die Milchstraße erahnen.

光

»Aber wer hat dann eigentlich das Tagebuch deponiert?«, fragt Lu.

»Olena, nehme ich an.«

»Olena?«

»Na, wer denn sonst? Sie hat ja als Assistentin Eugenias ganzen Kram übernommen. Da wird das Tagebuch dabei gewesen sein.«

»Jau«, sagt Lu und betrachtet skeptisch eine Tafel Schokolade mit Rosmarin, »aber: wieso das Blechstückchen mit dem Namenscode, das sie Piet gegeben hat. Wieso das mittelmäßige Versteck im Schreibtisch? Wozu das alles?«

»Hmmm ... Rosmarin soll gut sein. In Schokolade. Und, na ja, Eugenia war tot. Ermordet, wie man nur einen Vampir umlegt. Klar?«

»Klar?«

»Olena wusste von der Beziehung zu Korben. Und hatte selbst Dubioses in der Drogenszene von Moskau laufen.«

»Jawohl, Frau Kriminalkommissar, ich höre.«

»Ich denke, sie ahnte, dass auch sie in Gefahr war – entweder, weil sie von Korben wusste, oder ...«

»... oder die Drogengeschäfte.«

»Jep.«

»Also stellt sie sicher, dass du zumindest von Korben Wind bekommst.«

»Gib mir mal die mit Rosmarin.«

»Du bist ja mutig.«

»Hey, ich leg mich Bluttrinkern an. Da wird mich Kräuterschoki nicht umhauen.«

光

»Warum du?«, fragt Lu und beobachtet mich beim Essen.

»Na ja, irgendwie war ich ja die Einzige, die nicht wirklich dazugehört. Zu irgendeiner Seite. Wäh. Also die ist echt eklig.«

»Klingt logisch.«

»Das mit dem eklig?«

»Das auch. Ich bleibe bei Vollmilch. Aber sag mal – ziemlich komplizierte Aktion, oder? Du hättest das Tagebuch auch nicht finden können.«

»Tja.«

»Und dass sie Piet einfach! Und Piet auch noch mitspielt.«

»Irgendwas ist an deinem Kind seltsam.«

»Wem sagst du das.«

191 Lost in Mutation

Am nächsten Morgen mache ich mich auf den Weg in die Labore. Von Tristan und Korben keine Spur. Der Chemiker sieht müde aus und wirft mich, als ich ihn auf die Mutationstheorie ansprechen will und darauf, wie er sich die Manipulationsfähigkeiten erklärt, regelrecht aus dem Labor.

Also stromere ich herum, schaue bei Ahasvers Destille vorbei. Aber nichts, keiner da.

»Du solltest was essen«, sagt der Chemiker plötzlich. »Du bist dünn geworden.«

»Nun fang du auch noch an.«

»Wie?«

»Ach, nichts.«

»Ich wollte mich entschuldigen, für mein mürrisches Benehmen. Ich freue mich, wenn du vorbeischaust. Aber im Moment sind so viele Dinge …«

»… über die du nicht sprechen darfst.«

»Über die ich nicht sprechen darf.« Er lächelt. »Alles wird gut. Geh was essen, ja? Und nimm bitte Dominik mit, der macht mich nervös.«

»Mach ich.«

»Danke.«

»Ach, ehe ich es vergesse«, sage ich. »Chemiker? Wärst du mir böse, wenn wir uns trennen?«

Für einen Moment weiß er nicht, wovon ich spreche. Dann lacht er. »Du willst mich verlassen? Einfach so? Wie herzlos.«

Ich grinse.

»Falls du je wieder einen fiktiven Freund brauchst: ich stehe zur Verfügung.«

»Gut zu wissen.«

192 Der schmale Riese

Beinahe hätte ich Dominik nicht erkannt. Seine Körpermasse hat sich halbiert. Er sitzt vor einem Computer, im Dunkel des Rechnerpools, ohne die üblichen Berge an Fast Food um sich herum.

»Dominik?«

Er dreht sich herum. »Du bist dünn geworden.«

»Ich? Ich bin dünn geworden?«

»Bei mir ist das normal. Ich bin ein Vampir, da sollte man das Essen nicht vergessen.«

»Du vergisst zu essen?«

»Mir ist wohl was auf den Magen geschlagen.«

».«

Dominik wendet sich wieder dem Monitor zu.

»Was tust du?«, frage ich.

»Recherche, für Tristan.«

»Wie ist die Lage?«

»Chaotisch und angespannt. Die russische Polizei ist zum Glück bestechlich.«

»Puh. Ich wollte dich eigentlich fragen, ob du mitkommst. Auf einen Döner. Oder fünf.«

»Nein. Ich muss hier fertig werden.«

»Ich kann uns auch was holen.«

»Das ist nett von dir, aber ich habe keinen Hunger.«

光

»Dominik? Was ist passiert bei den Bluttrinkern?«

»Nichts. Schön war's, Treffen mit alten Freunden. Und nun steck deine Nase in die Angelegenheiten von jemand anderem, ja?«

Ich verkneife mir eine Antwort und verschwinde. Stöbere noch ein wenig herum, aber der Ort, der mir beinahe zweites Zuhause war, fühlt sich fremd an.

193 Mama

Ich rufe meine Mutter an – niemand da. Spreche auf den Anrufbeantworter: ich wolle vorbeikommen, meinen Wein abholen und wie es mit Walter denn so gehe? Dann rufe ich meinen Vater an, der in Deutschland sein müsste, aber auch er ist nicht erreichbar. Ich hinterlasse ein heiteres Hallo. Bleibt noch, Lu anzurufen, aber die hat keine Zeit für Plausch. Der Laden brummt.

»Wenn du Lust hast, die Abrechnung zu machen, kannst du gern vorbeikommen.«

»Öhm.«

»Habe ich mir gedacht. Bis heute Abend!«

Eigentlich, überlege ich, könnte ich endlich mal wieder kochen. Pizza für Piet, Salat für Lu und einen Berg Mascarponecreme für mich.

194 Lichtkind

Beladen wie ein Esel stemme ich die Wohnungstür auf. Das Einkaufen habe ich wirklich vermisst. Lu wird ausrasten, wenn sie die Gummibärchenmassen sieht.

Ich wuchte mich samt Beuteln durch die Küchentür und bekomme beinahe einen Herzinfarkt. Da sitzt jemand. Ach was, jemand. Da sitzt die Königin der Nacht, raucht eine Zigarette (mit Spitze), trinkt aus meiner Froschtasse und sieht mich hoheitsvoll an.

»Io!«

»Komm, tritt ein hier, Kriegerin.«

»Hä? Jedenfalls danke für die Erlaubnis, ist ja nicht so, als wäre das hier meine Wohnung.« Lu hat einst behauptet, dass, wenn ich wirklich Schiss habe, ich in eine Art Kamikaze-Zeter-Modus verfalle und einfach so lange Terz mache, bis die Gefahr vorbei ist.

Io lehnt sich zurück. »Lichtkind, helles, lass dir zeigen: du verkennst mich – und mein Ziel.«

»Kannst du auch gerade Sätze?«

»Was dir gerade, will mir schief, was dir krumm, ist meine Linie.«

»Offensichtlich.«

»Lichtkind, hör und folge fraglos. Komm. Ins Dunkel.«

»Hä?«

»So du folgst mir, wird mein Zauber, wird mein Wissen Pfad dir sein.«

»Das klingt nach Voodoo-Buddhismus.«

»Lichtkind, selbst du solltest wissen, wo der Scherze Grenze liegt.«

Ich schlucke.

»Lass dich locken.«

»???«

»Auf ein Glas Wein, oder zwei?«

»?«

»Wag es, Lichtkind.«

»Nö.«

»Nun, dann sei es!«

195 Im Keller

Ich erwache. In einem Keller. Ich kann mich nicht erinnern, eingeschlafen zu sein. Tauche einfach aus schwarzem Nichts auf und bin – allen Ernstes – an eine Wand gekettet. Liege auf feuchtkaltem Boden. Meine Hand- und Fußgelenke stecken in Eisen, die aussehen, als wären sie aus dem Heimatkundemuseum entwendet worden, und ich kann mich vielleicht einen Meter von der Wand wegbewegen.

Mein erster Impuls ist, den Traum abzuschütteln und mir einen Kaffee zu kochen. Mein zweiter ist Panik. Und der dritte: Verdammt nochmal! Ihr bescheuerten …

Weiter komme ich nicht, weil mir wirklich angst wird.

☿

Ein seltsamer Kauz betritt durch eine Edgar-Wallace-Verliestür den Keller. Rüttelt an den Ketten, und ich denke ›Igor‹, aber das kann eigentlich nicht sein. Nichts von dem hier kann sein.

Ich starre ihn an, er rüttelt noch einmal, sieht dabei förmlich durch mich hindurch, dann verschwindet er. Ich wünsche mir, dass ich träume.

☿

Eine Ewigkeit später erscheint Io. Kommt hereingeschwebt, sieht mich jämmerliches Wesen, wie ich da auf dem Boden hocke. Der, den ich Igor nenne, folgt ihr.

Io kommt mir diesmal wesentlich pragmatischer vor – was aber auch daran liegen kann, dass der Rest der Situation völlig irreal ist.

»Schließ dich uns an«, sagt sie.

196 Im Keller II

»Schließ dich uns an«, sagt Io.

»Wer ist denn bitte uns? Igor und du?«

»Igor?«

»Der Diener Draculas, der sich von Insekten ernährt und deinem Faktotum da recht ähnlich sieht. Was seid ihr eigentlich für Vampire, wenn man euch so was erklären muss.«

»Schließ dich uns an.«

»Io. Du bist irgendwie auf dem falschen Trip. Ich kann mich euch gar nicht anschließen – ich bin kein Vampir.«

In Ios Augen liegt ein Flackern.

»Wir haben nicht nur Vampire in unseren Kreisen.«

»Wo ist deine geschraubte Sprache hin?«

Igor rasselt im Hintergrund mit den Ketten. Es ist so bekloppt, und wenn mir nicht so elend kalt wäre, wenn dieser Keller nicht ganz so dunkel wäre und die Augen Ios nicht in den Höhlen glühen würden, ich würde glauben, das wäre ein ziemlich gut vorbereiteter Scherz.

»Schließ dich uns an.« Io sagt das diesmal sanft. Fast tröstlich.

»Als was denn? Als Evan-Ersatz, oder wie? Ich dachte, die Trottel stehen bei euch Schlange, um Hilfsvampir zu werden?«

»Wir haben einen gewissen Anspruch.«

»Ach leck mich.«

»Lichtkind ...«

»Was soll dieser Käse eigentlich? Lichtkind? Was bin ich, ein Glühwürmchen? Welchen Grund hast du, hier einen auf Mittelalter zu machen? Also mal abgesehen davon, dass ihr alle komplett einen an der Waffel habt!« Jetzt fange ich an zu heulen. Weil mir kalt ist und weil das nicht sein kann, mir tun alle Glieder weh. Ich will hier weg. Ich weine, aber ich rede weiter, als ob mir das irgendwas helfen würde.

»So was Bescheuertes. Wenn ihr wollt, dass sich jemand euch anschließt, dann ist das doch eine saublöde Idee, den in einen Keller zu sperren. Ihr sozialbehinderten Blutsauger!«

»Das ist nur zu deiner Sicherheit. Wirklich.«

»!«

☼

Die Kerkertür öffnet sich und Korben tritt ein.

»Sagte ich nicht, dein Platz sei draußen?« Ios Worte fallen wie Eiswürfel.

»Ich habe ein Recht hier zu sein. Eugenia hat sie gefunden.«

»Eugenia.« Io spuckt den Namen regelrecht aus. Offenbar gibt es noch Klärungsbedarf, was die unerlaubte Liebschaft angeht. Mich interessiert im Moment aber eher, was das heißen soll: ›gefunden‹.

»Sie gehört mir«, sagt Korben. »Eugenias Erbe.«

»Verräter, denkst du, du seist würdig!«

»Würdig? Es gibt weit mehr, als in deinen Augen würdig zu sein. Überlasse sie mir, meine Macht reicht weit genug.«

»Lug und Trug, Korben. Uninteressant. Nein, allein der freie Wille knüpft taugliche Bindungen. Und nun geh, geh dahin, wo dein Platz ist.«

Ich will einen Einwurf über die Diskrepanz von Ketten und freiem Willen machen – Korben geht einen Schritt auf Io zu, Igor zischt warnend, doch Tristan, der aus dem Nichts auftaucht, ist schneller. Er packt das Faktotum und hält es wie einen Schild vor sich.

»Io. Korben«, sagt Tristan. »Wie immer ist es eine Freude, euch zu sehen. Ihr habt sicher nichts dagegen, wenn ich mit mir nehme, was mir gehört.«

Korben hebt die Hände. »Ich habe damit nichts zu tun, Tristan, glaub mir, ich wollte deine Kleine hier herausholen.«

Ios Augen stehen in Flammen. »Wie hast du uns gefunden, Tristan?«

»Wer sagt, dass ich es war, der euch gefunden hat?«

197 Macht

Ich sehe Io erstarren, sehe Korbens Erstaunen und Tristan, der noch immer Igor in seiner Gewalt hat, sehe seinen wachsamen Blick. Keiner beachtet mich – alle sehen zur Tür, alle sehen zu … Piet.

Piet in seinem Monster-Sweatshirt, das ich ihm geschenkt habe.

Io hat Angst. Ich kann es deutlich sehen und frage mich, vor wem und warum und weshalb der Kleine hier ist und dann sehe ich in Piets Gesicht.

198 Cola

Ich erwache auf Tristans Couch. Es ist wieder dieses Auftauchen aus dem Schwarz. Mein Körper ist fest in eine kuschelige Decke eingeschlagen, unter meinem Kopf ist ein weiches Kissen. Zu meinen Füßen sitzt Piet.

»Hast du Durst?«, fragt er.

Ich weiß nicht, was ich dazu sagen soll.

»Ich habe Cola«, sagt Piet. »Du magst doch Cola.«

»Ähm«, mache ich. »Weiß deine Mutter, dass du hier bist?«

»Nicht so ganz.«

Aus der Küche dringen Stimmen.

»Korben und Tristan streiten«, sagt Piet.

»Aha.«

»Geht es dir gut?«, fragt mich Piet und ich sage: »Nicht wirklich.«

Mühsam setze ich mich auf.

»Magst du Cola?«

»...«

Er zupft an seinem Monster-Sweatshirt herum und sieht ein bisschen verloren aus. Wie beinahe Sechsjährige aussehen, wenn sie sich Sorgen um die Großen machen.

»Piet?«

»Hm?«

»Du hast mich gerettet, oder?«

»Ach, Tristan und Korben hätten das auch alleine geschafft, war nur schneller so.«

»Io hatte Angst vor dir.«

»Io mag halt keine Kinder.«

»Piet!«

Er grinst.

199 Wunderkind II

Ich wanke mehr, als ich laufe, Richtung Küche. Korben sitzt betont lässig am Tisch, Tristan geht auf und ab.

»Ich erledige das. Meine Frau, meine Rechnung«, sagt Korben.

»Du wirst nicht unser aller Existenz gefährden, nur weil du den einsamen Rächer geben musst. Und du solltest dich hinlegen.« Der letzte Satz gilt mir.

»Ja«, sagt Korben, »ruh dich aus.« Bleierne Müdigkeit übermannt mich.

»Lass den Quatsch«, sagt Tristan und ich bin schlagartig wieder munter.

»Korben«, sage ich, so freundlich wie möglich, »wenn du noch einmal einen auf Emotelepath machst, dann jag ich dir Piet auf den Hals.«

»Was war das? Io? Der Kerker? Diese Mittelalter-Bondage-Nummer? Was wollen die von mir?«

»Wissen wir noch nicht, ich bin dran«, sagt Tristan.

Ich verdrehe die Augen.

Korben hebt die Hände. »Ich kann jedenfalls nicht helfen. Du weißt, ich stehe bei Io nicht mehr auf der Vertrautenliste. Und das wird sich nicht bessern, wenn ich weiterhin mit dem süßen Tristan und seinem Menschlein herumhänge.«

»Ah ja. Hm. Tristan? Verrate mir wenigstens: Woher wusstest du, wo ich war?«

»Piet«, sagt Tristan.

»Piet.«

»Piet wurde auf dem Heimweg vom Buchladen unruhig und bestand darauf, dass Lu mich anruft. Er sprach nicht viel, sagte nur, ich sollte kommen, bewaffnet, und ihn holen. Du seist bei Io.«

»Und du bist dann …?«

»Losgefahren und habe Piet geholt. Er hat mir den Weg gewiesen und … den Rest kennst du.«

»Den Rest – den Rest kenne ich?! Wie seid ihr da nach unten gekommen? Ist die Festung der Bluttrinker nicht bewacht, oder wie?«

»Oh doch«, sagt Korben, »unsere Festung ist uneinnehmbar.«

»Aber wie?«

»Piet.«

Jetzt gehe ich auf und ab.

»Was hat Piet gemacht?«

»Er musste nicht viel machen.«

»Aha. Also, das Wunderkind kam und schwupp – Bahn frei.«

»Das trifft es recht gut.«

»Schön.« Ich tue zwar ungläubig, aber um ehrlich zu sein, bin ich mir sicher, dass es ganz genau so war. »Und warum nennt mich Io Lichtkind?«

»Weil du etwas Besonderes bist«, sagt Korben. »Eugenia hat dir nicht umsonst vertraut.«

»Muss ich das verstehen?«

»Du wirst es verstehen«, sagt Piet, der wie immer im richtigen Moment auftaucht.

»Na toll. Werde ich das? Wann?«

»Keine Ahnung«, sagt Piet.

200 Noch mehr Fragen

»Was ist jetzt mit Io?«

»Nichts, sie wird dich in Ruhe lassen. Waffenstillstand«, sagt Korben.

»Na, das ist ja mal beruhigend.« Ich gähne. »Und was für eine Rechnung?« Ich gähne nochmal.

»Wir haben kleinere Differenzen bezüglich der Mörder meiner Frau«, sagt Korben. »Du siehst müde aus, du Menschlein.«

»Ich bin auch müde«, sage ich und kippe beinahe um. Tristan legt eine Decke um mich, nimmt mich hoch, als wäre ich ein Stofftier, und trägt mich zur Couch.

»Ey«, murmle ich, »ihr manipuliert mich doch gerade mal wieder, damit ihr mir nichts erzählen müsst.«

»Vielleicht ein bisschen«, sagt Tristan. »Aber du musst dich ausruhen. Ich bitte Lu hierherzukommen. Und bis dahin passt Piet auf dich auf.«

»Tristan?«

»Schlaf jetzt.«

»Hrm, ich gehöre niemandem, weißt du …«

»Ja. Das weiß ich.«

Ich sehe sein Lächeln und dann nichts mehr.

201 Pfannkuchen

Godot weckt mich, indem er mir die nasse Hundenase direkt ins Gesicht rammt. Trotzdem dauert es ein paar Augenblicke, bis ich ganz da bin.

»Bleib liegen«, sagt Lu. »Piet und ich machen dir Pfannkuchen.«

»Ich mag keine Pfannkuchen.«

»Tja, aber mehr gibt die Single-Vampir-Küche nicht her.«

Ich rolle mich in meine Decke. Mir ist übel, mein Kopf brummt und ich frage mich, wo Tristan jetzt ist und wie er Korben davon abhalten will, Eugenias Mörder in kleine Häppchen zu zerlegen.

Lu bringt mir Tee. Sie schaut besorgt, wahrscheinlich sehe ich genauso aus, wie ich mich fühle.

»Wegen Piet«, beginne ich, aber Lu schüttelt den Kopf.

»Alles zu seiner Zeit. Ahasver hat gesagt, ich soll dich füttern und zwingen, den Mund zu halten.«

202 Massenveranstaltung

Es ist morgens um acht. Wir treffen uns auf neutralem Boden, irgendeines dieser modernen Hotels, in irgendeinem Tagungssaal. Alle sind da.

Io und Korben, Igor, Lu und Piet. Tristan, Dominik, der Chemiker, ein ernster Ahasver (und das macht mir nun wiederum wirklich Sorgen) und nicht zuletzt der seltsam unauffällige Chef der Familienvampire.

Wir sitzen an diesem riesigen Verhandlungstisch, der Familienchefvampir steht vorn am Flipchart, mit der Fernbedienung für den Beamer und einem Laserpointer. Ahasver wirkt immer noch ernst. Io schielt zu Piet, Piet spielt mit einem Playmobilpferd. Lu hält meine Hand, Tristan sieht aus, als hätte er einen Pfahl unter dem Mantel. Hat er wahrscheinlich auch. Dominik ist noch dünner geworden und mein Chemiker lächelt mir zu.

»Mag jemand Kaffee?«, frage ich und alle, wirklich alle sehen mich an, als sei ich hier die ungewöhnliche Person. Also stehe ich auf, hole Tassen, Milch, Zucker, Löffel, und setze Kaffee auf.

Und als ich Io frage, ob sie Zucker will, habe ich das Gefühl wieder, etwas wäre unter Kontrolle. Und dann klingelt mein Telefon.

203 Party

Mein Telefon klingelt.

Ich mache den Vampiren und meinen Freunden ein Zeichen, dass ich gleich wieder da bin. Keine Ahnung, wieso, aber es ist ein Anruf aus Frankfurt und etwas sagt mir, ich sollte drangehen.

»Hey!«, sage ich.

»Hey!«, sagt er, »ich will dich nicht, nicht … stören. Es ist nur. Ich bin jetzt Vater und da sieht man die Welt mit anderen Augen.« Während er redet, fällt mir mit schlechtem Gewissen ein, dass ich ihm nie zur Geburt vom Knautschkopp gratuliert habe. »Weißt du, ich habe jetzt erst begriffen, wie sehr dich das getroffen haben muss.«

»Was?«, frage ich und spüre, wie endlos lange unser gemeinsames Leben her ist. Eine Ewigkeit.

»Ich und Mimi, unsere Beziehung und die Hochzeit und das Kind.«

»Äh?«

»Ja?«

»Hat es nicht. Wirklich nicht, es hat mich nicht so getroffen, wie du glaubst. Eigentlich freue mich wahnsinnig für euch.«

»Aber du hast dich nie gemeldet.«

»Es ist mir einfach zu viel dazwischengekommen, es war keine böse Absicht.«

»Was ist dir denn dazwischengekommen?«

»Würdest du mir nicht glauben. Aber weißt du was? Wenn ihr mal hier seid, dann schmeiß ich euch 'ne Babyparty.«

»Echt?«

»Klar. Ey, ich konnte dich immer gut leiden.«

»Ich dich auch … und, also ich will dich nicht überfallen, aber wir sind Samstag in der Nähe und würden vielleicht schon mal so vorbeischauen.«

»Ach, na dann machen wir Nägel mit Köpfen. Samstag.«

Der Chefvampir kommt raus und sieht nach mir. Ich gestikuliere ein Ich-Komme-Gleich.

»Wirklich? Ist das nicht zu kurzfristig?«

»Nö. Das passt. Samstag – Party mit Baby.«

Lu wird mich umbringen.

204 Meeting

»So, meine Damen, meine Herren«, sagt der Vampirchef und wirkt wie der Manager aus der Sparkassenwerbung. Er schreitet hin und her und hält einen ausführlichen Vortrag. Nein, er rasselt einen ausführlichen Vortrag herunter. Information an Information.

Olena wurde gezielt von der russischen Drogenmafia erledigt – genauer gesagt durch zwei Auftragskiller. Kerle wie Schränke, ehemalige Angehörige des russischen Geheimdienstes. Nahkampferfahrung und noch tausend Dinge, die alle nach James Bond klingen.

Eugenia dagegen war schlicht ein Opfer der Umstände.

Die beiden Frauen wollten im Piemont Plätze tauschen – Olena sollte Eugenia decken, während sie sich ein paar Tage mit Korben traf. Im Gegenzug deckte Eugenia Olenas Geschäfte in der russischen Unterwelt.

Doch Olena verspätete sich aufgrund des Wetters, die Auftragsmörder fanden Eugenia vor – und ob es nun eine Verwechslung war oder ob sie Eugenia als Zeugin aus dem Weg räumen mussten, das würde Tristan demnächst klären.

Rumps. Fertig.

Für einen Moment herrscht Stille. Bevor jemand Fragen stellen kann, fährt der Chefvampir fort: »Die Art der Tötung, den Pfahl und das Abtrennen des Kopfes, führen wir darauf zurück, dass Olena sich als Vampir ausgab, um ihre Machtposition zu stärken. Offenbar tat sie das sehr überzeugend.«

»Na, du hast deinen Laden ja super im Griff«, sagt Korben zu Tristan. »Das kommt davon, wenn man mit Menschen ins Bett geht.«

Tristan sagt nichts, dafür der Vampirchef: »Eugenia war eine von uns. Eine von denen, auf die du herabschaust.«

Und Ahasver streckt sich und fügt hinzu: »Hätte Eugenia nicht alle Karten ausgespielt, um die Beziehung zu dir, mein lieber Korben, geheim zu halten – und damit auch Olena die Möglichkeit gegeben, sich Tristan zu entziehen – dann, ja, wer weiß, ob dann irgendetwas von all dem geschehen wäre.«

»Ein Versagen eures Tristan ist undenkbar, scheint es mir«, haucht Io.

»Nun ja, ich war nicht umsonst im Piemont.« Ahasver sieht Io in die Augen. »Es ist ein eigen Ding mit der Schuld.«

Io zischt abfällig, hält aber seinem Blick nicht stand.

Und dann ist die Veranstaltung beendet, als gäbe es nichts mehr zu fragen, und Lu, ich und Piet, wir gehen nach Hause.

光

»Hatte was von Puppentheater«, sagt Lu.

»Findest du?« Ich stecke mir im Gehen die Haare hoch. Es ist warm. »Eigentlich kommen Holzpuppen wesentlich emotionaler rüber.«

Lu grinst. »Glaubst du die Geschichte vom Drogenmafiaauftragskiller?«

»Ja.«

»Echt?«

»Echt. Es ist alles wahr. Weitestgehend. Frag mich aber nicht, wieso ich mir da sicher bin.«

»Tja, du hellsichtiges Lichtkind, dann ist jetzt alles bestens.«

»Sollte, oder?«

Wir schauen beide zu Piet, aber der ist damit beschäftigt, Feuerkäfer von der Linde zu sammeln.

205 Nüchtern

»Weißt du, was der Hammer ist?«, sage ich zu Lu. Sie räumt die Spülmaschine ein und ich sitze unter Ganesha. Vor mir grüner Tee mit Vanille.

»Nein.«

»Tristan hatte auch so einen USB-Stick mit Tagebuch. Und Dominik ebenfalls, den haben ihm die Bluttrinker abgenommen, und wohl nicht auf die nette.«

»Ah, daher Dominiks Diät.«

»Jep. Hat mir Ahasver erzählt. Olena hatte drei Sticks, jeweils mit den gleichen Daten, und die an unterschiedlichen Stellen deponiert.«

»Olena war ganz schön …«

»Tja, steckst du nicht drin.« Ich schlürfe meinen Tee. »Jedenfalls, sie muss Angst gehabt haben und deswegen hat sie das Dechiffrierblatt Piet gegeben.«

»Piet, mein Wunderkind.«

»Oh ja, man wundert sich.«

»Irgendwie völlig bescheuert«, sagt Lu und klappert mit den Topfdeckeln. »Ich meine, dass ein Tod, ein Mord, so nüchtern sein kann. Man erwartet doch immer, es müsse etwas Großes dahinter stecken. Aber Olena hat sich einfach auf die falschen Typen eingelassen.«

»Da sagst du was. Ich kapier es trotzdem noch nicht.« Ich sehe zu Godot, der auf dem Rücken liegt, die Pfoten in die Luft streckt und schnarcht. »Apropos Dinge, die man nicht kapiert: Wir schmeißen eine Party.«

»Wer?«

»Na, wir. Du und ich – eine Hallo-Baby-Party.«

»Was?!«

»Mein Ex. Ich hab ihm versprochen, ich würde, wenn er mal hier ist …«

»Wann?«

»Samstag.«

»Samstag?«

»Ja.«

»Da kommen aber Walter und deine Mutter.«

»Wieso das denn?«

»Weil ich sie getroffen habe, im Ikea.«

»Ikea? Ikea! Die werden doch nicht … ach, dann feiern sie halt mit.«

»Ich bin pleite«, sagt Lu und schaltet die Spülmaschine ein. »Also von mir kannst du nur altes Popcorn und Ingwertee erwarten.«

»Kein Problem. Tristan hat die ganze Zeit mein Gehalt überwiesen.«

»Ach?«

»Jo. Ich bin mal auf die Idee gekommen, auf mein Konto zu sehen.«

»Und?«

»Lieblingsfreundin – wir schmeißen die Party des Jahres. Und hinterher holen wir uns einen Putzdienst, der alles aufräumt und dann …«

»Ja?«

»Kaufen wir uns ein Auto.«

206 Vor dem Schlafengehen

Es ist spät. Lu hat schon den Pyjama an und putzt die Zähne. Ich sitze auf dem Badewannenrand und sehe ihr zu.

»Lu?«

»Hm?«

»Piet sagt, ich würde alles verstehen, wenn es so weit ist.«

»So was sagt mein Kind?«

»Na ja, nicht wörtlich.«

Lu spuckt Zahnpasta aus.

»Was würdest du tun?«, frage ich.

»An deiner Stelle?«

»Ja.«

»Ausrasten? Verstört sein? Mich zu Tode fürchten? Oder wenigstens irgendwie versuchen, Klarheit in die Sache zu bekommen.«

»Wegen dem Keller?«

Lu putzt das Waschbecken. Gründlich. Dann nimmt sie ein Handtuch und trocknet sich langsam die Hände ab.

»Wegen dem Keller?«, sagt sie. »Um ehrlich zu sein: der Mord an Olena wäre schon ein passender Zeitpunkt gewesen. Nicht? Oder nein, warte, Eugenias Tod, der verschleiert wurde von Leuten, die behaupten, Vampire zu sein. Aber um ganz genau zu sein: ein wildfremder Typ, den deine Mutter zufällig im Schwimmbad trifft, beschafft dir einen lauen Job zu königlichem Gehalt. Das wäre ein wirklich guter Anlass gewesen, sich zu fragen, was hier los ist.«

»Oh.«

Lu setzt sich neben mich auf die Badewanne. »›Oh‹ ist gut.«

»Du hast recht«, sage ich. »Ausrasten. So würde wohl jeder reagieren.«

»Jeder normale Mensch zumindest.«

»Das heißt, du glaubst, ich bin nicht normal?«

»Nein. Das heißt, ich weiß, du bist nicht normal.«

»Seit wann?«

»Schon immer«, sagt Lu. »Warum, glaubst du, habe ich mich im Kindergarten mit dir angefreundet?«

207 Babyblues

Es sind alle da und spätestens seit Linchen meinen Ex geküsst und sein Baby an ihren passablen Vorbau gedrückt hat, ist die Stimmung nicht mehr zu toppen. Mimi feiert ausgelassen, meine Mutter kümmert sich um den kleinen Wurm. Mein Ex hat Tränen in den Augen und bedankt sich unablässig, Piet bedient die Gäste und Godot liegt im Weg rum.

Jakob bringt mir alle zehn Minuten was zu trinken und Lu ist ins Gespräch mit einem attraktiven jungen Mann und Buchhändler vertieft.

Das alles fühlt sich beinahe normal an.

光

Es klingelt, ich öffne – Ahasver.

»Du?«

»Ich! Mit Champagner und einem Geschenk für das Baby.«

»Woher in aller Welt weißt du davon?«

»Also so langsam solltest du wissen, dass mir nichts entgeht.«

Dann geht er an mir vorbei, grüßt lautstark in die Runde, schnappt sich Linchen und ich lache, bis ich heulen muss.

208 Sommer

Die nächsten Tage vergehen. Mit einer seltsamen Leichtigkeit. Sie fließen dahin, plätschern in den Sommer hinein. Ich treffe Tristan unter dem Kirschbaum, ich habe mich noch immer nicht an sein Gesicht gewöhnt.

»Und? Hast du Korben an die Kette gelegt?«

Tristan lächelt, sagt aber nichts.

»Schön, frage ich halt Ahasver.«

»Das mach nur, du wirst sehen, was du davon hast.«

光

»Eines verstehe ich nicht«, sage ich.

»Nur eines?«

»Wieso hat die russische Drogenmafia Olena geglaubt, dass sie ein Vampir ist?«

»Das fragst du?«

»Ja? Sollte ich etwas anderes fragen?«

»Nun, nein. Das eine gute Frage«, sagt Tristan. »Ich denke, die wird mich eine Weile beschäftigen.«

209 Vogelfutter

Ich habe: Snickers, Balisto, Smarties. Brausebonbons und Maoam. Lakritze und diverse Tafeln Schokolade. Dazu Cola (mit Zucker) und eine Tiefkühltorte Mascarpone-Himbeere.

Diesmal entkommt mir Dominik nicht.

光

Und wirklich, wir sitzen auf der Mauer, unter dem Kirschbaum und stehen kurz vor dem hyperglykämischen Koma.

»Dominik?«

»Ja.«

»Was meinte Io, als sie sagte, ich solle eine der ihren werden?«

»Wieso fragst du mich das?« Ein Pulk Spatzen landet vor unseren Füßen. Ich werfe Tortenkrümel.

»Wen sonst?«

»Nun …«

»Weißt du was oder nicht?«

Ein dicker Spatz fliegt unverfroren auf die halbleere Tortenpackung. Du hast es gut, denke ich, futtern und flattern. Damit sollte man seine Lebenszeit rumbekommen.

»Wissen tue ich gar nichts«, sagt Dominik. »Aber wie ich Io kenne, meint sie es genau so, wie sie es gesagt hat. Du sollst dich den Bluttrinkern anschließen.«

»Ja, aber warum? Ich bin kein Vampir, ich habe keine besonderen Verbindungen oder Fähigkeiten, ich …« Der dicke Spatz schnappt sich ein Stück Biskuit und flattert – von seinen Spatzenkollegen verfolgt – davon.

Dominik sieht mich von der Seite aus an. »Danke für den Imbiss.«

»Gern.«

»Alles in Ordnung?«

»Nein.«

»Wenn ich was anderes für dich tun kann ...«

»Du könntest mir verraten, warum sich Korben nach einer Filmfigur benannt hat.«

»Oh nein, das war umgekehrt. Die Figur wurde nach Korben benannt.«

210 DomRep

Zu Hause falle ich über Koffer und Schwimmtiere. Piet springt ausgelassen herum und Godot bewegt sich gar nicht mehr von meinem Bett runter.

Lu sieht ein klitzekleinwenig gedrückt aus.

»Machst du dir Sorgen?«, frage ich.

»Nein, nein, Till wird schon gut auf seinen Sohn aufpassen.«

»Bestimmt.«

»Es wird Piet gefallen. Ich meine, das sind doppelte Sommerferien. Erst jetzt die vier Wochen in der Dominikanischen Republik, bei seinem Vater, und wenn er wieder da ist, dann fahren wir mit ihm ans Meer.«

※

Aus meinem Zimmer kommt ein Jaulen.

Piet hat Godot die Taucherbrille aufgesetzt.

»Weißt du, Lu«, sage ich. »Man könnte beinahe glauben, dass alles gut wird.«

211 Sommer II

Seltsam. Der Sommer liegt vor uns. All die warmen leichten Tage.

Wir sitzen auf dem kleinen Balkon, trinken Apfelsaftschorle und warten darauf, dass uns etwas einfällt, worüber wir reden können.

212 Abschied

Ahasver bittet mich, Papiere bei ihm abzuholen und sie dann zu Tristan zu bringen.

»Du arbeitest doch noch für ihn, oder?«

»Oh ja«, sage ich und finde, ich sollte mir vielleicht doch mal einen richtigen Job suchen. »Du wirst bald verschwinden, oder, Ahasver?«

»Durchaus, aber ich werde nicht weit weg sein.«

»Hm.«

»Nun frag mich schon.«

»Ich dachte, du kannst Gedanken lesen?«, sage ich.

»Kann ich nicht. Aber ich weiß dennoch, was du wissen willst.«

Ich stecke die Papiere in die Tasche und sage: »Ach? Lass hören?«

»Du willst den Grund wissen, warum du hier bist. Warum Eugenia dich eingestellt und Tristan dich hierher, zu uns gebracht hat.«

»Ja.«

Ahasver lächelt. »Ah, das ist ganz einfach: Nichts ist, wie es scheint.«

»Ja ja, blahblah. Dankesehr.« Ich schnappe meine Tasche und will gehen.

»Einen Grund kann ich dir verraten«, sagt Ahasver und hält mich am Arm fest.

»Und der wäre?«

»Tristan hat dich gern um sich.«

213 Wer oder Was

Tristan sitzt an seinem improvisierten Schreibtisch. Seine Wohnung ist so überordentlich wie immer. Ich lege die Ahasverpapiere wie geheißen ins Regal und sehe ihm eine Weile zu, wie er arbeitet.

»Seltsam«, sage ich.

Tristan dreht sich zu mir. »Hm?«

Ich zeige auf den Monitor. »Du machst deine Steuererklärung?«

»Du meinst, obwohl ich ein uralter, mächtiger Vampir bin?«

»Nein. Obwohl du jemanden dafür bezahlen könntest.«

Tristan grinst. »Meinst du, ich kann ewiges Leben als besondere Belastung absetzen?«

»Hm, vielleicht kommst du um den Anteil für die Pflegeversicherung herum.«

»Machst du uns Tee?«, fragt er und ich sage: »Ja, gern.«

※

»Du trägst das Armband«, sagt Tristan.

»Ja, ich mag es.«

»Gut.«

»Woher wusstest du von meiner heimlichen Leidenschaft für Drachen?«

»Piet.«

»Piet. Ich hol dann mal den Tee.«

※

»Tristan?«

»Ja?«

»Wer oder was ist Piet?«

Tristan nimmt mir die Teetassen ab. »Du stellst immer die falschen Fragen.«

»Was wäre denn die richtige Frage?«

»Wer oder was bist du eigentlich?«

Quellenverweis

Seite 173

Gedicht aus: Die große Enzyklopädie der kleinen Leute, Pierre Dubois/Roland Sabatier, Edition Kunst der Comics, S. 150

Seite 144

Songtext aus Losing my religion, Album; Out of time

Autoren: Bill Berry, Peter Buck, Mike Mills, Michael Stipe

Produzenten: Scott Litt, R.E.M.

Label: Warner Bros.

veröffentlicht 1991

Erschienen im *zuckerstudio waldbrunn*

Sven Koether
Das Albgeräusch
Erzählungen
19,90 €, Hardcover, 164 Seiten

Wenn wir sterben, werden wir zu Clowns in einer Arena voller Kinder, die wir nicht zum Lachen bringen können.

Sylvia Wage
Pia
Einhorngeschichten für Kinder und Kindsköpfe
8,90 €, Taschenbuch, 56 Seiten mit 8 Farbillustrationen

»Mist«, sagte das Einhorn, »jetzt bekomme ich bestimmt einen Mordsärger.«

Jan Weidner
Vom Hörensagen
Erzählung
16,90 €, Hardcover, 84 Seiten

Denn alles, sage ich mir, alles lässt sich begreifen, auch meine Sprachlosigkeit lässt sich begreifen und in einen Satz fassen, wenn er nur gut genug ist.

Jan Weidner
Leibhaftig
Letzte Aufzeichnungen
19,90 €, Hardcover, 128 Seiten

Ein Spaziergang im Blätterwald meiner sogenannten geliebten Bücher, zwischen den Schatten ihrer Autoren, eine Reise in die Unterwelt.

Weitere Informationen im Internet unter
zuckerstudio-waldbrunn.de